# 王太子妃殿下の離宮改造計画 5

斎木リコ
Riko Saiki

Regina

RB
レジーナ文庫

## 登場人物紹介

### ルードヴィグ

スイーオネースの王太子。
杏奈の夫だが、彼女を嫌っていて
共に過ごすことはほぼない。
廃嫡の噂が流れている。

### ダグニー

ルードヴィグの愛人
である元男爵令嬢で
現伯爵夫人。杏奈とは
妙にウマが合い、
彼女の侍女となった。
ルードヴィグを
案じている。

### エンゲルブレクト

王太子妃護衛隊の隊長であり、
伯爵位を持つ貴族。
スイーオネース王室の
血筋なのではという
疑惑がある。

### 杏奈（あんな）（アンネゲルト）

異世界人の父と日本人の母を持つ
元女子大生、現王太子妃。
夫とは結婚当初から別居している。
護衛であるエンゲルブレクトとは
両片想いの関係。

ヴィンフリート
杏奈の従兄弟であり
帝国皇太子。
外遊の名目で
ニクラウスと共に
アンネゲルトのもとへ
やってきた。
ハルハーゲン
スイーオネースの
王族でもある公爵。
何が目的か、
杏奈を執拗に
口説き落とそう
とするが……
ニクラウス
杏奈の弟で、
ヴィンフリートの側近。
口うるさい
ところがあり
姉とは口喧嘩が
絶えない。
ティルラ
杏奈の侍女。
杏奈を公私共に支え
時に厳しく指導する
女傑。
マルガレータ
有力貴族を叔母に持つ令嬢。
杏奈の侍女の一人。
穏やかで人当たりがいい。

# 目次

# 王太子妃殿下の離宮改造計画 5

# 一　噂（うわさ）

社交シーズン中盤のスイーオネース王都クリストッフェションは、夏らしい陽光にその美しさを映（は）えさせていた。そんな王都の奥にある王宮エールヴァール宮の回廊を、王太子妃アンネゲルトの一団が歩いている。

「王宮もこの時期は花で一杯ね」

回廊から窺（うかが）える庭園は、今を盛りと咲き誇る花々で埋め尽くされていた。庭師達の苦労と努力の結果だろう。

「本当に、見事ですわね。私、お仕事の最中もついこの庭園に見入ってしまう事があるんです」

アンネゲルトの言葉に微笑みながら答えたのは、彼女の王宮侍女であるティレスタム伯爵令嬢マルガレータだった。

彼女はこの国におけるアンネゲルトの後見役であり、一大派閥である革新派を率（ひき）いるアレリード侯爵の、奥方の姪である。

「こちらの庭園はスイーオネース独自の様式だそうです。華美に走らず、自然の美しさと雄大さを表していて素晴らしいですね」

そう述べたのは、ティルラである。アンネゲルトがスイーオネースへ輿入れしてくる時、故国ノルトマルク帝国からついてきた女性だ。帝国では、女の身でありながら軍情報部に在籍していた才媛である。

王宮外に住んでいるアンネゲルトも、シーズン中は王宮に顔を出す事が多い。今日も社交行事の一環で訪れていた。

彼女が王宮に住んでいない理由は、夫である王太子ルードヴィグにより、王宮から追放されているからだ。しかも、追放を受けたのは、故国ノルトマルクから輿入れしてきたその日、結婚祝賀の舞踏会の会場でだった。

アンネゲルトに用意されたのは、王都とは内海を挟んで向かい合う島、カールシュテイン島にあるヒュランダル離宮である。呪われているという噂のせいか、何年も放置されていた離宮は荒れ果てていて、とても人の住める状態ではない。

普通の姫ならば、その時点で泣いて故国へ帰っただろう。だが、アンネゲルトは「普通の姫」とは言い難かった。

彼女が生まれたのは母である奈々（なな）の故国——異世界にある日本という国だ。そこで養育されたアンネゲルトは、就職に関して母と賭けをし、ものの見事に負けてしまった。その結果、父のいる帝国に連れ戻され、そこからスイーネースに嫁に出されたという経緯がある。彼女は育った環境故（ゆえ）か、王族として色々とずれていた。

離宮に追いやられたアンネゲルトは、国王に、好きに修繕して構わない、費用は全額持つと言われたのをいい事に、離宮の大改造に手を付けている。途中でルードヴィグから正式な謝罪を受けた際には、それを逆手（さかて）にとって島と離宮の所有権まで手に入れた。また、島全体を魔導研究の場に出来るよう、魔導特区の設立も進めている最中だ。当初の「半年で婚姻無効を申請して帝国へ帰る」という予定は、どこかへ消え失せていた。

予定変更には、もう一つ大きな理由がある。それは王太子妃護衛隊隊長、サムエルソン伯エンゲルブレクトだ。

アンネゲルトは彼に何度も窮地（きゅうち）を救われていた。帝国の港街で、カールシュテイン島の生け垣の迷路で、焼け落ちる島の狩猟館で、襲撃された王都のイゾルデ館で……そして最近では、とある伯爵家の娘に襲われかけたところを助けてもらっている。

それだけでなく、普段から何くれとなく力になってくれるエンゲルブレクトに、いつの間にかアンネゲルトは想いを寄せるようになっていた。

とはいっても、アンネゲルトには王太子妃という立場があるし、相手がこちらをどう思っているかなど確かめられるものではない。そもそも自分の想いすら告げられずにいるのだ。

いつかこの想いを告げられる時が来るのか。その時エンゲルブレクトはどう応えるのか。それに対して自分はどう動くのか。最近のアンネゲルトの頭を占めるのはそんな事ばかりだった。

回廊が途切れる辺りで、アンネゲルトの耳に複数の人の声が届いた。

「お聞きになりまして？　妃殿下の王宮侍女の事」

「ええ、それはもう」

その一言に含まれた毒に気付いたのか、アンネゲルトの背後でマルガレータが息を呑む。彼女はよくこうして、叔母(おば)であるアレリード侯爵夫人のコネで王宮侍女になったと陰口を叩かれているそうだ。

もっとも、王宮侍女の選定に当たっては、そうしたコネこそが最大の決め手になる為、彼女達の言っているのはただのやっかみなのだが。

むっとしながらも聞くとはなしに噂話(うわさばなし)を聞いていると、どうやら、今回の噂(うわさ)の対象はマルガレータではないようだ。

「やはり下々に近い方は、やる事が違いますわね」

「本当に。殿下のみならず、妃殿下にまで取り入って」

「伯爵夫人だなんて……ヴェルンブロームなど聞き覚えがありませんけど、ご存知？」

「いいえ。大方間に合わせで作ったのではないかしら」

アンネゲルトのもう一人の王宮侍女、ヴェルンブローム伯爵夫人ダグニーの事だった。彼女はアンネゲルトの夫であるルードヴィグの唯一の愛人であり、出自が男爵家であるせいで、社交界でも見下される事が多かったそうだ。

今回、彼女をアンネゲルトの王宮侍女にするに当たり、身分を伯爵夫人にまで上げている。これは王宮侍女に必要な条件——伯爵以上の地位を持つ父、もしくは夫を持つ女性に限るというものを満たす為だった。

噂をしている者達は、ダグニーがアンネゲルトに取り入って伯爵夫人号を手にしたのだと思っているらしい。

「それにしても、伯爵夫人の件は王太子殿下がよく許したな」

「いや、何でも王太子殿下を飛ばして直接国王陛下がお決めになったという話だぞ」

「何だってそんな事に……」

そろそろ立ち聞きばかりもしていられない。咳払いでもして、ここに噂の当事者がいると教えようかとアンネゲルトが思い始めたまさにその時、貴婦人の誰かが口を開く。

「お可哀相なのは妃殿下と、同じく王宮侍女になられたお嬢様よ。あら、何て名前だったかしら？」

「アレリード侯爵夫人の姪御さんだそうよ。確か、名前は……」

「ああ、そうそう――」

「マルガレータ！」

背後からかけられた、王宮では珍しいほどの大声に、マルガレータ当人以上にアンネゲルトが驚いた。振り返ると、つい先程名前の出たアレリード侯爵夫人が笑顔で立っている。

「ごきげんよう、妃殿下。こちらの回廊でお会いする事になるとは思ってもみませんでした」

貴婦人の礼を執るアレリード侯爵夫人に、アンネゲルトは引きつった笑みを返した。先にマルガレータの名を呼ぶなど、普段の侯爵夫人ではあり得ない。つまり、噂していた者達に、噂の当人がここにいると教える為にわざと彼女の名を先に呼んだのだ。

「ご、ごきげんよう、侯爵夫人。今日も王都はいい天気ね」

「ええ、本当に。マルガレータ、王宮には慣れましたか？」

「はい、叔母様。皆様大変よくしてくださいます」

「そう、良かったこと。何かあったら遠慮なくおっしゃい。いいわね」

一見和やかな叔母と姪のワンシーンだが、その実、侯爵夫人による他者への釘刺しに他ならない。姪を軽んじる事も、アレリード侯爵家が後ろ盾になっている王太子妃を軽んじる事も許さないと無言のうちに伝えているのだ。

――さすが侯爵夫人、やり手だわー。

回廊でおしゃべりに興じていた貴族達は、いつの間にか姿を消している。自分に関わる噂話をしている場に踏み込むほど心臓が強くないアンネゲルトとしては、正直助かった思いだ。

おそらく、アレリード侯爵夫人はアンネゲルト達の事をもっと早くに見かけていたのだろう。声をかけるタイミングが良すぎる。

「侯爵夫人、マルガレータは本当によくやってくれているの。私、とても感謝しているわ」

「それはようございました。私も彼女を推薦した甲斐があったというものです。マルガレータ、一層励みなさい」

「はい、叔母様」

マルガレータの素直な返事に、アレリード侯爵夫人は満足そうに頷く。こうして見ていると、夫人が政略の為だけにマルガレータをアンネゲルトの王宮侍女にしたのではないとわかる。夫人の目には、姪に対する深い愛情があった。

「さて、本日の妃殿下のご予定は、確か王宮庭園でのお茶会でしたね」

アンネゲルトに向き直った侯爵夫人の言葉に、アンネゲルトは少し考えてから悪戯っぽい笑みを浮かべて答える。

「ええ……いつぞやを思い出してしまうわ」

ルードヴィグによって王宮を追放されたアンネゲルトは、社交界にも出られずにカールシュテイン島に引きこもっていた時期があった。本人としてはそれで良かったのだが、立場的には色々と問題があり、側仕えのティルラ達があれこれ対策を考えていたらしい。

そんなアンネゲルトがこうして社交行事に参加出来るようになったのは、帝国大使夫人でありアンネゲルトの父の従姉妹でもあるクロジンデと、目の前にいるアレリード侯爵夫人をはじめとした革新派の貴族夫人三人の尽力の賜である。

足がかりとなったのが、王宮庭園で開かれたクロジンデ主催のお茶会だったのだ。その事を示唆したアンネゲルトに、アレリード侯爵夫人はにやりと笑った。

「懐かしいですわね。もうあの頃の事は遠い昔に思えてしまいます」

「まあ、私はつい昨日の事のように覚えているのに」

「ほほほ、年の差でございましょう」

機転を利かせたやりとりは、言い返せなかったアンネゲルトの負けだ。やはり、まだまだアレリード侯爵夫人の足下にも及ばないらしい。

「では私はここで」

「ええ、ごきげんよう」

背筋を伸ばして歩き去る侯爵夫人の背を見送って、アンネゲルトは再び回廊を進んだ。今日の目的地である庭園は、まだ先だった。

同じ頃、王太子ルードヴィグは父親である国王アルベルトのもとへ向かっていた。その顔は憤怒(ふんぬ)に染まっている。

アルベルトは私室にいた。執務室でなかったのを幸いに、ルードヴィグは止める侍従を振り切って乱暴に扉を開けると、父を怒鳴りつける。

「父上！　一体どういう事ですか!?」

「何がだ？」

いきなり飛び込んできた息子に、アルベルトの対応は鷹揚なものだ。しかし、その態度がさらにルードヴィグの怒りを煽った。

「ダグニーの件です！」

そう言いながら、ルードヴィグは机を両手で思い切り叩いた。彼の背後では、止められなかった侍従達がおろおろしているが、ルードヴィグは気にも留めない。

「何故、勝手に伯爵夫人号などお与えになったのですか!?」

激高するルードヴィグとは対照的に、父アルベルトは至って冷静だ。

「王宮侍女に必要な身分だったからに決まっておろう。大体、己の愛人をいつまで男爵令嬢のまま放っておくつもりだったのだ？」

そう返されて、ルードヴィグは言葉に詰まった。国王と王太子の愛人には、爵位を与える事が出来るし、与えるべきとされている。

ルードヴィグが望めば、ダグニーはもっと早くに伯爵夫人号を与えられただろう。これまで男爵令嬢のままだったのは、ルードヴィグが望まなかった結果である。

ルードヴィグはアルベルトからさらなる言葉を食らった。

「お前が然るべき爵位を与えなかったから、令嬢が社交界で軽んじられていたのだと何故気付かんのだ」

「それは——」

「いくら言葉を尽くしたところで、お前の行動は彼女をただの遊び相手だと言っているだけだぞ」

ルードヴィグは何も言い返せない。ダグニーに爵位を与えなかったのは、ひとえに自分の我儘に過ぎなかった。彼女とは何のしがらみもない間柄でいたかったのだ。

だが、それが原因で彼女が他の貴族から軽んじられていたとは。悔やむ思いはあるが、今問題にしているのはその件ではない。

「……だからと言って、事前に一言もなかったのは何故ですか？　しかも、勝手に王太子妃の王宮侍女になど」

爵位はまだいい。伯爵夫人号はダグニーの邪魔にはならないだろうから。だが、王宮侍女の役職は別だ。しかも王太子妃付きだなど、嫌がらせにしか感じられなかった。

幾分声の調子を落としたルードヴィグを、アルベルトは座ったまま見上げてくる。

「王太子妃たっての頼みだ。叶えない訳にもいくまい？」

意味深なアルベルトの表情に、ルードヴィグは自らの過去の所行を思い出す。

あの時あの場で、別居宣言などしなければ良かった。どうせすぐ別居するにしても、祝賀舞踏会の後にすれば良かったのだ。

人前で他国の皇族を貶(おとし)めたツケは、いつまでも追いかけてくるらしい。大勢の前で謝罪をさせられただけでは支払いきれなかったのか。

アルベルトはなおも続ける。

「それに伯爵夫人も、王宮侍女という立場があれば社交界で悪(あ)し様(ざま)に言われる事は少なくなろう。今回の話は、これまでの息子の不義理の埋め合わせでもある」

またしても、ルードヴィグは返す言葉がなかった。悔しさに歯がみするのがせいぜいである。

ダグニーの件は考えれば考えるほど、自分の打った悪手を父と妃がどうにかしてくれたとしか取れない。自業自得とはいえ、何とも言えない思いだ。

結局、ルードヴィグは勢いづいて乗り込んだ父の私室から、意気消沈して出ていく事になった。

社交シーズンの王都は、連日よく晴れていた。夏場は雨が少ないのがスイーオネース

の特徴だ。

夏と言っても日本のような湿気を伴ったものではなく、からっとしたさわやかな空気に包まれている。気温も高いと感じるほどではない。

今日のアンネゲルトは王宮侍女になった二人を招いて、王都に設けた拠点、イゾルデ館で三人だけのお茶会を開いていた。

侍女としての仕事を主に王宮でしているマルガレータはもちろん、ヴェルンブローム伯爵夫人ダグニーも、イゾルデ館に招くのは今回が初めてだ。

お茶会は、天気が良い事もあって庭園の東屋で行われている。教会騎士団の襲撃があった際に逃げ込んだ場所でもあり、アンネゲルトにとっては安心出来る場所だった。

「過ごしやすくていいわね」

そう言ってカップを口元に運んだアンネゲルトは、前に座る二人に微笑んだ。

「帝国の夏はもっと暑いのですか？」

興味津々といった様子のマルガレータから質問されて、アンネゲルトは首を傾げる。

「そうね……こちらより、もう少し気温は高いと思うわ。ただ帝都はそこまで暑い場所ではないの。母の国の方がずっと暑いわね」

あの日本独特の湿り気を帯びた熱を思い出すだけで、ばてそうだ。幸いにも一番暑い時期には帝国に行っていたので、まだ楽だったが。

「スイーオネースにいますと、そんなに暑い国があるなんて想像も出来ません」

マルガレータはそう言いつつ焼き菓子を口に運んだ。スイーオネースに限らず、この近隣諸国では生まれた国から一歩も出た事がない人が大半だ。国どころか、自分が生まれ育った街や村からさえ出た事がないという人も珍しくない。

「そういった国に、行ってみたいと思う？」

「はい！　ですがその前に、この国を隅から隅まで回ってみたいと思います」

アンネゲルトの問いに、マルガレータは即答した。彼女は楚々とした見た目によらず、叔母であるアレリード侯爵夫人に似て豪快なところがあり、未知の場所へのロマンも持ち合わせているらしい。

「ダグニーはどうかしら？」

アンネゲルトはもう一人の王宮侍女に話を向けてみた。ちなみに、二人を名前で呼ぶ事の了承は既に得ている。

話題を振られたダグニーは、さして考える風でもなくさらりと答えた。

「私も行ってみたいと思います。この国の外にはどんな世界があるのか、自分の目で見てみたいですね」

そう言った彼女の表情は、どこか遠い場所を見つめているようだ。

マルガレータはダグニーに同意し、興奮気味に話しかける。

「西域以外には、一体どんな国があるのでしょうね？」

「聞いた話ですが、ここよりずっと東には国土の大半が氷に閉ざされている国があるそうです。我が国と違い、夏になっても雪や氷が溶けないのですって」

ダグニーの言葉に、マルガレータは丸い目をさらに丸くして驚いている。彼女達の間も随分と距離が縮まったらしい。

ダグニーは国外の事も色々と知っているのか、説明を続けた。ちなみに、スイーオネースや帝国などがある地域は西域と呼ばれ、同大陸の東側にある国々が東域と呼ばれている。

「ここからは東域でさえ遠い場所ですが、そこからさらに東にも国があるのだとか。私はこの国を出た事がないので、一度でいいから行ってみたいと思うのです」

「私も出た事がありません。妃殿下、帝国とはどのような国なのでしょう？　叔母様に話を聞いた事はあるのですけど……」

今日のお茶会は、王宮侍女同士、またアンネゲルトと二人の親睦を深める為に開いたものだったが、話題が意外な方向へ流れていく。

「どのような……と聞かれても、何と言えばいいのか……」

まさか、ここで国の概要を説明する訳にもいくまい。だが、期待に満ちた二人を前にして、普通の国よ、とも答えられなかった。実際、あの国を普通とは言えないだろう。

「お二方、申し訳ありませんが、妃殿下は幼少の頃より母君の故国でお過ごしです。その為、帝国の事にはいささか不案内にございます」

側に控えていたティルラの言葉に、侍女二人は気まずそうな表情になった。余計な事を聞いてしまったと思ったらしい。

「あ、あの、その代わりティルラが話してくれるわ。ね？」

「何なりと」

とりあえず、その場の空気は何とか戻す事が出来たようだ。

なんだかんだで二時間ほど滞在した二人は、来た時と同様に、馬車で王宮へ戻っていった。他の王宮侍女に倣い、二人とも王宮に部屋をもらって生活しているのだ。

「お疲れ様でした、アンナ様」

「あんな感じで大丈夫かしら？」

ティルラの労いに、アンネゲルトはちょっと考え込む。

今日の話題は、本当に他愛ないものばかりだった。国外の話の他は、効率的な書類の捌き方や王宮内の近道の仕方、苦手な人物に対する時の心構えなどだ。どれも仕事に直結する内容ばかりである。

話してみると、対外的な仕事を任せているマルガレータは国内へ目を向けていて、内向きの仕事が多いダグニーは外国への興味に溢れていた。

帝国の話も、話題を振ったのはマルガレータだが、実際に根掘り葉掘りティルラに質問していたのはダグニーの方だ。

「一般庶民にとって外国旅行は夢のまた夢だろうけど、貴族なら余裕で外国旅行ぐらい行けるんじゃないの？　それとも貴婦人が外国旅行なんてはしたない……ってやつ？」

アンネゲルトの疑問に、ティルラが答える。

「どうでしょう？　ご夫君に同行して国外に行かれる方はいらっしゃるようですが」

アレリード侯爵夫妻がそうだ。夫の侯爵が外交官を務めていた関係で、夫人も外国暮らしが長かったと聞いている。

「スイーオネースは西域の国とあまり交流がないようですから、それも影響しているかもしれません」

「でも東域とは交易しているのよね？　なら東域に行くという選択肢はないのかしら」

「東域は西域より遠いのが理由ではありませんか？　アンナ様の船ならいざ知らず、普通なら行くだけで数ヶ月かかってもおかしくありません」

帆船で数ヶ月の船旅となれば、通常は命がけになるのだそうだ。楽な船旅しか経験のないアンネゲルトにしてみれば、想像を超える話である。

ダグニーの実家は男爵家とはいえ、成り上がり組と呼ばれる新興貴族だ。歴史がない分、金はあるのだから、娘の外国旅行にかける金がないという事もないだろう。

「……やっぱりお国柄？」

「かもしれませんね」

何だかすっきりしないまま、この話題は終了になった。

お茶会の翌日、アンネゲルトはイゾルデ館の会議室に向かっていた。

「まさかこんな部屋を作っていたなんて……」

アンネゲルトは驚きと呆れを含んだ声で呟く。会議室はイゾルデ館の地下に作られていた。

地下室は元々あったものを使っている。スイーオネースには珍しく地下室を持つこの館は、外観だけでなく内部も国内の様式とは違うらしい。

放置されていたせいで壁やら床やらが荒れていたそうだが、そこはきちんと修復し強度を上げてあった。

この地下室に入るには、館の厨房を経由する必要がある。隠し扉の先に階段があり、そこを下りると会議室を含む地下空間に出るのだ。室内には学校などでよく見る折り畳みの長机に、パイプ椅子が何脚のみと、本当に必要最低限のものしか置いていない。

今日、会議室に来たのは訳がある。以前から帝国軍情報部のポッサートに任せていた情報収集の中間報告を聞く為だ。参加者はアンネゲルトとティルラ、ポッサートの三人だけで、エンゲルブレクトと彼の副官ヨーンの姿はない。

エンゲルブレクト達は元々スイーオネースの第一師団に所属していた事もあり、スイーオネース国軍と密接な繋がりがある。そんな二人の前で、スイーオネース国内の調査報告をする訳にはいかなかったのだ。

スイーオネース王宮は、現在真っ二つに分かれている。魔導技術を積極的に取り入れようとする親帝国派とも呼べる革新派と、魔導などという神の教えに逆らう技術を取り入れるなどもってのほかとする教会派とも呼べる保守派の二つだ。

もっとも、保守派は教会が関わったイゾルデ館襲撃事件のせいで、今や風前の灯火だという。元々数の多さでも革新派に負けていたが、それが顕著になったらしい。

そして革新派の中にも、主流と傍流とが存在している。主流は派閥の中心人物であるアレリード侯爵がしっかりと押さえているので問題ないが、傍流におかしな動きがないかどうか、また保守派が妙な動きをしていないかどうかをポッサートに調べさせていたのだ。

「では私から」

ポッサートの言葉で報告会は始まった。

「王太子関連ですが、どうにもよくないですね。まだ噂の段階ではありますが、既に廃嫡が決定、次の王太子選びに入った、なんて話も出ています」

ポッサートからの報告はのっけから不穏で、アンネゲルトのみならずティルラも苦い表情になっている。

「それに対して殿下本人は？」

「気付いてもいない。暢気なものだな」

質問したティルラが頭を抱えた。この噂が事実なら、出来る限り早く手を打たなくてはならないからか。

もし本当にルードヴィグが廃嫡されるのであれば、アンネゲルトは婚姻無効の申請をする前に王太子妃でなくなるだろうし、その場合は帝国に戻る事になる。スイーオネース王室の動向は、アンネゲルトや彼女を守る者達にとって無視出来ないものなのだ。

　ポッサートは報告を続けた。

「廃嫡話をよく聞くのは、やはりというか革新派の方が多いです。逆に保守派からは王太子の即位が歓迎されているのかといえば、そうでもないようで」

　ポッサートの報告は容赦がない。王宮が革新派と保守派で真っ二つに分かれている今、そのどちらからも期待されないという事は、王太子ルードヴィグの先行きはかなり厳しいのではないだろうか。

　革新派としては、次代の王には今代のアルベルト王同様、魔導を受け入れる政策をとってほしいのだ。せっかく魔導技術を取り入れても、次代でこれまでのように弾圧されては元も子もない。

　その点からも、ルードヴィグを王太子のままにしておくのは歓迎しないという動きは理解出来る。彼の考え方は基本的に保守派に近い。

　一方で保守派としては、貴族との関係が薄いルードヴィグは扱いづらい相手という認識のようだ。もっと自分達にとって都合のいい存在が次代の王になる事を望んでいるらしい。

　ルードヴィグは彼等の言葉に耳を傾けないので、保守派は彼を担ぐ気はないのだぞうだ。

「そんなに殿下は貴族との交流がないの？」

ティルラの当然の質問に、ポッサートは苦笑を隠さない。

「どうも貴族社会そのものを嫌っているみたいだ。派閥によらず貴族の言葉に従わないのは、男爵令嬢……おっと、今はヴェルンブローム伯爵夫人だったか、彼女の件でもわかるだろう？」

「何それ。王子が貴族階級を否定するってどんだけ矛盾してるのよ。そんなに否定したきゃ、まず自分が王族降りろっての」

つい日本語でぼやいたアンネゲルトに、ポッサートは苦笑するしかなかった。彼も日本語を解する一人である。

ダグニーに関しては、王太子の愛人とするには身分が低すぎるという理由で、ルードヴィグは以前より貴族から遠回しに忠告を受けていたのだとか。

この「身分が低すぎる」という話の中には、伯爵夫人号を与えた方がいいという意味も含まれていたらしい。授爵（じゅしゃく）は政治に関わる事なのであからさまな言い方をする者はいなかったが。

「はっきりとは言わない理由については、その助言が元男爵令嬢の利益となる事、ひいては男爵家、成り上がり組に味方したと思われたくなかったようですよ」

ポッサートの説明に、アンネゲルトは顔をしかめる。本当に社交界という場所は魔窟だ。そこに住まう貴族達は魔物や妖怪の類と言ったところか。自分もその仲間になると思うとうんざりしてしまう。

とりあえず個人的な感想は置いておき、アンネゲルトは疑問を口にした。

「でも遠回しとはいえ助言を受けていたのに、どうして王太子はダグニーを男爵令嬢のままにしておいたのかしら……」

すると、ポッサートが即答する。

「単純に、相手の言葉を額面通りに受け取ったようです」

つまり、王太子の愛人にするには身分が低すぎるから別れろ、と言われたと思った訳か。アンネゲルトは頭が痛くなってきた。

「人の話を聞かない人だとは思っていたけど、聞いてもこうとはね……」

「それで保守派も見限ったのでしょう。帝国で聞いた話では、殿下は仕事が出来る方だという事でしたけど……」

珍しく言い淀むティルラに、アンネゲルトも苦い顔を隠せない。さすがにこの情報が帝国に渡っていれば、政略結婚も考え直されたのではないだろうか。

そんな二人に、ポッサートはフォローにならないフォローを入れた。

「書類仕事や政策に関してはそこそこですが、国を動かすのは一人では出来ません」

「そうね……」

ポッサートの言葉に、アンネゲルトは頷く。どれだけいい政策を出したところで、それを実行しようとすればどうしても貴族の協力が必要になる。日頃から付き合いを持っていなければ、いざという時に力を貸してもらえないのは、どこの世界でも同じだ。

「それと、王太子の貴族嫌いに拍車がかかったのは、どうやら結婚後のようですよ」

「え？」

「あら」

続いたポッサートの報告に、アンネゲルトとティルラの声が重なった。つまり、意に沿わない結婚を押しつけてきた父親も貴族も気にくわない、という事だろうか。

「王族が自分の意思だけで結婚出来る訳ないでしょうに」

アンネゲルトの言葉に、ティルラはにっこりと微笑んだ。

「アンナ様、それはアンナ様にも当てはまるんですよ？　この結婚、嫌がってらっしゃいましたよね？」

「う！」

ティルラのツッコミに、アンネゲルトが答えに詰まる。

「わ、私は嫌がってもちゃんと来たわよ。それに、社交や公務といったお仕事をないがしろにはしていないし……」

「そんな事をなさったら、遠慮なく帝国の奈々様にご報告申し上げますよ」

「ちょ！　やめてよ！　ちゃんとやってるじゃない」

ティルラの一言に、アンネゲルトは青ざめる。仕事をサボっているなどと母の耳に入ったら、どんな小言を食らうかわかったものではない。

最悪の場合、すぐにでも帝国に戻るよう指示されるかもしれなかった。周囲もアンネゲルトより、奈々や父アルトゥルの命令に従うだろうし、そうなったら一人で反抗など出来はしない。

以前は心の底から帰りたいと思っていたが、今はこの国に残る理由が山程あるのだ。

「相変わらずの怯（おび）えぶりですねえ」

脅（おど）しを口にしたティルラは、溜息交じりにそう言った。彼女も奈々を怒らせたらどうなるか、よく知っているはずなのに。

――あ、よく知ってるから脅（おど）しに使うのか……

毎度この調子でやり込められるアンネゲルトは、がっくりとうなだれる。そんな彼女の様子に構いもせず、ポッサートは続きの報告を行った。

「あと、王太子廃嫡の噂が流れ始めたのも、同じく結婚後のようです」

「それって……」

アンネゲルトは皆まで言わなかったが、ティルラも同意見の様子だ。

「どの派閥が噂を流したにせよ、公の席で国の面子をつぶしたような王子に王位を継がせるつもりはない、という事ですね」

ティルラの言葉に、ポッサートが頷く。

「おそらくそうでしょう。王太子側に余程の隠し玉でもない限り、立場が悪いのは王太子の方です。父親の国王も敵に回したようなものですから」

かなり昔の話だそうだが、帝国では過去に父親である皇帝に逆らった皇太子が廃嫡の末に幽閉され、そのまま死亡した例がある。

アンネゲルトはぽつりと漏らした。

「自分の置かれている状況を王太子本人が知らないっていうのは……いいのかしら」

「かといって、アンナ様が教えても聞き入れないのでは？」

それが問題だった。ルードヴィグはアンネゲルトを目の敵にしている。アンネゲルトが何かした訳ではなく、ただ政略結婚の相手だというだけでだ。

「ダグニーに頼んでそれとなく言ってもらうとか」

「おやめになった方がいいですよ。人を介すると、誤解が生じかねません」

間に人を挟めば挟むほど真実は歪むものだと、情報を扱う事に長けたティルラが言う。

「それに冷たいようですが、この国の王位継承についてはこの国の問題です。我々は余所者ですよ」

ティルラの言う通りだった。お節介がすぎれば内政干渉になり、スイーオネース側から何を言われるかわからない。この場合、苦情を言われるのはアンネゲルトではなく帝国だ。

ティルラの意見に、ポッサートも頷いている。

「姫様、私も同感です。下手に関わるといらない災厄を呼び込みかねません。ただでさえ姫様はお命を狙われているのですから」

その事を忘れた訳ではない。今年、この館が襲撃されたのも記憶に新しいのだ。護衛隊や帝国からついてきた兵士達、館の改修に関わった者達、何よりエンゲルブレクトのおかげで今も生きているけれど、あの時は本当に命を落とすところだった。

アンネゲルトは少し考えた後、結論を出す。

「わかったわ。この件に関しては下手に動かないようにします。でも、王太子と話す機会があったら、注意を促すくらいはするわよ」

その程度は大丈夫だろう。もっとも、言ったところで聞き入れる相手ではないが。それも承知で言うだけは言おう。彼の為ではなく、自分の為に。

最低限の事はした、と自分を納得させたいだけなのだから。これはティルラもポッサートも了承してくれた。


時計は二十一時を指している。それを見たティルラがポッサートに確認した。

「あら、もうこんな時間？　ポッサート、まだ報告する内容はあるかしら？」

「教会関係が残っているぞ」

「それは明日に回してちょうだい。明日の夜もアンナ様の予定は空いているから」

ティルラはそう言うと、会議机の上に散らばっている書類を片付け始める。どうやら今夜の報告会はこれで終了らしい。

アンネゲルトは思い出したようにポッサートに聞いてみた。

「そういえば、今の王太子が廃嫡されたとして、次の王太子候補っているの？」

「無論、どの派閥も用意しているでしょうね。まあ、今はまだ当人に打診している段階でしょうが」

ポッサートの言葉に、ティルラが片付けの手を止めずに質問する。

「ちなみに、保守派は誰を推すつもりなの？」

「ずばり、国王の従兄弟のハルハーゲン公爵」

なるほど、とアンネゲルトは考え込む。彼は元々保守派寄りの中立派だったらしい。完全な保守派でなかったおかげで、元中立派の革新派との付き合いが生き残っている。保守派にしてみれば、革新派を取り込む余地のある候補とも言えた。

ハルハーゲン公爵自身、社交界での人気が高く、特に女性には受けがいい。身分があり財産もあり、しかも見てくれも良く未だ独身ときては、女性が放っておくはずがなかった。

貴婦人の存在を軽んじてはいけない。夫や父親に多大な影響を与える女性も少なくないのだ。そんな貴婦人達が公爵を支持するとなると、王位継承に有利に働くのではないだろうか。

あれこれ考えていたアンネゲルトの耳に、ティルラとポッサートの会話が飛び込んできた。

「確か、公爵より上位の継承権を持つ方がいたわよね？　何故彼じゃないの？」

「国王の甥だな。エールリン伯爵家嫡子でヴレトブラッド子爵ヨルゲン・グスタフ。彼はまだ家督を継いでいないし、何より後ろ盾となる者達がいない。逆に言うと、今のうちに味方に取り込んで擁立しようとする向きもあるって訳だ」

アンネゲルトはポッサートの言葉を聞きながら、ヨルゲン・グスタフという人物を思い出そうとするものの、どうにも顔が思い浮かばない。

王宮追放状態だった去年ならいざしらず、今年はしっかりシーズン開幕から社交界に顔を出している為、多くの貴族に会っている。国王の甥というのなら、その中で顔を合わせているはずなのだが。

ただ、彼に覚えはなくとも、父親のエールリン伯爵には覚えがあった。確か結婚祝賀の舞踏会で国王アルベルトに紹介された一人のはずだ。

あの場で国王の側にいたのだから、側近なのだろうと思っていたが、姉婿もしくは妹婿らしい。

アンネゲルトは疑問に感じた事を口にした。

「そのヨルゲン・グスタフという人を取り込みたがっているのは保守派かしら？」

「両方です。革新派も中心的なグループを外れると、意外と統制が効かないようですから」

ポッサートからあっさりと回答を得て、アンネゲルトは再び考え込んでしまう。

保守派がばらけているというのは最初から知っていたが、革新派も割れ始めているのか。

もっとも、革新派は今や巨大派閥となっている為、取り込んだ元中立派辺りの統制が取れなくてもおかしくはなかった。

それにしても、どの派閥の話を聞いても現在の王太子を擁護(ようご)する一派がないというのはいっそ見事だ。

——王太子、マジいらない子扱いなのね……

先程までの話と合わせると、彼の廃嫡は既に決定した事のように思える。溜息を吐くアンネゲルトの前で、ティルラとポッサートの会話は続いていた。

「じゃあ、革新派が推しているのはそのヨルゲン・グスタフなの?」

「一部はな。ただ、革新派全体となるとわからないんだ」

「わからない?」

アンネゲルトとティルラの声が重なる。

「調査不足ね」

ティルラからの容赦ない一言に、ポッサートは少し慌てた。

「いや、本当にわからないんだよ。ただ、いる事は確かだ。動きから見てもわかる。しかし、じゃあ誰なのかと言われると……アレリード侯爵が動いているのは確実なんだが、その相手が浮かんでこない」

余程巧妙に隠しているらしい、というのがポッサートの見解だ。

外交官を務める者は、大抵が諜報に関わる。他国の王宮の裏を探る仕事があるからだ。長く外務省で働き、今もしっかりとした人脈を持つアレリード侯爵は、諜報のエキスパートとも言えた。情報操作はお手の物だろう。

書類をまとめる手を止めて、ティルラは何事かを考えている様子だった。

「確かに……あの侯爵を相手にするなら本腰を入れないとならないわね」

「ティルラ？」

その様子にただならぬものを感じたアンネゲルトは、彼女に声をかける。ティルラはすぐにアンネゲルトに向き直り、いつも通りの笑みを浮かべた。

「とにかく、もう遅い時間ですから解散としましょう。アンナ様はお支度をしていただかないと」

「支度？」

「今夜は夜会ですよ」

夜会の開始時間は遅い。二十二時過ぎから始まり、明け方まで続くのが普通だ。

通常、貴婦人の支度は時間がかかるものだが、アンネゲルトの場合はドレスが着脱しやすいように作られている為、あまり時間がかからない。

とはいえ、既に二十一時を回っているので急がなくてはならなかった。アンネゲルトはティルラに追い立てられるように地下室を後にする。その背後で、ティルラとポッサートの間に小声でのやりとりがあったけれど、アンネゲルトには聞こえなかった。


早いもので二日連続の報告会から数日が経った。その間、貴族関係にも教会関係にも追加報告が必要な事はなかったようだ。貴族間の金の流れに関しては、調査に時間がかかるので報告は先になるとポッサートから連絡が入っている。

連日、社交行事に追われるアンネゲルトの今日の予定は観劇だ。これも立派な社交らしい。

支度をし始めるには早い時間だった為、アンネゲルトはイゾルデ館の私室でくつろいでいた。

「失礼します」

そう言って入ってきたのは側仕えのザンドラだ。ティルラは何やら側仕え兼魔導研究者のリリー達と話し合う事が出来たとかで、今日は一日船に戻っている。

「どうかした？」

「メリザンドが来ております。注文した品が出来上がったそうです」

「本当に？　すぐ通してちょうだい」

「はい」

メリザンド・イヴォンヌ・トーは、クロジンデが帝国から戻る際に連れてきたドレスメーカーだ。生まれは帝国の隣国であるイヴレーアだが、実家から独立して単身スイーオネースに来ていた。

自分の店を持つのが夢だという彼女は、今はアンネゲルトの船にある空き店舗を工房にして、アンネゲルトの注文のみを受けている状態だ。

「妃殿下におかれましては、ご機嫌麗しく存じます」

部屋に通されたメリザンドが型通りの挨拶をしようとするのを、アンネゲルトは途中で遮った。

「挨拶はいいわ。出来上がったと聞いたのだけど」

「は、はい。こちらに……」

そう言うメリザンドの背後で、小間使いが二人がかりで大きな衣装箱を持ち上げている。

「早速見せてちょうだい」

「はい」

床に置かれた衣装箱から、メリザンドが服を一着取り出した。軽い生地で作られたそれは、少し古い型のワンピースに見える。

「ご希望通りに出来上がっていますでしょうか？」

「そうね……ええ、いいわ。とても素敵な出来上がりよ」

掲げられた服を眺めて、アンネゲルトは満足げな声を出した。昼間用のドレスより布が少なく、すとんとしたラインのドレスはイヴレーアの流行を取り入れたものだ。

「イヴレーアですと、もう少々布を薄くするのですが、こちらは夏でもあまり暑くならないと聞いていますので、やや厚めの布を使いました」

それでも、今アンネゲルトが身につけているドレスより随分と着やすそうだった。メリザンドはまだホックやジッパーの扱い方を知らないから留める部分は全てボタンだが、コルセットもクリノリンも不要なのは助かる。

「これを着て王宮に行けるようになると楽なんだけど……」

さすがにそれは無理だろう。だが、メリザンドはにこやかにアンネゲルトに言った。

「流行は上位の女性が作り上げていくものです。聞いたところでは、王妃様はあまり社交の場にお出にならないとか。次に位が高い妃殿下が流行をお作りになるべきですわ」

宮廷では男性の流行は国王が、女性の流行は王妃ないし国王の愛人が作り上げる。現国王アルベルトに愛人はいるが、王妃を立てて前に出ない事で有名だ。そんな女性が社交界の流行発信者になる訳がなかった。

王妃は最低限の社交の場と公務以外は王宮の奥に引きこもっているらしく、アンネゲルトでさえもろくに顔を合わせない。王太子であるルードヴィグを産んだ事で、義務は果たしたと言わんばかりだった。

その為、宮廷における流行の発信者は、はからずもアンネゲルトとなっている。王妃に次ぐ地位にある彼女の着るドレスは常に注目の的だった。実際、現在のスイーオネース社交界では帝国風のドレスが大流行している。

——私が着れば、それが流行になるという事かー。

それもどうなのかとは思うが、自分が楽に過ごす為にはメリザンドが作ったドレスを流行らせる必要があった。

いきなり外に着ていくのは抵抗があるので、まずはイゾルデ館に招いた客の前で披露する事になるだろう。幸いと言っていいのか、近々客を招待する予定もある。

先日、王宮侍女達をイゾルデ館に招いた事が既に社交界で噂になっていて、遠回しに、あるいはストレートに訪問したいという要望を聞かされているのだ。

誰を呼ぶかは、ティルラ達が選別中である。

「このドレスを着るのが楽しみね」

アンネゲルトはそう言うと、にっこりと微笑んだ。

「あら？」
ティルラが二人――アンネゲルトとエンゲルブレクトの姿を庭園で見かけたのは、イゾルデ館でアンネゲルトを探している最中だった。夏のスイーオネースは日が長く、二十時を回ってもまだ外は明るい。うっかり間違えそうになるが、そろそろ夜会の支度に入らなくてはならない時間だった。
今回の夜会は小規模ではあるものの、さすがにメリザンドの最新ドレスを着ていける場所ではない。アンネゲルト本人は着ていく気満々だったようだが、ティルラからだめ出しをしておいた。
そのアンネゲルトは、庭園の東屋（あずまや）でエンゲルブレクトとのんびりお茶を飲んでいた。イゾルデ館が襲撃された際に逃げ込んだこの東屋（あずまや）は、今ではすっかり彼女のお気に入りになっている。

遠目に二人を見ながら、ティルラはいつ声をかけようか迷っていた。ここから見るアンネゲルトは、とても幸せそうな笑顔でいる。この国に来てからどころか、日本にいた時にも見た事がない表情だった。

エンゲルブレクトも、雰囲気からしていつもとは違っている。小間使い達も二人の邪魔をしないように気遣っているのか、遠巻きにして世話をするタイミングを計っている様子だった。

ティルラは黙って物陰に身を潜め、軽い溜息を吐く。あの二人がお互いに想い合っているのは、周囲の誰もが勘付いていた。社交界でも噂になるのは頷ける。

本来ティルラの立場なら二人を引き離すべきなのだろうが、そんなつもりは毛頭なかった。もちろん、二人の事は自分の憶測を含めて全て帝国に報告している。そちらからも、干渉するように指示された事はない。

謎の多かったアンネゲルトの政略結婚の裏側は、ティルラが読んでいたものとは大分違っていた。

政略の駒には使われないはずの彼女に、日本から戻ってすぐにスイーオネース行きの話が出たのは、帝国貴族の裏切りがあったからだ。彼等は結託して、西域でも一番東にある評判の良くない国に皇帝の姪姫を売り飛ばそうとしたという。

その貴族自体は既に粛清済みだそうだが、第二第三の彼等が出てこないとも限らない。

だからこそ、一度嫁がせて「傷」をつけようという腹だった。

だから、相手も「別れやすさ」に的を絞って選ばれている。ルードヴィグが選ばれたのは、完全に帝国の都合だ。

当人であるアンネゲルトにとっては、最初から望んで嫁いできた訳ではないからか、ルードヴィグに冷遇されようとも痛くもかゆくもないらしい。

今では、彼の愛人であるダグニーを自分の王宮侍女にするほどだ。もっとも、それはアンネゲルトがダグニーを個人的に気に入ったという理由が大きいが。要するに、アンネゲルトにとってルードヴィグはその程度の存在という事だ。

だがエンゲルブレクトは違う。同じダグニー絡みでも、エンゲルブレクトと彼女の関係には、アンネゲルトはひどく神経質になっていた。一時は彼を本気で遠ざけようと覚悟したくらいである。結局、二人がただの幼馴染みだと判明して事なきを得たけれど。

そんな事を考えつつ、ティルラは再び物陰からそっと東屋を窺う。二人の声はここまでは届かないが、時折笑い合っている様子は見て取れた。ティルラの口元にも笑みが浮かぶ。

エンゲルブレクトは軍人だからか、感情を相手に読ませない術を心得ているようだった。それでも、アンネゲルトに対する感情だけは非常にわかりやすくなるから面白い。

――恋愛慣れしていないのかしらね？

女性の扱いは、彼の友だというユーン伯エドガーの方が上だろう。また、恋愛に対する素直さでいえば、エンゲルブレクトの副官であるヨーンに軍配が上がる。もっとも彼の場合は、自分の感情に素直すぎて物議を醸している人物でもあった。

ともかく、アンネゲルトとエンゲルブレクトにはもう少し自分の感情に正直になってもらってもいいとティルラは思っている。お互いの立場がそれを許さないのは理解しているが、この状況も、もうじき変わる可能性が高いのだ。

アンネゲルトはルードヴィグとの婚姻を無効にして、王太子妃の地位から降りるつもりでいる。当初の予定では最短の半年で帝国に帰るはずだったのだが、離宮の改造や魔導特区の設立、何よりエンゲルブレクトの存在により、予定が変更に次ぐ変更となった。

それでも無効申請だけは覆す気はないようだ。今もそのタイミングを計っているのはティルラも知っている。

エンゲルブレクトは王太子妃護衛隊隊長である自分の立場からも、アンネゲルトに必要以上に近づく事を自分自身に戒めている節があった。そういう辺りも、「恋愛に慣れていない」とティルラが判断する理由だ。

エンゲルブレクトが女性の扱いに長けた野心家だったなら、己の立場を最大限利用してアンネゲルトに近づいただろう。

――もっとも、その場合はアンナ様が避けたでしょうねえ。

そのいい例が、立場を利用してアンネゲルトに接近しているハルハーゲン公爵だ。今一つ彼の目的もわからないが、アンネゲルト自身が彼から逃れようとしているので、ティルラはその手助けをしている。王族相手では、こちらもうかつな手を使えないが。

エンゲルブレクトとの事に関しても、現段階では必要以上の介入は考えていない。以前、回廊で見た王族の肖像画から察するに、彼にはスイーオネース王家の血が流れているのだろう。だが、それを立証する手立てがなければ王族とは認められないのだ。

――と言っても、今の身分でも帝国から文句は出ないでしょうけど。

このままアンネゲルトがスイーオネースに残りたいと望めば叶うだろうし、ルードヴィグとの婚姻を無効にしてしまえばサムエルソン伯爵家に嫁ぐ事も出来る。もっともそうなったら、スイーオネース側に何某か言われる可能性が高かった。

その辺りはエーベルハルト伯爵夫妻やティルラ達の腕の見せ所となる。どんな手を使っても「応」と言わせてみせるつもりだった。もちろん、エンゲルブレクト自身にもだ。

不意に、ドレスのポケットに入れてあった端末のアラーム音が鳴る。夜会の支度の時間だ。ティルラはさも今来たと言わんばかりの様子で、庭園へ向かい一歩踏み出した。

ある日の昼、エンゲルブレクトは副官のヨーンだけを伴って、王宮内の一室に来ていた。ここで侍従が呼びに来るのを待っているのだ。今日のアンネゲルトの予定は夜のみであり、その隙をついたような命令だった。

「最近よく王宮に呼び出されていますね」

ヨーンの言葉にも、エンゲルブレクトは無言のまま手にした書類に目を落としている。王宮に来ていようとも、書類仕事から逃れられる訳ではない。わずかな時間を使ってでも決裁を進めなくてはならなかった。

ヨーンも返答を期待しての言葉ではなかったのか、エンゲルブレクトが答えなくても何の反応もない。

確かにここしばらくは呼び出しの回数が増えていた。最初の頃は教会騎士団によるイゾルデ館襲撃という醜聞のせいだと思っていたが、解決した今でもこうして引っ張り出されているところを見ると違うらしい。

では、他の重要案件があるのかというとそうでもなく、内容は些細な事だったりするのだから堪らない。これでは護衛隊隊長である自分を王太子妃の側から離す為だけに王宮へ呼んでいるようではないか。

そこまで考えて、エンゲルブレクトは背筋に冷たいものを感じた。本当に「その為」に国王が自分を王宮に呼んでいるとしたら？

思い当たる節はある。一時、アンネゲルトと自分の仲を勘ぐる噂が出回っていたのだ。それも今は下火になったものの、まだ完全に消えた訳ではない。

王宮がその噂を真に受けて、エンゲルブレクトを護衛隊から外そうとしているとしたら——

「隊長、書類が……」

「あ……」

いつの間にか手にした書類を握りつぶしていたようだ。気まずい沈黙が部屋に落ちたその時、侍従が部屋に来た。

彼の案内で、エンゲルブレクト達は王宮の廊下を歩く。この時期の王宮はどこも貴族で溢れているが、侍従が案内する廊下には不思議と人がいなかった。

妙な緊張感を覚えながら、エンゲルブレクトは国王アルベルトの私室に到着する。

仕事の話で呼ばれたのなら、執務室に通されるはずだった。私室に呼ばれたという事は、私的な話か。エンゲルブレクトの中で悪い予感ばかりが膨らんでいく。

「サムエルソン伯、並びにグルブランソン子爵が参りました」

「通せ」

こちらの心持ちのせいか、王の答えはいやに冷たく聞こえた。胃の底が冷えていくのを感じつつ、エンゲルブレクトは王の私室に入る。

一国の王の私室ともなれば、きらびやかなものを想像しがちだが、アルベルトの私室は一見質素に思うほどだ。

無論、置かれている調度品はどれも最高級品ではあるものの、派手さはまったくなく落ち着いた雰囲気があった。

「よく来た」

部屋の主は鷹揚な様子で二人を自分の前のソファに座らせる。先程感じた冷たさはどこにもなかった。やはり構えすぎていたせいでそう聞こえただけらしい。

だが、まだ油断は出来ない。エンゲルブレクトは緊張感を持ったまま、アルベルトの言葉を待った。

侍女がお茶を出して退室してから、国王はゆっくりと口を開く。

「今日二人に来てもらったのは、少し話があるからだ」

射るようなアルベルトの目に、エンゲルブレクトの背中に嫌な汗が流れる。不安が現実になるのだろうか。

しかし、続いた言葉は予想とは異なるものだった。

「今、王都でおかしな薬が流行り出している。知っていたか？」

「薬……ですか？」

思いがけない内容に、エンゲルブレクトの声には力がない。

アルベルトは無言のまま頷く。それと同時に、エンゲルブレクトの横から侍従が書類を差し出した。読めという意味だと解釈して、その場で目を通す。

そこに書かれていたのは、貴族の名前だった。しかも、軽度から重度まで三段階に分けられている。

「これは？」

「現在わかっているだけでも、それだけの人間が先程言った薬に手を出している。結構な数だと思わないか？」

「そうですね……お考えの通りだと思います」

薬、と一言で言っているが、治療目的のものではないのだろう。おそらくは、快楽目的のものだ。

書類に目を落としていたエンゲルブレクトは、改めて度数の項目が気になる。

「陛下、この軽度やら重度というのは、何ですか？」

「薬への依存度だ。この薬の厄介なところは習慣性がある点と、連続して使用すると精神に悪影響があるという点でな」

アルベルトの返答に、エンゲルブレクトは副官のヨーンと顔を見合わせた。これまでにもそうした薬が国内に出回った事はあるし、今も貴族のサロンで使っているところがあると聞く。

ただ、そうした薬は後を引かないものがほとんどの為、問題にはならなかったのだ。

それが今回の薬には依存性があるという。新種だろうか。

その答えはアルベルトの口からもたらされた。

「この薬は国外から持ち込まれたもののようだ。誰が広めたのかは調査中だが、社交界で広まりつつある。つい先日、薬が原因と思われる事件もあった」

「事件ですか？　初耳です」

エンゲルブレクトの言葉に、アルベルトはそうだろうと頷く。

「全て内密に終わらせた。名前は伏せるが、ある子爵がその薬に溺れ、自分の妻を刺したのだ。夫の言い分は、妻が自分を馬鹿にして他の男との子を自分の子だと偽っているというものだった。だが、それは全て夫の妄想だったようなのだよ」

「つまり、その薬を使い続けるとそういった妄想に囚われる、と?」

「その可能性がある。同じものではないが、薬で似た状態になった人間を過去に見た。今回事件を起こした子爵は穏やかで、妻に刃物を向ける人物ではなかったが……この薬は人格にも影響を与えるらしいな」

妻は一命を取り留めたそうだが、夫のもとに戻るのを恐れて子供を連れて実家に帰っているのだとか。

「近くその薬を規制する。使用はもちろん所持していただけで処罰の対象とする予定だ」

アルベルトは一旦話を切ると、お茶を一口含んだ。エンゲルブレクトとヨーンは黙ったまま続きを待っている。

薬の話と護衛隊との接点が見えなかった。自分達もその薬の摘発に駆り出されるという事だろうか。

無言であらゆる可能性を考えていた彼等は、続くアルベルトの言葉に震撼した。

「今回この話をお前達にするのは、王太子妃の周囲に薬の影響がいかないようにしてもらう為だ」

「な!?」

「それは、妃殿下の周囲に薬が出回っているという事でしょうか？」

あまりの展開に言葉をなくした上官の代わりに、ヨーンが確認する。アルベルトは首を横に振った。

「いいや、幸い王太子妃の周囲は帝国の者で固められているからな。今のところ影響は見えない。だが、この先もそうだとは限らないのだ。手元の書類をもう一度よく見よ」

そう言われて、エンゲルブレクトは慌てて手元の書類に目を落とす。

そして、ある共通項に気付いた。記載されている者の多くが、子爵以下の家の者なのだ。しかもそのほとんどが成り上がり組と呼ばれる新興貴族である。この組み合わせには特徴があった。

「これは……もしや、革新派ですか？」

革新派の大部分は、成り上がり組と呼ばれる新興貴族、及び彼等と親交のある貴族で構成されている。逆に保守派に新興貴族はほぼいない。

「そうだ。保守派もいるにはいるが、数は少ない」

アルベルトが危惧（きぐ）する理由がわかった。王太子妃アンネゲルトは革新派の貴族を後ろ盾に持つ。

新種の薬が革新派を中心に出回っているのであれば、アンネゲルトの側にいる貴族が彼女に薬を教える可能性があった。

「この件、妃殿下にお知らせしても構いませんか？」

「許す。ただし、情報を開示する相手は最低限に抑えよ」

こんな厄介な薬が国内、しかも貴族の間で広まっているなどと諸外国に知られれば、いい物笑いの種だ。

その後、いくつか確認をしてから二人はアルベルトの私室を後にした。

「おかしな事になりましたね」

「そうだな……」

薬に関しては、持ち込まれた経路や原産国を特定する為に軍の一部と諜報部が動いているそうだ。情報が入り次第、エンゲルブレクト達護衛隊にも報されるという。

まだ明るい時間帯でよく晴れているというのに、空がくすんで見えた。

シーズン中は王都のイゾルデ館に滞在する事が多いアンネゲルトだが、時間を見つけてカールシュテイン島に戻る日もある。

今日明日と二日続けて社交行事が入っていないのをいい事に島へ戻っていたアンネゲルトは、船の私室から出たところで小さな白猫に出くわした。

「わあ、猫？　どこから入ったの？」

しゃがんで抱き上げると、猫は控えめに鳴くだけで暴れる様子もない。人慣れしているという事は、飼い猫だろうか。船の乗務員の誰かのペットかもしれない。

「まあ、こちらまで来ていましたか？」

廊下の向こうからリリーの声が聞こえた。

「リリー、この猫はあなたの？」

「ええ、そうですよ」

「黒猫じゃないのね」

「はい？」

首を傾げるリリーに、アンネゲルトは何でもないと言いながら猫を渡す。魔女には黒猫という概念は、こちらの世界にはないらしい。

「でも、リリーが猫を飼っているなんて知らなかったわ」

それ以前に、船の中がペット可だという事も知らなかった。もっとも、これまで船内で馬以外の動物は見ていないのだが。

アンネゲルトの何気ない言葉に、リリーは笑顔でとんでもない返答を口にした。

「いいえ、飼っていませんよ？　これは生き物ではありませんから」

「え⁉」

リリーの腕の中にいる猫は、どこからどう見ても普通の猫だ。これが生き物でないと言うのなら、何だと言うのだろう。

「作り物ですよ」

リリーの背後から聞こえてきたのは、ティルラの声だった。

「ティルラ様、見つかりました」

「良かったわ。動作をもう少し考えた方がいいかもしれないわね」

「まだ改良の余地がありますわ」

二人の会話に、アンネゲルトは呆然とするばかりだ。リリーの腕の中でおとなしくしている猫が作り物とは。つくづく、リリーという人物はとんでもない。

「丁度いい機会ですから、アンナ様にも説明してちょうだい」

「はい」

アンネゲルト本人の意向はそっちのけで、作り物だという猫について説明する事が決まったようだ。

説明会は船の中にある会議室で行われるらしい。参加者はアンネゲルト、エーレ団長、ポッサート他、何人かの帝国軍将校という、帝国組のみの構成だ。

「隊長さん達はいいの？」

アンネゲルトがそっとティルラに耳打ちすると、彼女は苦笑を返す。

「一応、帝国でも最新の研究ですから。スイーオネースの方々に披露するのは早いと思います」

なるほど、リリーのおかげでこの船は魔導研究の最先端となっているらしい。

「では、リリー、お願い」

「はい。まずはこちらをご覧ください」

そう答えたリリーによってプロジェクターから映し出されたのは、先程の猫だった。他にも同じサイズで色違いの猫が数匹映されている。

「この猫型のデバイスは、通信及び発信器、受信機の簡易基地局となります。魔力で動作していますが、通信に関する部分は魔力を電力に変換して使用していますので、魔力探知に引っかかりにくいのが特徴です。また、ありふれた動物を使う事により、敵に警戒心を抱かせない効果もあります」

　魔力探知を行う場合、生き物は何かの拍子に魔力を帯びる為、無機物のみを対象にする。リリーもその辺りを考えて、簡易基地局の見た目を生き物にしたのだとか。

　プロジェクターから映された映像が、猫の映像から簡易基地局を使ってどんな事が出来るかを表した図に変わる。

「簡易基地局の有効範囲は百メートル四方です。この大きさではこれが限界でした」

　図には、簡易基地局と通信機、発信器との関係が描かれている。簡易基地局の有効範囲に入ると、その範囲内にある通信機同士はお互いに通信が可能になるようだ。

　発信器の方も、発信する側と受信する側のお互いが有効範囲内にいれば居場所を特定出来る。

「また、基地局同士の連携（れんけい）も可能です」

　リリーの言葉と同時に、映像が変化する。今度は簡易基地局同士が連携（れんけい）する図だ。これによれば、有効範囲内に別の簡易基地局が存在する場合、基地局の有効範囲が広がるのだとか。すると、その中にある全ての通信機、発信器、受信機が使用可能になるらしい。

「連携（れんけい）により、船から離れた場所でも通信が可能となりました」

　リリーの言葉に、ポッサートが手を挙げた。

「この端末は陸上使用のみを想定しているんだな？」

「そうです。船ならば大型の基地局を設置出来ますので、簡易基地局にこだわる必要はありません」

帝国からこの「アンネゲルト・リーゼロッテ号」までの通信を支えるのも、同じシステムの基地局だ。もっとも、あちらはもっと高出力だが。

スイーオネース国内でも同様の通信網を確立しようとすると、どうしても多くの基地局が必要になる。

「本当は建物に簡易基地局を設置するべきなんですが、この国では時期尚早という事で今回は見送りました」

リリーの説明を聞いたポッサートは、再び質問を投げかけた。

「では、陸と水上……この場合は海でも湖でも川でもいい。それらを挟んで通信しようとする場合はどうするんだ？」

有効範囲以上の幅を持つ川がない訳ではないし、湖、海となれば有効範囲を軽く超えても不思議はない。簡易基地局が猫型である以上、水の上を歩かせる訳にもいくまい。

「その場合はこちらを用意しています」

そう言ってリリーがプロジェクターに映し出したのは、鳥だった。小型の鳥と中型の鳥が数種類映っている。

「鳥型の中継基地局になります。こちらの大きい方は有効範囲が猫型に比べて広く、三百メートル四方となっています」

水上の場合、止まり木に使える木がなくとも、旋回飛行する事で他の基地局との連携が取れるという。

「なるほど。ではその端末を出すタイミングはどうするんだ？」

「自動です。使用中の発信器ないし通信機からの電波によって距離を割り出し、有効範囲を超えると判断された時点で最初の端末が移動を開始します」

後は連携する簡易基地局が、数珠繋ぎに有効範囲ぎりぎりの距離を保って行動するという説明がされた。

「簡易基地局の起点にはこの船とイゾルデ館を設定しました。これらのデバイスはまだ試作品段階ですが、既に完成に近い形となっています」

リリーも開発を急いでいるそうなので、近いうちに使用出来るようになるだろう。

完成すれば、情報部も大分助かるはずだ。外に出ている者達からの報告に、通信端末が使える利点は大きい。音声ではなく文字情報で送信し、しかも使用する文字を日本語にしておけば、最強の暗号となる。

「私からは以上です」

リリーが着席すると、次はティルラが立ち上がった。

「先程のリリーからの説明通り、移動型簡易基地局が完成すれば、船の外でも通信機及び発信器、受信機が使えます。ただし、今まで使用していた魔力を使う型は使用出来ませんので、新たに電気使用の端末を貸与します。必要個数をまとめて後ほど申請してください」

これまで帝国内で使われていた携帯端末は全て、動力が魔力だ。現在船にいる乗務員及び兵士達が持っているのはこれだった。

ティルラの説明に、ポッサートからの質問が入る。

「電気使用との事だが、従来の端末との違いは？」

「充電が必要になるのが違いね。その方法も貸与の際に説明書として一緒に渡すわ」

本来なら、魔石をセットするだけで自動的に電気へと変換する方式が一番楽なのだが、そのシステムを組み込むと端末が大きくなるという事で見送られたそうだ。

代わりに、充電器に魔石をセットして、端末を置いておけば充電出来るシステムを開発したらしい。その辺りはリリーではなく、彼女の共同研究者であるフィリップが請け負ったというから、彼の仕事ぶりには目を見張る。

「また、このシステムを利用してアンナ様の位置特定を行います。ご本人が了承済みです。特に情報部は確認を怠らないように」

アンネゲルトの位置情報がおかしな動きを見せた場合、高確率で危険にさらされているという訳だ。ただこれには、何の動作も必要とせず危急を知らせる事が出来る反面、プライバシーがなくなるという弊害があった。

「姫、よろしいのですか？」

エーレ団長にそう確認され、アンネゲルトは苦笑を返すしかない。元々、発信器機能云々を言い出したのはアンネゲルト自身だ。

「しばらくは仕方ないって割り切るわ。まだ命を狙われているみたいだから」

暗殺の警戒に関しては、このシステムは役に立たない。拉致などせずその場で殺せば事足りるからだ。

だが、世の中何が起こるかわからない。以前だって、まさかイゾルデ館が襲撃されるなどと思っていなかったし、館の防犯システムが突破されるのも想定外の出来事だった。ならば、ただ殺されるのではなく拉致される可能性も考えておいた方がいい。人質として使われる事もあるかもしれないし、その場で殺せない理由がある場合も考えられた。

エーレ団長はアンネゲルトの言葉に、複雑な表情を浮かべる。

「姫がそう仰るのなら、私は何も申しますまい」

「ありがとう」

アンネゲルトはエーレ団長に微笑んだ。

説明会は無事終わり、参加者はそれぞれ自分が伝えるべき部署に向かった。アンネゲルトは部屋に戻るだけだが、その前にと、リリーから最新式の腕輪を渡される。

「これは電気式の発信装置が入っています。他の機能には術式を使わざるを得なかったのですが」

「わかっているわ。ありがとう、リリー」

さすがに電気を動力に、物理や魔導の障壁を展開出来るとはアンネゲルトも思っていない。渡された腕輪はこれまでのものよりも細く華奢なデザインで、その面でもアンネゲルトを喜ばせた。

説明会があった日の夜、王宮から船へ戻ったエンゲルブレクトは、早速ティルラのもとを訪れていた。

「薬ですか？」

「ああ、革新派を中心に広まっているらしい」

エンゲルブレクトが王宮で聞いてきた話をかいつまんで説明したところ、ティルラが質問をしてくる。

「問題を起こした子爵は、まだ存命ですか？」

「そこまで聞いていないが……確かめるか？」

「お願いします。出来れば生きていてほしいのですが」

エンゲルブレクトはティルラの顔をまじまじと見つめてしまった。この女にもこんな面があるとは。

その思いが顔に出ていたのか、ティルラはくすりと笑った。

「生きていれば、船に連れてきてもらって精密な検査が出来ますから」

つまり、薬の成分やそれらが人体に及ぼす影響をデータとして取っておきたいという事らしい。やはりティルラはティルラだった。

彼女はすぐに真剣な表情で懸念を語る。

「脳や内臓に与える影響も気になりますし、何よりどんな成分が含まれているのか、知っておく必要があるでしょう。幸いうちにはリリーがいます」

「ああ……」

エンゲルブレクトはいつぞや王宮で開かれたお茶会後に見た光景を思い出す。あの場に、アンネゲルトを暗殺する目的で毒入りの菓子を持ち込もうとして捕まり、リリーに渡された女の末路は悲惨そのものだった。

「あと、出来たら薬そのものも手に入るといいのですが……それも複数」

「複数？」

「ええ。そういった薬の厄介さは、純度に関係する場合があります。不純物が混じっていればいるほど、悪影響を及ぼす可能性があるんです」

どの層にどのくらいの純度の薬が出回っているのか、押さえておきたいというのが彼女の意見だ。

単純にアンネゲルトの側に薬を持ち込ませない為だけなら、そこまでの情報は必要ではない。では、どうして必要なのか。

「何故、そこまで知りたがる？」

「意外と、そういったところから広めている人物が特定出来たりするものですよ」

こういうものは、自然発生的に広まるのではなく、必ず誰かが何らかの意図を持って広めているのだという。

ティルラとしては厄介なものは根絶しておきたいとの事であり、それはエンゲルブレクトも同意見だった。自分達が守る王太子妃には、どんな危険も近寄らせたくない。

「子爵と薬に関しては、何とかしてみよう」

「お願いします。子爵が亡くなっているようでしたら、遺体をこちらに運べないか調べてもらえますか？」

「……善処する」

厄介事を自ら背負ってしまった感がぬぐえないが、エンゲルブレクトは致し方ないと思う事にした。

◆◆◆◆

アンネゲルトは社交の場に王宮侍女を伴う事が多い。大抵はマルガレータを連れていくのだが、数回に一度はダグニーと一緒の事があった。今日が丁度その日に当たる。そして本日の行き先は劇場だった。

「あなたと外出するのも、久しぶりね」

「長らくのお休みを頂戴し、申し訳ございません」

少し前にダグニーからの申し出があって、彼女は王宮侍女の職を休んでいたのだ。理由は母方祖父の葬儀の為だという。いくら社交シーズンで忙しいとはいえ、これにはアンネゲルトも許可を出さざるを得なかった。

「いいのよ。お祖父様の事、残念だったわね……」

「祖父も高齢でしたし、最後は安らかな様子でしたので……」

ダグニーの話では、もう長く床についていた人物らしい。その祖父の葬儀と、相続に関する問題とで、思っていた以上に休暇が長引いてしまったのだとか。

「どこにでもあるのね、そういう事って」

独り言が相手に聞こえていたようだ。慌てて取り繕うアンネゲルトに、ダグニーはほんの少し笑みをこぼす。

「何か仰いましたか？　申し訳ありません、聞き逃してしまいました」

「ああ、いいのよ。気にしないで」

本当ならまだこんな騒がしい場所に来る心境ではないだろう。しかし、マルガレータが疲労から微熱を出してしまった上に、ティルラも帝国関連の事情で忙しくしていて、ダグニー以外の人員が全滅状態だったのだ。やはり王宮侍女を増やす事は検討しなければならないらしい。

歌劇の幕間は長く、飲み物やちょっとした軽食を取る時間としても使われる。社交の場でもある為、他の客との会話なども大事だが。

アンネゲルトも席から離れてホワイエに出てきたところ、その場で意外な人物と出くわした。王太子ルードヴィグである。

「まあ……ごきげんよう、殿下」

数回に一度、社交の場で王太子夫妻が顔を合わせる事がある。大抵の場合は事前にあちらの予定がわかっているので、ルードヴィグが出席予定の催し物には、ダグニーを連れていかないように配慮していた。

今回の歌劇に彼が出席するとは聞いていなかったのに、何故か目の前にいる。

「……息災なようで何よりだ。少し、彼女を借りる」

「え？　あら」

アンネゲルトが答える間もなく、ルードヴィグはダグニーを連れてその場を離れてしまった。

残されたアンネゲルトの周囲には、好奇心でぎらついた目を隠そうともしない貴族達が群がり、誰が口火を切るか腹の探り合いをしている。

さて、どうやってこの包囲網を突破したものかと思案していると、意外なところから意外な人物が助け船を出してくれた。

「これは妃殿下、ご機嫌麗しく」

ハルハーゲン公爵だった。さすがの貴族達も、王族である公爵を前にアンネゲルトに根掘り葉掘り聞く事は出来ないらしい。アンネゲルトも王族ではあるが、彼女は他国から嫁いできた身だ。その辺りの線引きはしっかりとあった。

苦手な人物とはいえ、溺れる者は藁をも掴むものだ。アンネゲルトはにっこりと愛想笑いを浮かべて挨拶を交わす。

「ごきげんよう、公爵。今日もお友達とは一緒じゃないのかしら？」

お友達という名の女性の取り巻きについて指摘すれば、公爵も笑顔で答える。

「これは手厳しい」

そんな不毛な会話をしていると、公爵はアンネゲルトの周囲を確かめて不思議そうな顔をした。

「おや、お側に侍女がいないなど、どうなさったのですか？」

「それが……」

正直にルードヴィグが連れていったと言った方がいいだろうか。答えあぐねているアンネゲルトを余所に、周囲にいたとある貴婦人が真相を口にしてしまった。

「先程殿下が連れていってしまいましたのよ」

「殿下が？　……ああ、なるほど。本日お連れになったのはヴェルンブローム伯爵夫人でしたか」

「ええ」

貴婦人の一言で、公爵は事の次第を正確に読み取ったようだ。アンネゲルトは苦笑をしつつ肯定する。

別にダグニーを連れていったのは構わない。けれど、もう少し周囲に気を配ってほしかった。

そういえば、ルードヴィグに立場の危機を伝えようと思っていたのだが、ああも素早くいなくなられてはその機会すらない。

ダグニーにそれとなく伝えておいた方が良かっただろうか。アンネゲルトは周囲の言葉を聞き流しながら、扇（おうぎ）の陰で溜息を吐いた。

劇場の中にはいくつか個室の休憩所が設（もう）けられている。ダグニーはルードヴィグに放

り込まれるようにして部屋に入った。振り返ると、彼は背中越しに扉を閉めている。

「殿下、皆の前でこのような――」

「ついこの間まで、どこに行っていた？」

アンネゲルトの側からいきなり侍女である自分を引き離した無礼を非難しようとしたダグニーだったが、逆に普段と違う様子のルードヴィグに問い詰められた。

細身とはいえ、男の手で二の腕を掴まれて痛みに眉をひそめる。しかしルードヴィグは、ダグニーの苦痛にはお構いなしのようだ。

「……手紙を書きましたでしょう？　母方の祖父の遺産相続の件で、ベック子爵領に行っておりました」

「本当だな？」

ぎらつく目のルードヴィグを見て、ダグニーはどんどん冷静になっていった。

「お疑いですか？」

自分でも驚くほど冷淡な声が出る。彼女の答えを聞いて、ルードヴィグはやっと自分が何をやっているのか理解したらしい。驚いたような、傷ついたような顔をして、言葉が出ないのか口をぱくぱくとさせていた。

やがて掴んでいた腕を解放した彼は、ふらふらと二、三歩後退して、そのまま近くにあった椅子に力なく座り込む。

「君に会えなくていらついていたんだ……」

目元を手で覆いながら、ルードヴィグは弱々しい声でそう告げた。普通なら哀れに思うところだろうが、今のダグニーには冷めた感情しか浮かばない。

「お互いやるべき事がある身ですもの。当然ではありませんか？」

「やめてくれ！　そんな他人行儀な言い方は」

激高するルードヴィグを見て、ダグニーは重い溜息を吐いた。何がここまで彼を追い詰めたのやら。だが、いい機会かもしれない。

「殿下、もう少し周囲に目をお向けください。そうでないと、足下をすくわれる事になりますよ」

ダグニーがルードヴィグに苦言を呈するのは、これが初めてではなかった。内容を変えて何度か伝えているものの、どの言葉も彼の中には残らなかったようだ。

王太子廃嫡の噂は、ダグニーの耳にも届いていた。王宮侍女のもとには貴族間の噂話もよく入ってくる。直接的な話でなくとも、それらをまとめてちょっと考えれば、誰でも辿り着ける答えだった。

もっとも、目の前にいる当人だけはわかっていない様子だが。今もきょとんとした顔でダグニーを見つめている。

「足下をすくう？　私のか？」

「そうですよ」

「誰がそんな事をするというんだ？　私は次代の王だぞ？」

ダグニーは沈痛な思いで目を閉じた。ある意味、兄弟がいない事こそが、彼の不幸の始まりかもしれない。

王の子であっても男児でなければ、あるいは上に兄がいればまた違っただろう。彼の気質は「王」にも「王太子」にも向いていない。

とはいえ、そんな事は考えるだけで不敬だ。口に出来るはずもなかった。

「ダグニー。前みたいに二人で一緒にいる時間をもっと持とう」

ルードヴィグは、懇願すれば元通りに戻れると思っているらしい。あの頃とは何もかもが変わってしまっているのだと、彼だけが気付いていなかった。

「……無理ですわ、殿下。王宮侍女の責務は殿下が思うほど軽くはございません」

ダグニーの仕事が忙しいのも本当だ。本来なら四、五人は必要なところを、ダグニーとマルガレータの二人だけで回している。いくらアンネゲルトが王宮に住んでいない王族とはいえ、無理が出てきていた。

今はティルラが多くの部分を請け負ってくれているので、何とかなっている状態だ。近いうちに人員補充の提案をしようと考えてはいたが、だからと言ってダグニーの仕事が完全になくなる事はあり得ない。

断りの言葉を口にしたダグニーに、ルードヴィグは吐き捨てるように言い放った。

「ならば王宮侍女など辞めてしまえばいい。大体、君にあの女が近づくのは前から気に入らなかったんだ」

ダグニーは顔をしかめて、またか、と思う。ルードヴィグは相変わらずアンネゲルトの事を「あの女」呼ばわりだ。何故ろくに知りもしない相手をそこまで嫌えるのか。

ダグニーは素直に聞いてみた。

「どうして、殿下は妃殿下の事をそこまでお厭いになりますの？」

その言葉が余程衝撃だったのか、ルードヴィグは驚いた表情で固まっている。彼女は返答が来るまで黙ったまま待った。

ルードヴィグは何かを言いかけてはやめるを繰り返し、ようやくぽつりとこぼした。

「嫌うのが当然だからだ」

やはり、とダグニーは確信した。ルードヴィグはアンネゲルト個人を嫌っているのではない。「政略結婚の相手」という立場を嫌っている。

おそらくはその背後に自分の父親を見ているのだ。彼にとって、政略結婚を強要した父と、結婚相手であるアンネゲルトが重なって見えているのではないか。だから相手をろくに知りもしないのに嫌う。

何の事はない、反抗期の延長のようなものだ。ただ、周囲を巻き込んでいるだけルードヴィグの反抗期は質が悪い。

今ここでダグニーがそれを指摘したところで、本人は納得しないだろう。自分で気付かなくてはならないのだ。

――でも、気付く日は来るのかしら……

正直、分の悪い賭けをしている気分だ。再び彼女の口から溜息が漏れる。

丁度その時、休憩時間終了を知らせる鐘の音が響いた。

「とにかく、私は妃殿下のもとへ参ります。殿下もお席にお戻りください」

「待ってくれ、ダグニー」

「……もう少し、ご自分のお立場を考えて行動なさってください」

ダグニーはそれだけ言うと、ルードヴィグを置いて休憩所を出る。残された彼がどんな表情をしていたか、ダグニーには知るよしもなかった。

観劇から少し経ったある日、朝の報告会でアンネゲルトは画面越しに、女性建築家のイェシカから報告を受けた。

『クアハウスが出来上がったぞ』

全ての工程が終了し、いつでも使える状態になっているそうだ。

「見たい！　というか入りたい！」

興奮したアンネゲルトは、日本語でそう叫んだ。そして、期待に満ちた目でティルラを見つめる。

本来、王宮侍女が行うスケジュール調整を、アンネゲルトの場合はティルラが請け負っていた。その関係で、彼女はイゾルデ館における王宮侍女の窓口的役割も担っている。

「しばらくは予定が詰まっておりますから……そうですね、六日後でしたら、島に戻っても問題ないかと思います」

ティルラは日本にいた頃から愛用しているシンプルな手帳を、ぱらぱらとめくって答えた。

「そんなに後なの？」

「本日は昼食会と音楽会、明日は舞踏会、明後日は夜会、その後も舞踏会と夜会が交互に入っていますよ。これらの合間を縫ってご公務が入ります」

にっこりと告げるティルラに、アンネゲルトは顔を引きつらせたまま言葉が出ない。これでも社交は厳選し、もう減らせないというのは知っている為、文句も言えなかった。

「社交はアンナ様にとって大事なお仕事の一つです。特区、作り上げるんでしょう？」

そうだめ押しされれば、アンネゲルトは白旗を掲げるのみだ。

「という事でイェシカ、アンナ様は六日後に島に戻られます。戻られたらすぐにクアハウスに向かえるよう、整えておいてもらえる？」

『わかった。その辺りはリリーの『承りました！』という声が聞こえてきた。フレームアウトしているが、その場にいるのだろう。

画面の端の方からリリーに頼むとしよう』

クアハウスの施設は出来上がっていても、そこで働いてもらう使用人についてはまだ何も決まっていない。いずれは国内の人間を雇うにしても、しばらくは船の人員を回す必要がある。その辺りの調整は、イェシカでは出来ないのだ。

「お姉様を誘ってもいいかしら？」

アンネゲルトにとって親戚のお姉様であるクロジンデも、クアハウスには興味津々（きょうみしんしん）だった。それを思い出し、アンネゲルトはティルラに確認する。

「急ですから、今回はおやめになった方がよろしいかと。プレオープンにはご招待するのですし、クロジンデ様もご理解くださいますよ」

アンネゲルトの問いに、ティルラはあっさり返答した。貴婦人の間で流行（はや）ってもらわなくては困るので、客人には社交界でもそれなりに影響力のある女性を選ばなくてはならない。その人選はクロジンデに相談する事に決めた。

「そういえば、クアハウスの運営を頼む商人って、決まったの？」

商人の選定は、結局アンネゲルトの予定が合わず、ティルラに丸投げ状態だ。

「ええ、つい先日ようやく条件の合う相手が決まりました。事後報告になりますが、クアハウスオープンまでには引き合わせの予定を組んでおきます」

「お願いね」

商人にはクアハウスのみならず、今後出来上がる予定の温室で栽培する花や、そこから作る香水などの販売も任せる予定でいる。

報告会は以上で終了し、その後は全員通常業務に戻っていった。

二度目のシーズンという事もあり、幾分社交に慣れた感のあるアンネゲルトは、本日は王都にある音楽堂で開かれている催し物に参加中である。同行者はティルラとマルガレータだ。

「レードルンド子爵夫人、今日の音楽会は楽しめて？」

「ええ、とても。特に後半には好きな音楽家の曲が演奏されるので、今から期待しておりますわ」

レードルンド子爵夫人の夫も、革新派でそれなりの位置にいる人物だ。アンネゲルトの立場が立場な為、どうしても付き合いは革新派の夫を持つ夫人が多くなる。

そんなアンネゲルトを目指して、若い貴婦人の一団が近づいてきた。子爵夫人と歓談していたアンネゲルトは、ふと視線を感じてそちらに目をやる。

すると、見知らぬ貴婦人達が口元に嘲笑を浮かべてこちらを睨み付けていた。

「ごきげんよう、妃殿下。今夜の音楽会にも夫君である殿下ではなく、何かと噂のある伯爵とご一緒ですのね」

棘のある言い方に、アンネゲルトは黙ったまま彼女達を見つめる。確かに護衛であるエンゲルブレクトと一緒に来ているが、彼は音楽堂の中にまではついてこない。今も馬車の側で待っているはずだ。

身分的に、彼も社交の場に出てもおかしくはないものの、エンゲルブレクトは極力そうした場には出ないようにしている節があった。

本来なら音楽堂の中までついてくるべきなのだが、事前の話し合いにより建物の中の警戒はティルラが請け負っている。男性では入り込めない場所もあるという事で、意見が一致したようだ。

アンネゲルトは嘲笑を浮かべる女性達を見て、去年教わった事を思い出す。記憶違いでなければ、こうした社交の場では初対面の相手に話しかける前に紹介を受ける必要があるはずだ。

ちらりと見た子爵夫人の表情は引きつっていて、斜め後ろからはマルガレータの緊張が伝わってくる。どうやら、覚え間違いではなかった様子だ。

周囲を窺っても、こちらを興味本位の眼差しで眺めている者達ばかりで、彼女達を紹介しようという人物は現れない。

彼女達は彼女達で、こういった場でやってはいけない事をしたという自覚に乏しく、アンネゲルトが何も言い返さないと見るや、言いたい放題だ。

「大体伯爵はお仕事で妃殿下のお側におられると、おわかりでいらっしゃるのかしら？身近な殿方と親しくなさる前に、夫である殿下との関係をどうにかなさるべきなのに」

「まあ、いけないわあなた。殿下は妃殿下の王宮侍女に夢中じゃないの」

「あら、いやだ。そんな言い方をしたら妃殿下が捨てられた可哀相な方に聞こえてしまうわよ」

どうやら公衆の面前でアンネゲルトを嘲笑したいらしい。今までにそうした者達がいなかった訳ではないが、ここまで面と向かって言われるのは初めてだ。

ふと、アンネゲルトは先日の伯爵令嬢の件を思い出した。エンゲルブレクトを想っていた伯爵令嬢が、アンネゲルトに刃物を向けたのだ。

彼女の家が革新派でも重要なポストにいるという事で、事件を起こした当人を二度と王都に出てこられない場所に嫁がせるのを条件に、全ての件がなかった事にされている。

今、目の前にいる女性達が、例の伯爵令嬢の件を知らずに嫌がらせをしかけてきたのだとしても無理はない。あの場を預けたアレリード侯爵夫妻の隠蔽工作は完璧だった。

——それにしても、どうしたもんかなー……

隣にいる子爵夫人が何も言わないのは、こういった場では身分が上の者、つまりアンネゲルトが収めるべきだからか。

侮られっぱなしではいけないし、かといってこんな稚拙な手を使ってくる相手に大騒ぎすれば、こちらの度量を疑われてしまう。面倒な事この上ない。

――待てよ？　そういえば、彼女達、立派なマナー違反をしているんだよね？　いい突破口が見えた。扇で口元を隠して考え込んでいたアンネゲルトを見て、向こうはこちらが反撃出来ないと勘違いしたのだろう。仲間同士で相変わらずにやにやと言い合っている。

「何も仰らないのは、私達の言葉をお認めになってらっしゃるからですわね？」

集団の先頭にいる女性が、胸を張ってそう言った。チャンスだとばかりに、アンネゲルトは扇で口元を隠したまま、側にいた子爵夫人に尋ねる。無論、貴婦人の集団にも聞こえる音量でだ。

「子爵夫人。私の覚え違いでなければ、紹介も受けていないのに初対面の相手に声をかけるのは、いけない事ではなかったかしら？」

小首を傾げるのも忘れない。貴婦人の集団ではなくあえて子爵夫人に話を振ったのは、マナー違反をするような小物に関わる気はないという意思表示でもあった。

――それに、ここで下手に直接批難したりしたら、彼女達が処罰されちゃうからね。それはさすがにやりすぎだし。

アンネゲルトの物言いに、周囲で面白そうに眺めていた集団からくすくすと笑い声が響いてくる。タイミング的にも、笑われているのは集団の方だった。

話を振られた子爵夫人も心得たもので、すぐに話にのってくる。

「ええ、その通りですわ妃殿下。まあ、社交界に慣れていない者達は知らなくとも致し方ありませんけど」

暗に、田舎者はマナーも知らないと言っているのだ。これには家の格や財力も大した事はないという意味合いが含まれる。

たとえ王都から離れた場所に領地を持とうとも、家格も財力もある貴族ならば毎シーズン王都に来るはずだ。それに、そうした父親や夫を持つ貴婦人ならば、社交界のマナーに精通していなくてはいけない。

子爵夫人の言葉の意味を正確に受け取った集団は、瞬時に顔を真っ赤に染めた。羞恥の為ではない、怒りの為だ。

貴族にとって、家格と財力を侮られる事は大変な侮辱に当たる。それを言ったのが、爵位で言えば下級に当たる子爵夫人なのでなおさらだった。

自分達がアンネゲルトを貶めるはずが、面と向かって田舎者と馬鹿にされた訳だ。だからといって効果的な反論も出来ない辺り、本当にマナー知らずなのかもしれない。

わなわなと震えていた先頭の女性が何かを言いかけたところで、休憩時間終了の鐘が響いた。

「では妃殿下、お席の方に戻りましょうか」

「そうね」

子爵夫人に促され、アンネゲルトは集団を顧みる事なく王族専用席へと戻る。多分彼女達はこちらを睨み付けている事だろう。背中に嫌な感じを受ける。

そんなアンネゲルトの耳に、周囲からさざ波のように広がっていくひそひそ声が聞こえた。

「どこの田舎者なのかしら？」

「王族である妃殿下に対してあのように……ねえ？」

「本当、品のない」

さて、あの貴婦人達は最後までこの場所にいられるだろうか。

――それにしても、面と向かって言うのは品がなくて、陰口なら品があるのかしらね？

アンネゲルトはそう思ったが、口には出さない。貴族には特別な考え方でもあるのだろう。

音楽会で重要な時間は既に終わっているので、後は純粋に演奏を楽しんで帰るだけだった。

ノルトマルク帝国皇太子ヴィンフリート達を乗せた船は順調に航海を続けていた。甲板に出ていると、吹きつける風が冷ややかに感じる。

「さすがに北なだけはあるな。この時期でも風が冷たい」

ヴィンフリートは面白くもなさそうに呟いた。彼の側近であり、アンネゲルトの弟でもあるニクラウスは、主の斜め後ろに立ってヴィンフリートと同じ感想を抱いている。

「マリウスはどうしている？」

「船室にいらっしゃいます。先程まではしゃぎ回っていたようですが……」

子供だからか、ヴィンフリートの末弟、マリウスは元気の塊だ。おとなしく船室にこもっている事はなく、航海の間も常に船内を駆け回っていた。ニクラウスとしては、今もマリウスが船室から出てどこかで迷子になりはしないかと心配でならない。

そんな彼の心情を察したのか、ヴィンフリートがあまり気にするなと言ってきた。

「子守のアーレルスマイアーもついている。問題はないだろう」

彼はマリウスの世話役であって子守ではないのだが、ヴィンフリートはわざとそう言っているらしい。

ニクラウスはあえてその事には突っ込まず、別の懸念を口にした。

「あちらに行って、殿下が姉上と組まれたら事だなと……」

無邪気に周囲を振り回すところがあるマリウスと、異世界の常識で動きがちなアンネゲルトが一緒に行動したら、何が起こるか予測がつかない。ニクラウスはそれが一番心配なのだ。

だが、ヴィンフリートはそれすらも杞憂だと言い切った。

「向こうにはティルラもエーレもいるだろう」

「それはそうですが……」

分別を持った大人二人が、アンネゲルトとマリウスを抑えるとヴィンフリートは考えているようだ。それはニクラウスもわかっているが、果たしてマリウスを得てパワーアップしたアンネゲルトを、二人が抑え込めるものかどうか。

ティルラの手腕とエーレの能力の高さを、ヴィンフリートはもちろんニクラウスもよく知っていた。だからこそ彼等はアンネゲルトの輿入れに同行しているのだ。

――でも、あの姉上だからな……

気が晴れないニクラウスの様子を、ヴィンフリートは笑って見ている。

「お前はロッテの事になると心配性になるな」

「放っておいてください」

姉のアンネゲルトは母に似ていて、弟のニクラウスは父に似ている。姉弟の父であるアルトゥルも、家族に関しては心配性な人だ。そんなところも、自分は父に似たのだろう。

笑いを収めると、ヴィンフリートはいつもの調子でニクラウスに尋ねてきた。

「あちらの様子はどうだ?」

「姉だけは何も知らされないままだそうです」

この船にも通信設備があり、ニクラウスはそれを使ってスイーオネースの「アンネゲルト・リーゼロッテ号」と連絡を取っていた。

「あと、一つ気になる情報が」

「何だ?」

「姉の王宮侍女……帝国でいう奥侍女のようなものだそうですが、その王宮侍女に例の男爵令嬢がついたそうです」

「ほう」

男爵令嬢は数いれど、「例の」とつくのは一人しかいない。王太子ルードヴィグの愛人ホーカンソン男爵令嬢ダグニーの事だ。

「夫の愛人を側に置くとはな」

王宮侍女には帝国の奥侍女同様に身分が必要らしく、男爵令嬢がスイーオネース国王から「ヴェルンブローム伯爵夫人」という称号を賜ったという事は、通信で知らされていた。

そこまでして、何故彼女を側に置こうと思ったのか。ニクラウスは自分の姉ながら、その考えが理解出来ないでいる。

しかし、ヴィンフリートは違うようだ。

「ロッテもなかなか苦労しているな」

「殿下？」

「いや、存外令嬢……今は伯爵夫人か、彼女とロッテは相性がいいのかもしれんな」

ヴィンフリートの意見は、ニクラウスには衝撃的だったが、あの姉ならあり得ない話ではない。何せ弟にまで、婚姻無効に持ち込む為のアイデアを聞いてきた人だ。あの時は本当にどうしようかと思った。

そんな姉も無事に嫁いだのでほっとしていたというのに、今度は夫である王太子の愛人を自分の侍女にしたという。

思い出して頭を抱えたくなったニクラウスに、ヴィンフリートは鷹揚に言葉を投げかけてきた。

「心配する事はない。ティルラが見逃したのだから、夫人の方に問題はないのだろう」

「そうでしょうか……」

「お前はもう少し姉を信じてやる事だな」

いくら敬愛する皇太子の言葉とはいえ、これぱかりはニクラウスも頷けない。苦い顔をする彼に、ヴィンフリートは喉の奥で笑った。

彼等の視線の先には、おぼろげに陸地が見える。もうじきスイーオネースに到着するのだ。周囲も慌ただしくなってきた。

この船は、見た目は普通の帆船だが、動力は魔力に頼るところが大きい。甲板に人がいなくとも航行には支障がないけれど、普通の船に見せかける為にはそれなりの演技が必要だった。今甲板を慌ただしく動き回っている水夫達はその配置についているのだ。

「そろそろ中に入るとしよう。ここにいては彼等の邪魔だ」

「そうですね」

それに、なるべくなら人目につきたくない。帝国側からでなく、スイーオネース側からアンネゲルトに情報が漏れる可能性もあるのだ。

ヴィンフリートはニクラウスを伴って、船首楼から中へと入っていった。

クアハウスが使用可能になったと聞いた日から六日後の本日、アンネゲルトはやっとカールシュテイン島に戻ってきた。シーズン中は社交に公務に大忙しになる。今日はそんな合間の貴重な休日だった。

クアハウス見学ツアーの参加者は、アンネゲルト、ティルラ、リリー、ザンドラ、案内役のイェシカである。女性限定のクアハウス見学である為、護衛隊の面々には遠慮してもらった。

船から下りて海沿いの小道を歩いていくと、クアハウスの表に出る。

「わあ……素敵……」

クアハウスの外観は、リリーが提供した画像を元にした古代の神殿風だ。装飾の施された柱や荘厳さを感じさせるファサード、中央にドームを持つ大浴場を配置し、放射線状に各施設が配置されている。

施設はエステルーム、海水を使った温浴施設、サウナ、岩盤浴、露天風呂などがあった。大浴場だけでなく、個室扱いの浴室も設えてある。人目を気にせずリラックス出来るようにという配慮だ。

もっとも、普段から使用人が側にいる生活をしている貴婦人達は、人の目など今更気にしないかもしれないが。

「全ての施設が使用可能だ」

一通り案内しながらのイェシカの言葉に、アンネゲルトは期待に瞳を輝かせる。

「本当に？　どれから入ろうかしら……」

「アンナ様、試されるのは構いませんが、湯あたりにはお気を付けください」

そんなティルラの声も耳には入っていないようだ。はしゃぐアンネゲルトには構わず、イェシカは案内を続ける。

「ここからは食堂と図書室、娯楽室などになる」

入浴に関する施設とそれ以外とは、建屋そのものを分けてあった。行き来は広い渡り廊下で行う。こちらも柱や屋根の部分が古代風だ。それらを見上げて、ティルラが呟いた。

「思っていたよりも大きなものになっていますね」

「そうね……全部回ろうと思ったら、一日がかりになりそうだわ」

アンネゲルトも同様に見上げ、さらに周囲を見回して答える。以前一部だけ使えるようになった時に来たきりだが、あの日より広がって見えるから不思議だ。

「ここが食堂になる」

先導していたイェシカがそう言って扉を開けた先には、広々とした空間が広がっていた。

船のレストランとはまた違う、洗練されているが決して重くないイメージで統一された空間は、居心地が良さそうだった。イメージはリゾートホテルのメインダイニングといったところか。

「ちなみに、船の料理長からの要請でオープンキッチン……だったか？　にしてあるぞ」

「え？」

イェシカが指さした方向には、確かに調理している姿を見せるオープンキッチンが設えられている。

「料理長ったら……」

「いつの間にそんなリクエストを……」

アンネゲルトもティルラも知らないところでイェシカに注文をしていた料理長は、案外大物なのかもしれない。

一通り見て回った後は、いよいよ入浴だ。今日は全ての浴室が使えるようにしてあるので、いくらでも試せると聞いている。

アンネゲルトが選んだのは、小規模の浴室だった。

「綺麗ね……」

夏のスイーオネースは日が落ちるのが遅い。窓の外には美しく手入れされた庭園と、その向こうに海が広がっていた。

日が落ちた後はライトアップされるので、長い時間景色を楽しめる作りになっている。建物や植栽の配置を工夫して、外からは覗かれないようにしてある為、窓を全開にして景色を楽しめるのだ。

もっとも、敷地内に不審人物が侵入した場合、最新の防犯システムにより気絶させられる事になっているというが。

警備施設を担当したリリー曰く、命を取るようなもったいない真似は出来ない、との事だった。生きたまま捕獲された侵入者達のその後を考えると、アンネゲルトの背筋に冷たいものが流れる。

慌てて頭を振ってよくない考えを追い出し、もう一度お湯の感触を楽しんだ。今は温泉を全力で楽しめばいい。

その日は夕食もクアハウスで取り、船に戻る頃には島内にぽつぽつと明かりが灯っていた。とはいえ、二十一時を回ろうかというこの時間でも、まだ夕方程度の明るさだ。

「いつの間にあんなものが……」

　街灯のように背の高い明かりが等間隔に設置されている。聞けば、島の中を走る道には全て設置済みなのだそうだ。時間で点灯するように仕組まれているので、この明るさの中でも点灯しているという。

「夜中に見ますと、綺麗ですよ」

　そう言ったのはリリーだ。何でも離宮の屋根からちょくちょく眺めているらしい。

「何故、屋根の上から？」

「屋根に装置を設置する関係で、よく上るんです」

　アンネゲルトが知らないうちに、工事などあれこれと進んでいるようだった。

## 二　南よりの客

アンネゲルトがクアハウスの出来上がりを確認した日の昼、王都の港にヴィンフリートとニクラウス、マリウスの乗った船が到着した。

「マリウス、いいと言うまでおとなしくしているのだぞ？」

「はい、兄上」

「そろそろ到着のようです」

三人は船に用意していた馬車の中にいた。ヴィンフリートとマリウスが並び、その前にニクラウスが座っている。マリウスの世話役は別の馬車に乗っていた。

乗組員のかけ声と共に船の横腹の部分が開き、船と岸壁の間にスロープがかけられ、その上を馬車がゆっくりと走り出す。

馬車は港から伸びる大通りを、騎乗した兵士達と一路王宮へと進んだ。マリウスは馬車の窓にへばりつきながら、外の景色を眺めている。

「兄上、帝国の街とは違います！」

「それはそうだろう。ここはスイーオネースだ」

「あ！　あれは何ですか？　あの水色の建物です」

「さあな」

　年の離れた兄弟のやりとりを、ニクラウスは微笑ましい思いで見ていた。マリウスは、兄の素っ気ない反応は特に気にならないらしい。兄からの返答に期待している訳ではないようだ。

　やがて馬車は王宮に到着した。残念そうなマリウスの表情から察するに、まだ街を見ていたかったのだろう。

　港から連絡がいっていたのか、スイーオネース側の迎えが出てきていた。一国の皇太子の到着にしては地味だが、派手がましい事は控えてほしいと通達をしてあった為だ。

　ヴィンフリート達は侍従の案内で王宮内を進み、謁見の間へ足を踏み入れた。大きな広間は絢爛豪華に飾り付けられ、見る者を圧倒する設えになっている。初めて目にする他国の宮殿を、マリウスが興味深そうにあちらこちらを眺めていた。

　帝国への配慮があってか、謁見の間に入ってからほとんど待たされる事なく、スイーオネース国王アルベルトが入室してくる。こうした時に待たされる時間が短いほど大事な客として扱われているというのは、西域の国々で共通の考え方だ。

「ようこそ、スイーオネースへ。ヴィンフリート殿」

「お初にお目にかかります」

スイーオネース国王アルベルトと帝国皇太子ヴィンフリートの初会見だった。ヴィンフリートは隣に立つマリウスを紹介する。

「これは弟のマリウスです。まだ子供故、表には出しておりませんが」

「初めまして。マリウスです」

マリウスは教えられた通りに挨拶をした。

本来ならば未成年で皇族の仕事に関わらないマリウスだが、他国に皇族として入国している以上、相手国の国王に挨拶を欠かす訳にはいかない。

アルベルトはにこやかな表情で二人の挨拶を受けた。

「ふむ、なかなか利発そうなお子だ。皇帝陛下は五人の男児に恵まれたと聞く。うらやましい限りだな」

「恐れ入ります。そして、こちらは王太子妃殿下の弟、ヒットルフ伯爵ニクラウスです」

ヴィンフリートの紹介に、ニクラウスは紳士の礼を執る。

「拝謁を賜り、光栄に存じます」

「ほう、王太子妃の弟御か」

アルベルトが興味深そうな声を出した。ニクラウスは一瞬、姉が何かやらかしたかと思ったが、そんな事があればティルラが通信で連絡してくるはずだ。

「そうそう、貴殿らの提案通り、王太子妃にはまだ何も知らせていない。ここにいる者達にも沈黙を約束させてあるから、心配なさるな」

「ご配慮、感謝します」

アルベルトの言葉にそう答えたヴィンフリートの斜め後ろで、ニクラウスは内心苦い思いをしていた。

姉一人を驚かせる為だけに、ここまでやる必要があるのだろうか。それに対して嫌な顔一つしないところを見ると、どうやら帝国皇太子のみならず、こちらの国王陛下も「お遊び」がお好きらしい。

明日行われる王宮舞踏会に、ヴィンフリートと共に出席が決まったニクラウスは、その場でアンネゲルトが爆発しない事を祈るばかりだった。

王宮内に用意された客間に入ったヴィンフリート達は、在スイーオネース大使エーベルハルト伯爵の訪問を受けた。

「ご無沙汰いたしております、殿下、ニクラウス様」

「息災のようで何よりだ、伯」

「伯爵、お久しぶりです」

この国に来たら、真っ先に会っておくべき人物が向こうから来てくれたおかげで、手間が省けた形だ。

「マリウス殿下もいらっしゃっているとか。妻が喜びます」

「クロジンデ殿もあの子には甘いから……」

ヴィンフリートは眉間に皺を寄せている。マリウスは親族の女性に大人気で、クロジンデも可愛がっていた。当のマリウスは、別室で世話役と休憩中なので、この部屋にはいない。

三人とも席について、まずニクラウスが口を開いた。

「今回は無茶を頼んで、申し訳ありません、伯爵」

「とんでもない。楽しそうな事に参加させていただき、感謝しているくらいですよ」

そう返されたニクラウスは、何故自分の周囲には性格に難ありな人だらけなのだろうかと、微妙な表情だ。

「さて、全ては明日の王宮舞踏会の場で、ですな」

伯爵の言葉通り、明日アンネゲルトも出席する舞踏会で、自分達がこの国に来ている事を彼女に教えるのだから質（たち）が悪い。

「ロッテの驚く顔が目に浮かぶ」

「驚きすぎてボロを出さないか、そちらの方が心配です……」

ヴィンフリートの言葉に、ニクラウスは苦い顔のまま答えた。

猫をかぶる術（すべ）を身につけた姉だが、咄嗟（とっさ）の時には地が出るものだ。アンネゲルトが王宮舞踏会という、多くの貴族が集まる場で貴婦人らしからぬ態度を取った場合、その後の影響が怖い。

心配するニクラウスに、ヴィンフリートは何でもない事のように言った。

「ティルラがついている。騒ぐ前に抑え込むだろうよ」

「妻にも今夜事情を話します。抑止力に回ってくれるでしょう」

ヴィンフリートとエーベルハルト伯爵の楽しそうな様子に、ニクラウスはそれ以上何も言えない。どうしてこの二人はこうも楽観的なのか。相手を驚かせたい、その為だけにここまでする必要があるのだろうか。

悩む彼の耳に、思いも寄らない言葉が飛び込んできた。

「少しはロッテの鬱屈（うっくつ）解消になればいいがな」

「そうですね……それにしても、まさか殿下がそのような役目を負われるとは」

ヴィンフリートも伯爵も、先程とは違った雰囲気だ。驚いた顔で二人を見つめるニクラウスに、ヴィンフリートはにやりと笑う。

「ニクラウスを騙せたのなら、ロッテの方はたやすいな」

「はっはっは。殿下にかかっては姫様もただの年下の娘同然ですね」

そう言って笑い合う皇太子と伯爵を、ニクラウスは何とも言えない目で見ていた。


「まさか、今回の事にそんな裏があるとは思いませんでしたよ」

エーベルハルト伯爵の退出後、ニクラウスが疲れた声で呟く。今回のびっくり大作戦が、姉アンネゲルトのガス抜きを目的にしていたとは予想もしていなかったのだ。

確かに、引っかけられたと知ればアンネゲルトは感情的になって怒り、わめくのが目に見えている。それによってストレス発散をさせようという訳だ。

とはいえ、そんな事を帝国皇太子がわざわざスイーオネースに来てやるとは。ニクラウスは溜息を隠せない。

すると、ヴィンフリートが片眉を上げた。

「発起人は叔母上だ」

「母ですか……」

さもありなん。所詮姉も自分も、下手をすれば父でさえあの母の手の上で踊らされている存在なのだ。

頭を抱えるニクラウスに、ヴィンフリートは言葉を続けた。

「無理矢理嫁がせてしまったから心配なのだろうよ。何しろ、ロッテはそういう風には育てられていない」

そう言ったヴィンフリートの表情は沈痛なものだ。彼が年の近い従姉妹であるアンネゲルトに、自らを「お兄様」と呼ばせ、妹同然に可愛がっている事はニクラウスも知っている。

母は母で、手元で育てたアンネゲルトを可愛がっていた。それがアンネゲルト本人に伝わっていない気はするが、大事にしているのはニクラウスが見てもわかる。

その母が娘の意に沿わない結婚を強要した事に、違和感を持っていたのも事実だ。とはいえ、アンネゲルトはフォルクヴァルツ公爵令嬢であり帝国皇帝の姪姫なのだから、国の為になる相手に嫁ぐのは当然というのがニクラウスの考えだった。無論、自分も将来的には国の益になる相手と結婚するはずだ。

てっきり母も娘の義務を思い出したのだとばかり思っていたが、どうやら違うらしい。

では何故、今回の結婚を強行したのか。

大体、いくら皇太子ヴィンフリートの供という名目があるとしても、普通は他国に嫁（とつ）いだ娘のもとへ息子を派遣するなどあり得ない。そこから考えても、今回の政略結婚には何か裏があるとしか考えられなかった。

ヴィンフリートはその裏を知っているのだろうか。エーベルハルト伯爵はどうだろう。ただこの二人に正攻法で聞いたところで、教えてくれるとも思えない。聞き方はともかく、時機を見誤らないようにしなくては。

ニクラウスはその事を頭の隅に留めつつ、別の話題を口にした。

「そんなに鬱屈（うっくつ）しているんですか？」

誰が、とは言わずとも通じる。ヴィンフリートは頷いた。

「慣れない社交に、常に注目される生活だ。王宮から出されたのは、ロッテにはかえって僥倖（ぎょうこう）だったろう」

姉に与えられた離宮は、呪われているとの噂（うわさ）がある場所らしい。しかも王都から離れた島にあるという。王宮からの物理的な距離も、アンネゲルトにとって良い方向に働いたのではないか。

この事もあって、去年までは社交で疲れたとしても島に戻れば人目を気にせず楽に過ごせたが、今年は王都に館を持ったおかげでシーズン中に島に帰る機会は少なくなっているそうだ。これも鬱屈の原因になっているという。

それにしても、とニクラウスは溜息を吐いた。

「皆して姉を甘やかしすぎな気もしますが」

「まあ、甘やかせるうちはそうしてもいいのではないか？」

そんなものだろうか。確かに、ろくな準備もせずに他国の王室に嫁がされたアンネゲルトは大変だろう、しかし、その為の優秀な側仕えなのだが。

そう考えたニクラウスだったものの、あの姉では、慣れない世界で生きていくのは肩の凝る事だろうと思い直し、ヴィンフリートの「甘やかし」を受け入れる事にした。

「時に、王太子の座を巡るあれこれがあるのは知っているな？」

ヴィンフリートの声の調子が変わり、ニクラウスも態度を改める。

「はい」

「次の王位が誰の手に渡るか、我々はしっかり見極めなければならない」

本来ならば、それは在スイーオネース大使であるエーベルハルト伯爵の仕事なのだが、ヴィンフリートは自身の目で確かめるつもりでいるらしい。

同盟国として、スイーオネースの次代の王がどんな人物になるかは重要だった。何より、アンネゲルトの身分は「王太子妃」なのだ。もしもの時は、強引な手段を使っても彼女を帝国に連れ帰る必要が出てくる。

考え込むニクラウスに、ヴィンフリートがにやりと笑った。

「滞在中はこき使うぞ」

「承知しております」

従兄弟だからではなく、未来の皇帝としてニクラウスはヴィンフリートを尊敬しているし、忠誠を誓っている。彼の下で働くのは、ニクラウス自身の希望でもあるのだ。

客間の窓の向こうに、夏の盛りを謳歌する花々が見えた。明日の夜には自分達の従姉妹であり、妹であり、姉であるアンネゲルトと久々の再会だ。

姉がどんな表情をするか、簡単に想像出来てしまったニクラウスは危うく噴き出すところだったが、ヴィンフリートの前なので抑え込む。姉とは違い、こういった芸当には長けている弟だった。

「では、私はこれで」

「ああ」

部屋を辞したニクラウスは、自分に用意されたすぐ隣の客間へと戻る。その部屋の窓からは、昼下がりの陽光が溢れる庭園が見えた。

美しく整えられた庭園を眺めながら、明日の事に思いをはせる。アンネゲルトの驚く顔を舞踏会場で見て楽しめるのは、ヴィンフリートとエーベルハルト伯爵くらいだ。先程は噴き出しそうになったニクラウスだが、当日は心配で胃の痛くなる思いをする事になるだろう。

「恨むなら母上を恨んでくださいよ……」

ニクラウスはぼそりとそう呟いた。果たして、あの姉が願い通りに自分を恨まずにいてくれるかどうか。

望みは薄そうだなと、ニクラウスは軽く頭を振って窓から離れた。

王宮で行われる国王主催の舞踏会は、シーズン中に何度か開催される。今夜はシーズン中盤の舞踏会だった。

「いい夜ね、ビュールマン伯爵夫人。風がとてもさわやかよ」

「本当に。このような日に王宮で舞踏会が開催されるなんて、これも国王陛下のご威光の賜（たまもの）ですね、妃殿下」

普段通り、アンネゲルトは会場のあちらこちらに移動して見知った顔に声をかけていく。最近の話題は魔導特区で持ちきりなおかげで、相手の方から色々と聞いてきてくれる。

「……まあ、では魔導の研究やらをカールシュテイン島で？」

「ええ。誰でも気兼ねなく学び、研究出来る場として提供したいと思っています」

「ですが誰でも、となると危険なのではありませんか？　その……」

「警護に関しては、任せている人物が優秀ですから」

本当は魔導を使った機械警備が厳重に張り巡らされているので、島及び離宮に忍び込む事は不可能に近かった。だが、それをここで説明したところで相手に伝わらないだろうし、アンネゲルト自身もうまく説明出来る自信がない。

「まあ……おほほほ」

会話の相手は何やら誤魔化すような笑みを浮かべて、その場を離れていった。何かおかしな事でも言ったのだろうか。アンネゲルトは自分の発言を振り返ってみるが、特に妙な事を口にした覚えはない。

——あれか？　貴婦人が自衛について口にするのはいけないとか？　でも、任せているとしか言っていないのになー。

それにしても、今夜の舞踏会は人が多い。国王主催の王宮舞踏会だからという理由だけとは思えなかった。

「今夜の舞踏会は、出席者が多いのね」

何気なく側にいた貴婦人にそう声をかけると、相手はにこやかに答える。

「何でも、陛下が特別なお客様をお招きしているそうですわ」

「特別なお客様？」

「ええ。詳しくは存じませんが、さる高貴なお方だとか」

他国の王族でも来ているのだろうか。それならば公務としてアンネゲルトも王宮に呼ばれるはずなのだが。

疑問を覚え、後ろに控えているマルガレータにも聞いてみた。

「何か、聞いていて？」

「いえ、特には……ですが国王陛下からは、今夜の舞踏会に妃殿下は必ず出席するようにとお言葉がございました」

しかも侍従を使って通達したのではなく、直接マルガレータを呼んで国王自らそう言ったらしい。それだけ重要という事か。

――私が、今夜の舞踏会に出席する事が？　それとも「特別なお客」の方？

アンネゲルトは頭の中でシーズンのスケジュールを思い出した。どうしても出席しなくてはいけない重要なものは、ざっとだけれども覚えている。

社交シーズンでは、何回か国王並びに王妃が主催する催し物があり、全ての貴族は出席が義務となっていた。お妃教育でも、くどいくらいに教えられたのは忘れられない。その出席必須の催し物の中に、今夜の舞踏会も含まれている。

それをわざわざ念押ししてくるとは。何かあるのだろうか。

「ティルラは何か知っているかしら？」

マルガレータと一緒に後ろに控えていたティルラにも尋ねてみた。王宮侍女が知らないのであれば、彼女も知らない可能性は高いが。

「国王陛下のお考えまではわかりかねますね」

その言葉に、アンネゲルトは「そう」とだけ答えて話題を終わらせる。ティルラが客について知っているとも知らないとも言っていない事に、アンネゲルトは気付いていなかった。

国王主催という事もあり、王太子ルードヴィグも今夜の舞踏会には参加していた。彼の隣にいるのはダグニーだ。

皮肉な話だが、アンネゲルトが彼女を王宮侍女にと望んだ為、ダグニーに伯爵夫人号が与えられている。おかげで彼女は王太子の愛人として社交界で公認される存在となった。

これに一番苦い思いをしているのがルードヴィグだ。王宮侍女であるダグニーを伴って出かけるには、いちいち王太子妃であるアンネゲルトに許可を取らなくてはならなくなったのだから。

何故こんな事になったのか、声を大にしてアンネゲルトに問いただしたいところだが、そうすると自分の過去の粗をさらす羽目になるので出来ないでいる。

全てはダグニーに愛人としての地位をきちんと与えていなかった彼の、自業自得と言えた。

そんなルードヴィグとアンネゲルトは、相変わらず同じ場所にいても話すどころか顔も合わせない夫婦として周囲には知られている。そのせいか、無理に二人を引き合わせようとする者達もいなかったし、今更感もあって噂も下火となっていた。

だが、今日に限ってこちらを見て何事かを囁き合う者達が多い。またくだらない噂でもしているのだろうと察せられたが、ああいった行動は妙に癇に障るものだ。

ルードヴィグはダグニー以外には聞こえない声で、ぼそりと呟いた。

「人の噂ばかりで、暇な事だ」

ダグニーはちらりと彼を見たものの、何の反応も返さずに会場へ視線を戻す。

その無反応ぶりも、どうかするとひどく暴力的な衝動に駆られそうになるほどに腹立たしかった。それに自分で気付き、ルードヴィグは愕然とする。ここしばらくは、そんな事の繰り返しだった。

どうにもよくない。やはり今日の舞踏会も欠席するべきだった。ルードヴィグは部屋に戻ろうとダグニーに提案するため、口を開く。

「ダグ――」

「殿下は、彼等が何を噂しているか、ご存知？」

こちらを遮るように問いかけられたのは、信じられない内容だった。驚くルードヴィグを見つめるダグニーの目は、まっすぐだ。

ルードヴィグは、彼女も低俗な噂を繰り返す連中を嫌っているとばかり思っていたし、実際、ほんの少し前までダグニーは自分以上に辛辣な言葉で彼等を蔑んでいた。

なのに、今の彼女の言葉は彼等の話に聞くべきところがあると言っている風に聞こえる。

「くだらん噂話だろう？　誰と誰がくっついただの、誰の家の懐事情が苦しいだの」

「その噂から、使える情報を拾えるとはお思いになりませんの？」

ルードヴィグは奇妙なものを見る目でダグニーを見た。これまでの彼女はこんな事を言わなかったし、自分と一緒に彼等とは違う場所にいたはずなのに。

ダグニーはなおも続ける。

「私も以前は意味がない噂話だと思っていました。ですが、妃殿下のもとで王宮侍女として働くようになってから、彼等の噂話は情報の宝庫だと教えられたんです。殿下は、彼等が何を話しているか、気にかけた事はございますか？」

まっすぐに見つめられながらそう問われ、ルードヴィグは何も言い返せない。

ダグニーは、こういう女だっただろうか？　急に目の前にいる彼女が、見た事もない人物に見えてきた。その一方で、こうして自分に忌憚なく意見を言えるのは、やはり彼女だけだとも思う。ルードヴィグは相反する自分の考えに、混乱しかけていた。

ルードヴィグが何とか取り繕おうとした時、楽団が奏で始める。会場中央の開けた場所では、アンネゲルトが護衛隊隊長エンゲルブレクトに手を取られていた。

本来、最初のダンスはルードヴィグとアンネゲルトの二人で踊るものだが、国王主催とはいえ公式ではない今日の舞踏会では大目に見られている。

「殿下、私達も」

「あ、ああ」

ルードヴィグもダグニーの手を取って中央に進み出た。組み合わせがかなりおかしくはあるものの、これで王太子夫妻が揃った事になる。

すると、踊りの輪に他の貴族も加わってきた。この場にも身分の上下が関係していて、舞踏会では身分が高い者から踊る場所を取っていくのだ。

その夜最初の曲は、舞踏会の幕開けに相応しい華やかな曲だった。

「ダグニー、先程の言葉はどういう意味だ？」

踊りながらルードヴィグが彼女に問いただすと、ダグニーは先程と同様にまっすぐな目でルードヴィグを見つめてくる。

「そのままの意味ですよ。良い機会ですから、殿下には考えていただきたいんです」

「考える？　一体何を？」

「ご自身の立場と、周囲の方々との関わり方、今後の事などですわ」

ダグニーの返答に、ルードヴィグは今更何を言っているのかとばかりに眉をひそめた。

「最近の君はおかしい。前にもそんな事を言っていたが、急にどうしたんだ？」

ルードヴィグの言葉に、ダグニーは答えない。丁度その時、音楽が終わった。

二人で会場の中央から外れると、周囲の者達が囁き合っているのが見える。また何か噂をしているらしい。

あんな連中の話に、注意を向ける必要などあるのか。そもそもこの場に居続ける必要などあるのか。一度踊って義理は果たしたのだし、もういいだろう。

「殿下？」

「部屋に戻る」

そう言うと、ルードヴィグはダグニーの手を引いて会場から出ていってしまった。

国王が入場してきたのは、舞踏会が始まってしばらくしてからだった。
王宮で国王が開く舞踏会には、主催者である国王は遅れて登場するのがスイーオネース流なのだという。
丁度踊っていた曲が終わり、アンネゲルトはダンスの相手をしてくれたヴァッスヴァリ伯爵と笑顔で離れた。
最初のダンスの相手は注目されるが、二曲目三曲目となると単に社交の相手としか思われない。ヴァッスヴァリ伯爵は革新派の貴族で、アンネゲルトにとって付き合いが重要な人物だった。

踊り終わった位置からは、人垣のせいで奥の国王が見えない。だが声だけはよく聞こえた。楽団も演奏をやめ、人々も会話を控えている。

「皆の者、今宵は遠く帝国より皇太子殿下がお越しくださった。両国の友好の証として、しばらく滞在なさる」

――ふーん、帝国の皇太子ねー……って、あれ？

西域で帝国といえば、アンネゲルトの故国であるノルトマルク帝国のみだ。そこの皇太子は従兄弟のヴィンフリートである。

アンネゲルトの聞き間違いだろうか。スイーオネースにヴィンフリートがいる訳がないのに。彼女の頭の中はクエスチョンマークで一杯だった。

「アンナ様、しっかりなさってください」

いつの間にか背後にいたティルラからの叱責が飛んでくる。どうやら軽いパニックで茫然自失状態だったらしい。

「ティルラ……今、陛下は何て仰ったのかしら？」

「ヴィンフリート殿下がいらっしゃっているんですよ。もうじきこちらにお見えになります」

どうやら自分の聞き間違いではなかったようだ。でも、どうしてヴィンフリートがこの国にいるのか。皇太子という身分は、簡単に国外に出られるほど軽いものではないのに。未だ混乱しているアンネゲルトの周囲の人垣が段々と割れていく。その向こうから姿を現したのは、本物のヴィンフリートだった。しかも、彼の後ろには弟ニクラウスまでいるではないか。

呆然とするアンネゲルトに、目の前まで来たヴィンフリートは手を差し出した。

「一曲お相手を」

固まって動かないアンネゲルトに、ティルラが小声で促す。のろのろと差し出した手を取られたアンネゲルトは、そのままヴィンフリートに会場の中央に連れ出された。

すると、場の空気を読んだ楽団が、即座に流行の舞曲を奏で始める。会場の中央、ダンス用に設けられた場所には、他に踊る者はいない。まるっきり二人だけの舞台だった。

いやに長く感じた一曲がようやく終わり、ヴィンフリートに手を引かれたアンネゲルトはエンゲルブレクトとティルラのもとへ戻る。

「お疲れ様ですアンナ様。そして、ご無沙汰いたしております、皇太子殿下」

ティルラの挨拶に、ヴィンフリートは鷹揚に答えた。

「君も息災のようで何よりだ。叔母上からも聞いている。ご苦労だった」

「恐れ入ります」

ティルラはアンネゲルトの側仕え以外にもいくつもの仕事を兼任しているが、今回労われているのはアンネゲルトに関する事が主だろう。実際、彼女はアンネゲルトにとって側仕え以上の存在である。

「さて、積もる話もあるから、どこかゆっくり出来る場所があるといいのだが。ロッテも疲れているようだ」

ヴィンフリートはしれっとそう口にした。当のアンネゲルトはといえば、何か言いたげな表情でヴィンフリートを見上げている。

「聞きたい事は全て教える。今は我慢するんだ」

「……はい」

ヴィンフリートの命令に、アンネゲルトは渋々といった風に答えた。

ティルラはマルガレータと何か小声でやりとりをし、すぐにヴィンフリートに向き直った。

「休憩用のお部屋をいただいておりますから、そちらに参りましょう」

「そうか」

それだけ言うと、ヴィンフリートはティルラに何事か囁いてマルガレータを先導させる。アンネゲルトは彼にエスコートされたままだ。確かに聞きたい事は山程あるので同行するのは構わないが、何だか釈然としないアンネゲルトだった。

スイーオネースの王宮は、大小様々な建物で構成されている。その中でも夜会や舞踏会を開催するホールを持つ建物はハフグレーン宮と呼ばれ、一番大きく、かつ中央に配置されていた。

「一体どういう事なの!?」

そのハフグレーン宮のホール近くの一室に、アンネゲルトの怒声が響く。興奮しているせいか、日本語で怒鳴っていた。

詰め寄られているのは、彼女の弟であるヒットルフ伯爵ニクラウスだ。矛先を弟にしたのは、単純に八つ当たりし慣れた相手だったからである。

ヴィンフリートはソファに腰かけ、優雅に茶を楽しんでいた。ティルラとマルガレータは部屋奥の椅子に座っていて、護衛として一緒に部屋に入ったエンゲルブレクトは入り口付近に立っている。

「なんであんたとお兄様がここにいるのよ！」

周囲の目も気にせず、アンネゲルトは弟の胸ぐらを掴み、再び日本語で怒鳴った。

「姉さん、落ち着いて」

「これが落ち着いていられますか！　いきなりあんた達が目の前に現れた時の私の気持ち、わかる!?」

ニクラウスの一言で怒りを煽られたアンネゲルトは、さらに激高している。その様子に観念したのか、ニクラウスは自分達がここにいる理由を説明し始めた。

「外遊だよ。よくある話だろう？　ヴィンフリート殿下の弟君達も外遊中じゃないか」

しれっとした弟の返答に、アンネゲルトはふんと鼻で笑う。

「あの二人は外遊じゃなくて留学でしょ。それだって悪戯が過ぎるからって留学名目で放り出されたようなものじゃない。伯母様に聞いて、知ってるんだからね」

帝国で花嫁修業中、アンネゲルトは何度か皇后シャルロッテに招かれて茶会の練習をした事がある。その時に彼女のぼやきとして聞いたのだ。あの二人が何をしたのかまでは知らないけれど、皇宮を追い出されるだけの事はやったのだろう。

それにしても、悪戯好きは父親ライナーの血のなせる業か。ヴィンフリートもそうなのだから、遺伝だと言われても納得出来る。

そう考えたアンネゲルトだったが、それよりも今は目の前の二人の事だ。

「大体、外遊だっていうのなら、どうして私に何も教えてくれなかったのよ」

「それは母さんに聞いてよ。僕らが仕込んだ訳じゃないんだから」

「お母さんのバカー!!」

元凶は母だと知らされたアンネゲルトは、頭を抱えた。あの母にとっては、娘の自分はおもちゃの一つに過ぎないのかも知れないと本気で思う時がある。

親として、危機に関しては本心から心配してくれているのはわかっているが、身の危険以外ではこうして悪戯を仕掛けてくる事が多いのだ。父にはそんな真似をされた憶えがないので、ライナーと血が繋がっているのは母の方ではないかと、真剣に疑った時期があった。

その母が仕掛けたというのなら、ヴィンフリートとニクラウスに非はないのだろうが、それでも愚痴くらいは言いたい。

「本当にもう、びっくりしたんだからね……」

怒り疲れてソファにぐったり座るアンネゲルトに、ティルラが謝罪してきた。

「アンナ様、申し訳ありません。我々も奈々様に言われておりまして……」

「……そうよね。この二人が来るのに、ティルラが知らないなんて事、ないわよね」

帝国との連絡を密に取っているティルラだ、報されていないはずがない。そしてティルラの中では、アンネゲルトよりも奈々の方が上だ。

しゃくだが、それは仕方のない事だとわかっている。ティルラがアンネゲルトに親身になってくれるのも、アンネゲルトが奈々の娘であり帝国皇帝の姪だからだった。

——そりゃー上からの命令があったら、従わない訳にはいかないよねー……

一旦爆発したおかげか、段々と鎮火方向に向かっていたアンネゲルトに、ヴィンフリートが声をかけてくる。

「ロッテ、ニクラウスは私が巻き込んだだけだ。怒るなら私にしておけ」

日本語でなじっていても、姉が弟に詰め寄って怒っていた事はわかるらしい。アンネゲルトはぐったりしながらヴィンフリートに答える。

「そういう訳にもいきませんでしょう？　お兄様、悪戯でしたらもう少しこちらの負担にならないものにしていただきたかったわ」

相手は従兄弟とはいえ帝国皇太子だ。立場やら何やらを考えると、プライベートの場所とはいえさすがに怒鳴る事は出来なかった。

それに相手がヴィンフリートでは、問い詰めたところで軽く躱されて終わる。昔からアンネゲルトは口喧嘩で彼に勝てたためしがないのだ。

するとヴィンフリートは、何か物足りないのか不満を口にした。

「ふむ。もう少し怒るかと思ったが」

「……怒った方がよろしいのかしら？」

半分自棄でそう言えば、相手は深く頷く。

「そうだな、その方がロッテらしい」

「お兄様!!」

再び激高したアンネゲルトに、ヴィンフリートは声を上げて笑う。彼にしては珍しいその様子に、怒った事がばかばかしく感じられてきた。

よく考えたら、こちらの世界では他国に嫁いだら最後、余程の事がない限り実家に帰れないし、家族と会う機会もなくなる。従兄弟となればなおさらだ。

それを思えば、騙された感はあるがこうしてヴィンフリートや、生意気な弟とはいえニクラウスに会えたのは嬉しい。

アンネゲルトはヴィンフリートの背後に立つ弟を見た。

「お母さんが犯人ならもうしょうがないか。ニコ、元気だった？　……って、よく見たら、あんたまた背が伸びたの？」

「元気だったよ。それに身長は、いわゆる成長期なんだからおかしくないだろ」

ややふてくされている弟は、このままいけばヴィンフリートと同じくらいに伸びそうだ。確かに血が繋がっているのだから、体形が似ても不思議はないのだが。

その後は帝国の事や両親の事、皇帝夫妻の事などを聞いて和(なご)やかに過ごしたのだった。

ルードヴィグが舞踏会会場から移動した先は、彼に用意されていた休憩用の小部屋だ。部屋に入ってしばらく、ルードヴィグは無言を貫(つらぬ)いている。

そんな彼を見つめるダグニーは、ルードヴィグの私室に行かなかった事に安堵していた。これなら舞踏会を完全放棄した事にはならない。少しここで頭を冷やし、また会場に戻ればいい。そうすれば……

「私に何か言う事はないのか？」

彼女の思考を遮(さえぎ)るように、ルードヴィグの声が部屋の中に響いた。

「何か……とは？」

最近、ルードヴィグはよくわからない事をダグニーに言ってくるが、今回はまた輪をかけてよくわからない。

ここにはルードヴィグとダグニーの二人しかいないのだから、言いたい事があればはっきり言えばいいのだ。それがどんな内容であれ、ダグニーには受け止める覚悟がある。

とはいえ、彼が聞きたい内容には思い当たる事があった。アンネゲルトの侍女になった件だろう。

確かに、愛人という立場で王太子妃であるアンネゲルトの侍女になるのはおかしな話だとは思うが、だからといって今更やめるつもりは毛頭ない。

彼女がルードヴィグの反対を押し切ってアンネゲルトの王宮侍女になったのは、父の意向もあったが、一番は自分がそう望んだからだった。

アンネゲルトとは未だにほんのわずかな交流しかないものの、それでもルードヴィグがこれほどまで嫌う要素は見つからない。案外彼も、真正面からアンネゲルトと対していれば、ここまで嫌いはしなかったのではないかと思うぐらいだった。

だがその当人は、ダグニーを睨み付けるばかりで己を省みようとはしない。

「とぼけるつもりか？　あの女に何か吹き込まれたのだろう？」

ルードヴィグが言う「あの女」とは、彼の妃であるアンネゲルトの事だ。反抗している父親が決めた結婚相手というだけで、よく知ろうともせずに最初から嫌っている。

その件に関しても、ダグニーには言いたい事があった。

「殿下、いい加減に妃殿下を『あの女』と呼ぶのはおやめください」

「何故だ？」

「私が不愉快です」

ダグニーの言葉に、ルードヴィグは目を丸くしている。どうしてそこまで驚くのか、ダグニーの方が不思議だった。

王宮侍女としてアンネゲルトと接しているダグニーは、少しではあるものの彼女を知っている。貴婦人として見た場合、やや変わったところがあるが、仕えやすい人なのは間違いない。育ちのおかげか何事にも鷹揚で、配下の者にも高圧的に出る事がない。人の話を良く聞き、取り上げるべき意見をきちんと取り上げられる人でもある。

帝国からついてきたという側仕えの女性――ティルラほどの思い入れはダグニーにはないけれど、それでも王太子妃としてのアンネゲルトを支えたいと感じていた。自分が仕える主として、人として、ダグニーはアンネゲルトを好いているのだ。

その相手を貶めるような発言は、聞いていて本当に不快だった。

「前にもお聞きしましたが、何故妃殿下をそこまでお厭いになられるのです。妃殿下が殿下に何かなさったんですか？」

ダグニーの問いに、ルードヴィグは先程までの気勢を削がれたのか、そっぽを向いてぼそぼそと答えた。

「……したじゃないか。大勢の前で謝罪するなどという、屈辱的な事をさせられたぞ」

「あれは殿下に非があったからでしょう？　しかも妃殿下はなかった事にしてくださったというではありませんか」

「だが、島と離宮を寄越せと言ったではないか」

ダグニーはルードヴィグの言い訳に、額に手を当てて溜息を吐く。

「元々あの島も離宮も、ほとんど使われていなかったでしょう？　放置されて荒れ果てた離宮と、狩猟くらいしか使い道のない島にどんな価値があると言うのですか。その程度で事が済んだのは、全て妃殿下の温情故と、何故おわかりにならないのです」

「しかし、あのおん――」

「殿下」

ダグニーはルードヴィグの言葉を遮った。部屋の中に嫌な沈黙が流れるが、彼女は臆さない。

呼び方を改めるようもう一度ルードヴィグを説得しようとしたダグニーは、ルードヴィグの様子がおかしい事に気付いた。小刻みに肩を震わせ、俯いて何かを呟いている。

「殿下？　どうか――」

「あの女だ」

ダグニーが言い終わる前に、ルードヴィグの口から低い声が発せられた。豹変した彼に、ダグニーは一瞬怯む。

彼女が見つめる中、のろのろと顔を上げたルードヴィグは、暗い澱んだ目をしていた。

その異様さにダグニーが息を呑んだ隙に、立ち上がったルードヴィグは叫びながら部屋を出ていってしまう。

「全部あの女が悪いんだ！」

止める間もなかった。あまりの事に呆然としていたダグニーは、はっと我に返って開けっ放しの扉に向かう。廊下を見回しても、ルードヴィグの姿はない。

「殿下！　どちらにいらっしゃるんですか!?　殿下!?」

嫌な予感に襲われ、ダグニーは廊下を走り出した。

その頃、アンネゲルトの控え室では和やかな会話が交わされていた。

「ロッテに会いたいと思っていたのは事実だ。この目で確かめておきたかった事があったからな」

「確かめる？　何をですか？」

ヴィンフリートの言葉を疑問に思ったアンネゲルトは、それをそのまま口に出す。直後、ティルラが軽い溜息を吐いた気配を察した。貴婦人たるもの、自分の心の内をさらけ出すものではない、というのがティルラの持論なので、イゾルデ館に戻ったらお説教をされるかもしれない。

アンネゲルトの問いに、ヴィンフリートは実に簡潔に答えてくれた。

「お前の無事をだ」

彼の言葉に、アンネゲルトは首を傾げる。ティルラが毎日帝国に報告をしているので、アンネゲルトの体調などは、帝国側は全て把握しているはずなのだが。

内心が顔に出たのか、ヴィンフリートはやれやれといった様子を見せる。

「わかっていないな」

続けて、どうせそんな事だろうと思った、と呟いたのはアンネゲルトの隣に座る弟のニクラウスだ。弟は横目で睨むだけに留め、アンネゲルトはヴィンフリートに向き直る。

「何がわかっていないと仰るんですか？」

「この国に来てからだけでも、一体何回死にかけていると思っているんだ？」

そう言われてしまうと、返す言葉がない。指折り数えただけで、結構な数の危険に見舞われている。実害がほとんどないので実感が湧かないけれど、端から見ればいつ死んでもおかしくない状況だった。

側にいるティルラ達でさえ心配したのだから、遠く離れた帝国の家族や親族はもっと心配していて当然だったのだ。その事がすっかり頭から抜け落ちていたと、今更気付かされる。

「……ごめんなさい」

「いい。こうして無事を確認出来たんだからな」

ヴィンフリートの微笑みにアンネゲルトが感動していると、横から無粋(ぶすい)な一言が割り込んできた。

「殿下、甘やかしすぎは良くありません。姉は調子に乗りやすいんですから」

ニクラウスだった。アンネゲルトはぎっと彼を睨(にら)む。

「そのままの意味だよ。姉さんには厳しく当たるくらいで丁度良いじゃないか」

「何ですってえ!?」

せっかく家族に会えた感傷のようなものを覚えていたというのに、どうしてこの弟はこうもぶちこわしにするのか。

「大体あんたはいつでも生意気なのよ！」

「姉さんこそ、昔からその考えなしな行動のせいで僕がどれだけ迷惑を被ったか」

「しょ、しょうがないでしょ！　私はあんたみたいに貴族のお坊ちゃまとして育った訳じゃないんだから！」

「姉さんは女だろ。それに、開き直ればいいってもんじゃないって前にも言ったよね？」

アンネゲルトはニクラウスに怒りを覚えているし、ニクラウスはニクラウスでアンネゲルトが帝国にいた時から被ってきた被害をぶちまける。立派な姉弟喧嘩だった。

散々言い合いをしてもまだ言い足りないと、アンネゲルトがさらに文句を言おうとしたその時、大きな音を立てて部屋の扉が開かれる。

驚いたアンネゲルトの目に、髪を振り乱したルードヴィグの姿が映った。その異様さに、部屋の中に緊張が走る。

部屋の主として、招かれざる客に来訪の理由を問いただす必要を思い出したアンネゲルトは、なるべく相手を刺激しないよう、努めて穏やかな声をかけた。

「殿下？　一体どう――」

「貴様ぁ！」

腕を振りかぶり、こちらに殴りかかってこようとしたルードヴィグに、アンネゲルトが身を固くする。

だが、彼の腕はアンネゲルトに届かなかった。扉の側で待機していたエンゲルブレクトが、ルードヴィグの腕を押さえている。

「いかがなさいました、殿下。報せもなく女性の部屋に立ち入るなど、らしくありませんよ」

夫という立場のルードヴィグであっても、アンネゲルトを訪ねる時には、事前に侍従なり侍女なりにその事を告げさせて、相手の意向を聞いてから訪問しなくてはならない。それらもなく、いきなり部屋に来たのは明らかなマナー違反だった。

しかも、この部屋にはアンネゲルトだけでなく、ヴィンフリートとニクラウスがいる。帝国からの来賓である二人に、王太子の無礼な行動を知られた事になるのだ。

どうしたものかとアンネゲルトが背後のティルラを振り返ると、彼女は表情を固くしている。不意に、マルガレータの悲鳴が響いた。

「きゃああ！」

その声と同時に、アンネゲルトはティルラに椅子から引き起こされ、彼女の背に匿われる。彼女の背中越しにルードヴィグの姿を見ると、彼はエンゲルブレクトに羽交い締めにされ、前からはニクラウスに押さえ込まれていた。二人とも必死な様子だ。

どうしたというのだろう。軍人であるエンゲルブレクトはもちろんの事、ニクラウスも普段から鍛えていると聞いている。その二人がかりでやっと止めているなど、いつものルードヴィグでは考えられない。

「う……ぐああ！」

ルードヴィグの口からは意味を成さない声が漏れるだけである。秀麗な面差しは醜く歪んで、人が変わったかのようだった。

「殿下！　落ち着いてください！」

エンゲルブレクトが怒鳴りつけるも、ルードヴィグの異常は治まる兆しを見せない。どうかすると、彼等を振り払いそうなほどだ。

「く！　なんて力だ……」

ニクラウスも限界を感じているらしい。苦戦する二人に、ヴィンフリートから声がかかった。

「ニクラウス、許す。魔導を使え」

その一言に、ニクラウスは軽く頷く。彼は共にルードヴィグを押さえているエンゲルブレクトに、離れるよう指示した。

「一旦離れてください。あなたを巻き込んでしまう」

「しかし……」

躊躇するエンゲルブレクトに、ニクラウスは笑って言い切る。

「大丈夫です。すぐに片を付けます」

「伯爵、ニクラウス様の言う通りになさってください。大丈夫、保証します」

ティルラの言葉もあり、エンゲルブレクトは渋々ながらもルードヴィグから離れる事を了承した。

そうして合図を受けたエンゲルブレクトが離れた途端、ルードヴィグはその場にくずおれる。この様子を見て目を丸くするスイーオネース勢に、ニクラウスは何でもない事のように説明した。

「軽い雷撃を使いました。しばらくは目を覚まさないでしょう」

いわゆるスタンガンである。もっとも、ニクラウスの場合は道具ではなく術式を使っているが。

エンゲルブレクトは、床の上に倒れ込んだルードヴィグとニクラウスを交互に見ている。

彼は唖然とした様子でニクラウスに確認した。

「命に別状は……」

「ありません。まあ、肌が弱い人は火傷をする場合がありますが、その時は責任を持って治療しますよ」

　こともなげに答えたニクラウスに、エンゲルブレクトは何も言えずにいる。

　アンネゲルトはティルラの背後で、言葉もなく彼女の背中に縋（すが）りついていた。これまでもルードヴィグに冷遇されてはきたが、今日のように襲われる事などなかった。それに、この部屋に来た時の彼の様子は尋常ではない。一体何があったのか。恐怖のせいか、気付けば体が小刻みに震えている。

　青い顔のアンネゲルトの隣に、いつの間にかヴィンフリートが立っていた。

「彼は普段からこうなのか？」

　冷静なその言葉に、アンネゲルトは我に返る。

「いえ、そんな事は……ありません」

　本当は断言出来るほど、ルードヴィグを知っている訳ではない。だが少なくとも、アンネゲルトは今まで彼が誰かに暴力を振るったという話は聞いた事がなかった。

「ふむ……」

「そういえば、何だか様子がおかしかったですね」

　考え込むヴィンフリートに、ニクラウスが首を傾げながら声をかける。ティルラはまだ警戒しているのか、無言のままアンネゲルトの側を離れない。

部屋の中に何とも言えない雰囲気が漂う中、再び招かれざる客が部屋に飛び込んでくる。

「ご無礼をお許しください！　こちらに王太子殿下がおいでではないでしょうか⁉」

やってきたのはヴェルンブローム伯爵夫人ダグニーだった。


決して狭くはない部屋だが、人数が多くなるとそれなりに狭く感じるから不思議だ。アンネゲルトの休憩室には現在、彼女以外七人の人間がいる。ヴィンフリートとニクラウスはダグニーとは初対面の為、その場で簡単な紹介がなされた。気を失ったままのルードヴィグは、長椅子に寝かされている。

「一体、何があったんですか？」

彼の傍らに跪きながら、ダグニーはそう尋ねた。彼女の声に非難の色は見られない。

「殿下がいきなり部屋に入ってこられて、アンナ様に殴りかかろうとしたんです」

「何ですって⁉」

ティルラの説明に、ダグニーは悲鳴のような声を上げた。すぐにアンネゲルトを見た彼女は、無事な様子にほっと息を吐く。

「未遂です。サムエルソン伯爵とニクラウス様、お二人のおかげで事なきを得ました」

「そう……ですか……」

ティルラが続けて答えたのを聞き、ルードヴィグの手を握っていたダグニーはきつく目を瞑る。しばしの後に、彼女は立ち上がった。

「殿下をお止め出来なかったのは、私の責です。お咎めはいかようにもお受けいたします」

それはいくらなんでも無茶だろう、とアンネゲルトは思ったが口には出来ない。彼女の立場では、何か言ったが最後、それが決定事項になってしまうからだ。

黙るしかないアンネゲルトに代わり、ティルラがダグニーに質問する。

「伯爵夫人、それについて伺いたい事があります」

「何でしょう？」

「殿下の様子をおかしいと思われた事はありませんか？　あるとしたら、いつ頃からですか？」

ダグニーはやや考えて、思い出しながら答えていく。

「……少し、怒りやすくなっていたように思います。苛立つ事も増えていたかと。時期は……ここ最近としか覚えていません」

ダグニーの返答に、ティルラは何事かを考え込んでいる。その間、誰も何も口にしない。重苦しい空気で場が澱んでいた。

「私から提案があります」

その空気を破ったのは、ティルラの発言だ。彼女は全員の視線が集まったところで、とんでもない事を口にした。

「殿下のお体を、少し調べたいと思うのですが」

「何だと？」

真っ先に反応したのは、スイーオネース側の人間であるエンゲルブレクトだ。これは当然だった。王族の体を調べるなど、普通ならあり得ない話なのだ。

だがティルラは断固とした様子で話を進めた。

「ここにリリーを呼びます。殿下の血液検査をしたいんです。もしかしたら……」

「もしかしたら？」

「例の薬が検出されるかもしれません」

エンゲルブレクトの表情に、驚愕（きょうがく）が広がる。

――「例の薬」って、何？

アンネゲルトは首を傾げるも、問いただす間もなくティルラとエンゲルブレクトの話が進む。

「……それに関しては、私一人の判断では無理だ」

「以前、伯爵はアンナ様の護衛に関する全ての権限を陛下から委譲されていると伺いました。拡大解釈で、殿下の検査もアンナ様を護る為とお考えください。大丈夫、この部屋にいる者以外には決して漏らさないようにします」

そう言うと、ティルラは室内にいる者達を見回す。

「口外はしないと約束しよう。ニクラウスもだ」

「もちろんです。姉が関わっていますし」

帝国組が真っ先にティルラの言葉を保証した。

「アンナ様も、不用意に今日の事は口外なさいませんよね？」

「言えないでしょう、こんな事……」

王宮の休憩室にいたら、いきなり王太子が殴り込みをかけてきました、などと言えるものか。ただでさえ別居中の仮面夫婦なのだ。これ以上の醜聞を社交界の噂好き達に提供する気にはなれない。

皇族、王族の約束は得ても、エンゲルブレクトはまだ納得出来ないでいる様子だった。

「この場には王宮侍女が二人いる。彼女達の口から漏れる可能性はないのか？」

「彼女達とてそこまで愚かではありませんよ。もし漏れれば、それを止められなかった彼女達も罪に問われます」

アンネゲルトはそっと自分の王宮侍女の二人を見る。二人とも青い顔をしているが、ティルラの言葉に軽く頷いていた。

しばらく考え込んでいたエンゲルブレクトは、とうとう腹をくくったらしい。

「ならば、この部屋にいる全員が同罪という事でいいか？」

エンゲルブレクトの問いかけに、部屋にいる全ての人間が頷く。

「では、調べさせていただきます。少々お待ちください」

そう言い置くと、ティルラはドレスのポケットから通信端末を取り出した。彼女はそれをスピーカー通話状態にして通信を開始する。相手は島にいるリリーだ。

「リリー、急ぎこちらに来てほしいの。例の薬の検査キットを持って」

『わかりました。誰か摂取している人物を見つけられたんですね？』

「それについては、後で詳しく。とにかくすぐに来る事は出来て？」

『ティルラ様を指標にすれば出来ます。周囲を少し空けていただけますか？』

「了解」

ティルラは端末を持ったまま部屋の奥、三メートル四方程度の空間がある場所に移動する。

「空けたわ」

『確認しました。では参ります』

「お願いね」

通信を切ってすぐ、ティルラの隣に光の粒が出現した。それは数を増やし、あっという間に光の塊を作り上げる。

その光の中から、手に何やら大きな箱を持ったリリーが現れた。これにはエンゲルブレクトはもちろんの事、アンネゲルトも口をあんぐり開けて驚く。瞬間移動など、初めて見たのだ。

ティルラと言葉を交わしていたリリーは、ヴィンフリートとニクラウスの姿を見つけ、即座に淑女の礼を執った。

「皇太子殿下、ならびにヒットルフ伯爵、このような格好で失礼いたします」

「リリエンタール男爵令嬢か。ロッテの側仕えとしてこちらに来ていたのだったな」

「帝国を出発して以来ですね。姉が面倒をかけています」

定例の挨拶だが、隣にいたアンネゲルトは「ちょっと！」と弟の肩を叩く。「世話になっている」ならまだしも、「面倒をかけている」とは何事か。

怒るアンネゲルトを余所に、リリーはティルラに確認している。

「で、検査なさる方は……もしかして、王太子殿下ですか？」

「そうよ。簡易でいいわ。何か出たら教えて」

「はい」

リリーはルードヴィグが寝かされている長椅子の側に行くと、床に箱を置いて蓋を開き、採血管と採血ホルダーを取り出してそのパッケージを開けた。

それを見たエンゲルブレクトが、眉間に皺を寄せてティルラに質問をしている。

「あれは？」

「医療器具の一つです。腕の血管から血液を採取して、薬の成分が含まれていないかどうか調べます」

全員が見守る中、リリーは手慣れた様子でルードヴィグの腕をまくり、血管を浮かせて消毒後に針を刺す。軽い悲鳴を上げたのは、マルガレータか。

「ほ、本当に大丈夫なのか？」

エンゲルブレクトの声が上擦っている。確かに見た事がない人からすれば、体に針を突き刺す行為は拷問のように見えるだろう。

「命に別状はありませんよ。希に針に拒絶反応を示す人もいますが、王太子殿下は意識がありませんから問題ないでしょう」

ティルラの言いぐさに、エンゲルブレクトは何とも言えない表情である。

部屋の中は、ルードヴィグが入ってきた時とは違うタイプの緊張に包まれていた。リリーは採取した血液を、試薬の入った別の容器に少量ずつ入れていく。試薬の数は全部で三十四あった。

それらの様子を見ていたリリーが、ティルラを振り返る。

「出ました」

「そう」

どうやら、ルードヴィグの体内からは何某（なにがし）かの薬物が検出されたらしい。ティルラは難しい顔で黙り込んでいる。

こちらも厳しい表情のエンゲルブレクトは、ティルラに現在の状況を確認した。

「本当なのか？　その……殿下が……」

「確かです。先程までの王太子殿下のあり得ない行動は、おそらく薬によるものかと」

何やら考え込む二人に、とうとうしびれを切らしたアンネゲルトが棘（とげ）のある声で問いただす。

「それで、私にもわかるように説明してくれるんでしょうね？　薬って、一体何の事なの？」

一瞬、エンゲルブレクトとティルラが視線を交わしたのを、アンネゲルトは見逃さない。

――何でティルラが隊長さんとわかりあってます、って感じになってるのよ！

恋する乙女は嫉妬からあれこれと邪推してしまうものだ。理性では仕事上の付き合いだけなのだとわかっていても、今の二人の姿には胸がむかむかする。

口を開いたのはティルラだった。

「薬というのは、昨今王都で流行っているものだそうです。これの影響で、既にいくつかの事件が起きておりまして、国王陛下が使用、所持の禁止を命じられました。依存性が高く、服用し続けると幻覚や妄想を引き起こし、性質も攻撃的になる傾向があります。加えて肉体の制限も緩むらしいですね。先程の王太子殿下のように、です」

ティルラの説明した内容は、概ねアンネゲルトが予想していたものと同じだ。そんな状態なら、ルードヴィグの体は大変な事になっているのではないだろうか。

「それって、麻薬みたいなもの？」

「そうですね、同じくらい危険なものだと認識しておいてください」

アンネゲルトは背筋が寒くなった。この世界でも、麻薬が蔓延しているだなんて。

「どうしてそんな危険物が流行っているのよ……この国に元々あったものじゃないわよね？」

「外から持ち込まれたものでしょう。成分分析の結果、この辺りの土壌では栽培不可能な植物の成分が検出されたそうです」

何故成分まで把握しているかというと、リリーが個人的に収集していた植物標本と成分分析表からわかったそうだ。彼女は入手出来る範囲の、全ての植物のサンプルを持っているのだとか。それらも魔導研究の為だというから畏れ入る。

「危険な薬が王太子殿下の体から検出された、という事よね。薬って、どうやってその……体内に入れるの？」

「考えられるのは煙による吸引、または経口摂取です。吸引の場合、煙草やパイプなどでしょう」

こちらでは、まだ注射器が発明されていない。帝国では国産品がいくつか製造されているが、厳重な管理がされている為、外に流出する事はないのだ。

アンネゲルトはしばらく考え込むと、ダグニーに向き直った。

「王太子殿下は、煙草は嗜まれる方かしら？」

煙草はこちらでも嗜む男性が多い。

「……いいえ、私の知る限りでは、ですが」

煙草の線はないらしい。その後もティルラがダグニーに質問を続けた結果、おそらく経口摂取が有力だろうという事になった。しかも薬として自ら服用した可能性は低いらしい。

　ここに来て、一気に話がきな臭くなってきた。一国の王太子に、毒になり得る薬をそうとは知らせずに飲ませた者がいる。その結論に、部屋にいた全員が言葉をなくしていた。

「狙いは王太子だけかしら？」

　アンネゲルトの呟きに、ヴィンフリートが返す。

「わからん。場合によっては、陛下にも検査を受けていただいた方がいいかもしれん」

ルードヴィグ個人を狙っただけでも極刑ものだが、被害が国王であるアルベルトにまで及んでいた場合、国の一大事だ。

「いずれにしても、事が大きくなりすぎています。我々だけで話を収めるには限界だと思いますよ。サムエルソン伯爵、国王陛下への報告をお任せしてもよろしいですか？」

　ティルラの言葉に、エンゲルブレクトは頷いた。


　ヴィンフリートとアンネゲルト、ニクラウスの三人は舞踏会場へと戻っていた。

　ただでさえルードヴィグが不在なのだ、これ以上身分の高い者が姿を消す訳にはいかない。主催の国王の立場がなくなる。

　そう諭（さと）され、アンネゲルトが渋々折れた形だ。

「ロッテ、腹ではどう思っていようが今は笑いなさい」

「わかってますわ、お兄様」

ヴィンフリートにリードされながら踊るアンネゲルトは、こちらに来て以来すっかり慣れた愛想笑いを顔に貼り付けた。

会場に戻ってからはヴィンフリートかニクラウスの側を離れないようにしている。二人もアンネゲルトの側を離れなかった。

ティルラと二人の王宮侍女は、そのままルードヴィグについている。誰かが来た時に誤魔化す為でもあるし、意識を失っている彼を一人で放っておく訳にもいかないからだ。

口さがない者達は、常にアンネゲルトの側にいたエンゲルブレクトの姿が見えないのをネタに、好き勝手に噂していた。

「ご覧になって。妃殿下のお側にサムエルソン伯の姿がありませんわ」

「まあ、本当。その代わり、帝国皇太子殿下のお姿が」

「あら、それはどういう意味かしら？」

「嫌だわ、そんな事は口に出来ませんとも」

くすくすと笑う声が、アンネゲルトの耳にも届く。彼女が不機嫌になっているのは、そうした連中の話が聞こえるからだった。

「おしゃべりカラスは放っておけ」

ヴィンフリートはそう切り捨てる。雀じゃないのかというツッコミは置いておいて、彼の様子には慣れたものを感じた。

今まで考えた事もなかったが、彼の立場なら今のアンネゲルトの比ではないほどに色々な噂をされているのではないだろうか。

それをパートナーチェンジ後のダンスの相手となったニクラウスに言ってみると、呆れたような声が返ってきた。

「姉上、今更そんな事に気付いたんですか？」

本当に暢気ですね、と続いた弟の言葉に、アンネゲルトはさらに不機嫌になる。

その後、休む間もなくダンスを踊り、くたくたに疲れはしたものの、アンネゲルト達が舞踏会に出ていたおかげで、ルードヴィグがいない事はさして話題にならなかった。

それもどうなのかと思うアンネゲルトだが、今は都合がいいので放っておこう。

「ごきげんよう、妃殿下。良い夜ですわね」

踊り終えたばかりのアンネゲルトとニクラウスに声をかけてきたのはクロジンデだ。

隣には夫君のエーベルハルト伯爵もいる。

「ニクラウス様も、お久しぶりですわ」

「クロジンデ様はお変わりないようで」

「まあ、ほほほ。ああ、ヴィンフリート殿下、まさかここであなたと会えるとは思いもしませんでしたよ」

クロジンデの視線の先には、先程まで多くの人に囲まれていたヴィンフリートがいた。

「私もだ、伯爵夫人」

「ニクラウス様もご一緒に外遊だそうですね。アンナ様も久しぶりに弟君に会えて、嬉しいでしょう」

最後の言葉は扇で口元を隠して、アンネゲルトに耳打ちしてくる。それに何と返していいのかわからず、アンネゲルトはぎこちない笑みを浮かべるばかりだった。


あれからすぐにエンゲルブレクトが内々に報告した結果、国王も検査を受けると言い出したので、リリーが国王と王太子の毒味役達の検査を行ったらしい。

舞踏会場を引き上げてきたアンネゲルト達が休憩室に入る丁度その時、エンゲルブレクト達も戻ってきた。

室内で聞いた検査結果は、誰からも薬の成分は検出されなかったというものだ。

「そう……では、王宮以外の場所で、という結論になるわね」

　さらに話が厄介になってきた。薬はルードヴィグを狙って仕込まれたという事になる。
アンネゲルトは溜息を吐きながら呟いた。
「廃嫡の噂(うわさ)とも関係あるんでしょうね……」
「おそらくは」
　アンネゲルトの言葉に返答するティルラの表情は苦い。黙っていても王太子の座から
滑り落ちそうなルードヴィグであるが、犯人は念には念をと思ったのだろうか。それに
しても、えげつない手を使ってくるものだ。
　ともかく、王宮で薬を盛られた訳ではないとほぼ確定した以上、盛られたのは別の場
所という事になる。ティルラはダグニーに質問した。
「伯爵夫人、失礼ですが、あなたが殿下より賜(たまわ)った館の使用人は、どのように決めまし
たか？」
「実家の……父が手配しました」
「殿下が薬と認識して飲んでいたか、そうと知らずに口にしていたかは定かではありま
せんが、もし知らずに盛られていたとなると、館の使用人が一番怪しいという事になり
ます」
「そうですね」

ダグニーの顔は青い。それはそうだろう、自分と自分の父が関わっている館で王太子が薬を盛られたなど、露見したら親子共々極刑の上、家は取りつぶされる。

何事か考えていたティルラが、アンネゲルトに耳打ちしてきた。

「アンナ様、このまま王太子殿下と伯爵夫人を船に匿（かくま）いたいのですが、よろしいでしょうか？」

「……構わないけど、いいのかしら？」

「船ならば、殿下の治療の見込みがあります。国王陛下にだけはご報告申し上げますが、なるべく情報は漏（も）らさないよう進言するつもりです」

ティルラの言葉に驚いたアンネゲルトは、まじまじと彼女の顔を見る。

「本当に治せるの？」

アンネゲルトの質問に、ティルラは答えずにリリーに視線を向けた。これまでのやりとりを聞いていたリリーは笑顔で言い出す。

「薬の体内中和はまだ実験段階ですが、近日中には完成させます」

現在、船にあるリリーの実験室では薬に関する研究が最優先で行われているのだという。リリーの実験という言葉を聞いて、何やら背中に冷たいものを感じはしたが、治せるものなら治しておいた方がいい。

「そう……なら私に異存はないわ」

「ありがとうございます」

ティルラは、今度はエンゲルブレクトに向き直った。

「アンナ様の許可を得ましたので、王太子殿下をアンナ様の船に運びたいと思います。船でしたら、治療出来る見込みがあるんです」

エンゲルブレクトはじっとティルラを見ていたが、やがて重い口を開く。

「……国王陛下の許可がいる」

「私から報告申し上げましょうか？」

「いや……私が行こう」

そう言うが早いか、エンゲルブレクトは休憩室を後にし、すぐに国王の許可をもぎ取ってきた。アンネゲルトとしては何をどう説明したのか気になるけれど、それを聞ける雰囲気ではないので諦めるより他にない。

こうして舞踏会の最中、人知れずにルードヴィグは王都の港に停泊中の「アンネゲルト・リーゼロッテ号」に運ばれた。

# 三　居候（いそうろう）

　あれこれと想定外の出来事が起こった舞踏会の翌日、アンネゲルトが滞在している王都のイゾルデ館には、これもまた想定外の来客があった。

　散々だった舞踏会の疲れを、惰眠（だみん）をむさぼる事で癒（い）やそうとしていたアンネゲルトは、予定より大分早く叩き起こされて玄関ホールに連れてこられている。そこで目にしたのは、ここにいるはずのない従兄弟（いとこ）と弟の姿だった。

「お……お兄様？　ニコまで……どうしてここにいるの？」

　呆然とするアンネゲルトに、ヴィンフリートは片眉を上げて答える。

「どうしてとはご挨拶（あいさつ）だな。スイーオネースにいる間はこちらに厄介になる手はずだというのに」

「はあ!?　ちょっと！　どういう事よニコ！」

　ヴィンフリートの言葉を聞いて、アンネゲルトはニクラウスに詰め寄る。ニクラウスの方はうんざりした様子を隠そうともしない。

「迎賓館の使用を断ってこっちに来たんだよ。やっぱり聞いていなかったんだ……」

「またお母さんの仕業⁉　もう、いい加減にしてよ‼」

怒りのボルテージが上がって怒鳴るアンネゲルトの前に、小さな影が飛び出した。

「アンナ姉様！」

「え？　まあ、マリウス！」

ヴィンフリートの背後から出てきたのは、彼の年の離れた末弟マリウスだ。勢いよくアンネゲルトに抱きついたマリウスは、満面の笑みで彼女を見上げる。

「姉様、お久しぶりです」

「あなたまで来ていたの？」

「はい！」

「夕べは遅かったので、先に休ませていた」

そう言ったのはヴィンフリートだった。彼の後ろには、居心地悪そうな表情の男性が立っている。マリウスの世話役だそうだ。

「皆様、玄関先で立ち話も何ですから、中にお入りください。アンナ様も」

ティルラの一言で、その場は収められた。

「それにしても、よく皇后陛下がお許しになったわね」

居間に移動した後、出されたお茶を飲んでようやく怒りが鎮まったアンネゲルトは、マリウスを見ながらしみじみと呟いた。

末息子を溺愛する皇后シャルロッテを知っているからこそ出てきた感想だ。まだ十歳かそこらの息子を、長男と一緒とはいえよく他国に出したものである。第一、ヴィンフリートだけでなく、マリウスも普通の貴族の子息ではない。

アンネゲルトの呟きに、マリウス皇太子は平然と返した。

「母上に関してはほぼ事後承諾のようなものだ」

「え⁉」

聞けば、マリウスは皇帝ライナーからの命令書を持って、世話役と一緒に船に乗り込んでいたそうだ。

「だ、大丈夫なんですか？」

「全ては父上に責があるのでな。母上の怒りは甘んじて受けてもらおう」

ヴィンフリートが通信装置で聞いた限りでは、皇帝は皇后に相当絞られたらしい。

「それは……」

そうだろう。この年齢の、しかも兄弟の中で一番可愛がっている息子が、自分の知らない間に他国に行ってしまったのだ。心配するのは当たり前だった。

アンネゲルトはとんでもない行動を取った小さな従兄弟を見下ろす。

「マリウス、どうしてそんな事をしたの？」

「え……それは……だって……」

アンネゲルトにべったりくっついていたマリウスは、彼女に詰問されて後退りした。

「あなたのお母様はとても心配なさったと思うわよ。勝手な行動をしてはいけないと言われているでしょう？」

アンネゲルトは普段の自分の行動を棚に上げて、お姉さんぶった言い方をする。端で聞いているティルラの肩が小刻みに揺れているのを、アンネゲルトは見逃さなかった。

普段のアンネゲルトを知らないマリウスは、滅多に怒られない相手から厳しく問われて今にも泣き出しそうだ。

「だって……だって、僕……」

大方、兄であるヴィンフリートと一緒に出かけたかったのだろう。そう当たりをつけていたアンネゲルトは、マリウスの返答に大いに困惑する事になる。

「だって、アンナ姉様に会いたかったから！」

「え？　私？」

「せっかく姉様が帝国に戻ってきたのに、すぐにお嫁に行ってしまって、全然会えなかったし」

もう半分泣いている状態のマリウスは、やっとそれだけ言うとぼろぼろと大粒の涙をこぼし始めた。ティルラがそっとハンカチで彼の涙をぬぐう。

正直、アンネゲルトにはこの幼い従兄弟に何か特別な事をした覚えはない。長期休暇で帝国に戻っていた際に、他の従兄弟達と同じように接していただけなのだ。幼いという事で、それなりに可愛がってはいたが。

ニクラウスには「精神年齢が近いからじゃないかな」と言われた事がある。その直後に頭をはたいたのは消去したい思い出だ。

従兄弟の中でも下から数えた方が早い年齢のマリウスが目の前で泣くのを見て、アンネゲルトもそれ以上は言えなくなる。

「マリウス、泣きやんで。今回はもう仕方ないけど、これからはお父様はもちろん、お母様の許可なく国の外に出てはだめよ？」

「で、でも、兄上、達は出て、るよ」

しゃくり上げながらそう反論するマリウスに、アンネゲルトは苦笑した。

「あの子達もみんなお許しを得て出ているの。お兄様だってそうよ？」

マリウスの兄弟である皇帝の皇子達は、ヴィンフリートを除いて全員アンネゲルトより年下だ。おかげで未だに「あの子」呼ばわりをしている。

本人達からはいい加減やめてほしいと言われているが、昔からの事なので今更改める気はなかった。

彼等は彼等で、母や義理の叔母から「女性には極力逆らわない。特に親族の女性には」と教育されたせいか、従姉妹の中でも年長のアンネゲルトには逆らえないでいる。

マリウスはヴィンフリートを見上げた。

「姉様が言った事は本当？　兄上」

「ああ。立場があるから、国内でも勝手にあちこち出歩くのは禁じられている。それはお前も教わっただろう？」

「お外に一人で出ちゃだめだって。ジークが行っちゃだめだって言った場所には行ってはいけないって」

「その通りだ」

マリウスが出ていい場所かどうかは、世話役が把握している。「ジーク」というのが世話役の名前のようで、彼は今も部屋の隅で小さくなっていた。皇族ばかりいる室内で気後れしているらしい。

ヴィンフリートの返答に、マリウスは俯いた。自分の行動がいけない事だったと理解した様子だ。

「ごめんなさい、アンナ姉様」

「その言葉は、国に帰ってからお母様におっしゃい」

「はい」

マリウスが年上の女性陣に好かれる理由は、この素直さにあった。


ルードヴィグが倒れた舞踏会から数日過ぎた本日、イゾルデ館は来客で賑わっていた。アンネゲルトが主催するお茶会が行われているのだ。

「ご覧になって、あの妃殿下のお召し物。あんなに体の線が出るなんて」

「何でもイヴレーア風だそうですわ」

「体を締め付けないから楽なのですって」

「まあ」

今日のアンネゲルトは、メリザンドの作った新しいドレスを身につけている。イヴレーアで流行っている、コルセットもクリノリンもいらないものだ。

アンネゲルトの狙いは、楽なドレスを流行らせる事だった。それにはなるべく自分が着てみせる必要がある為、イゾルデ館で催す社交行事には積極的に着ている。

加えて、もう一つ目的が出来ていた。アンネゲルトが目新しいドレスを着て人の目を集める事である。それはクアハウスの宣伝の為でもあるし、船に匿っているルードヴィグの存在から目を逸らさせる為でもあった。

今日は革新派貴族の夫人方を数人招いている。人数を絞ったのは、この場にいる人々がそのままクアハウスのプレオープンに招待するメンバーになるからだ。

「クアハウスが出来上がるのを、今か今かと待っておりましたのよ」

我が事のように喜んでいるのはクロジンデである。彼女も今日の招待客の一人だった。

そんな彼女に、アンネゲルトは笑顔で答える。

「今度島に戻る時が楽しみです。あちこちを確認した後、お客様を招待しようと思って」

既に確認は済んでいるのだが、対外的にはまだという事にしてあった。いつオープンするのかとあちらこちらから矢のごとき催促をもらっているのだ。これでいつでも開けられると知られた日には、島に強行上陸されかねない。

隠し事がバレないよう、念入りに愛想笑いを貼り付けるアンネゲルトに、アレリード侯爵夫人が問いかけてきた。

「温泉を使った施設だと伺いました。具体的にはどういったものなのでしょう？」

「美容と健康の為の施設で、温泉に入るだけでなく、全身の血行を良くするマッサージや、美肌になるパックなどもあります。個人個人に合わせた施術が出来るよう、人員も整えているんです」

アレリード侯爵夫人の質問に、アンネゲルトは用意しておいた説明を口にした。実はこの辺りは打ち合わせ済みの内容である。クロジンデとアレリード侯爵夫人と三人で、招待した夫人達の興味をかき立てるように仕組んだのだ。

まずは体験してもらわない事には始まらない。その上でリピーターをがっつり掴まなくては、運営に支障が出かねないのだ。

クアハウスのスタッフに関しては、今は船のエステサロンのスタッフや客室乗務員で賄っているが、いずれはこちらで人を雇う事も考えている。詳しくは運営する商人に一任する予定だ。

アンネゲルトとしては、利益が上がって離宮その他の修繕費用を賄えれば問題はない。商売相手はいずれも裕福な貴族や商人の夫人方だ。料金もそれなりの設定がなされている。

「お食事も出来るんですのよ。おいしい上に美容と健康にいいだなんて、本当に素敵だわ。アンナ様、プレ・オープンとやらにはもちろん私も招いてくださるのよね⁉」

「え、ええ、もちろん」

クロジンデの力の入れようには、さすがのアンネゲルトも少し引き気味だ。彼女は以前体験して以来、クアハウスに夢中らしい。アレリード侯爵夫人はそんな二人を見て微笑んでいた。

「何やら女の夢を詰め込んだ施設のようですわね」

世の貴婦人の大半は、暇をもてあましているので新しいものに目がないし、美容にとても関心が高い。だからこそクアハウスのメインターゲットは社交界の貴婦人方なのだ。

「そうそう、クアハウスには皇太子殿下もおいでになるのかしら？」

アレリード侯爵夫人の言葉に、その場に同席していたヴィンフリートは片眉を上げた。

「さて、確かクアハウスは女性専用との事でしたが。違ったかな？　ロッテ」

「……いいえ、その通りですわ、お兄様」

確か本日のお茶会には、親しい「女性」だけを招いたはずなのに。いつの間にかヴィンフリートとニクラウス、それにエンゲルブレクトとヨーンの姿もある。

後者二人に関しては、護衛なのでいても不思議はないのだが、帝国組二人には何故ここにいるのかと問いたい。

――結局、何も言えないけどねー。

ヴィンフリートだけでなく、弟のニクラウスも姉のアンネゲルトより弁が立つのだ。下手に文句など言った日には、どれだけの反論をされるかわからない。保身に走った結果が「黙認」だった。

あの後、すっかりイゾルデ館の住人となったヴィンフリートとニクラウスは、そのままアンネゲルトの社交に付き合うようになっている。特にイゾルデ館で催される小規模の茶会や園遊会、昼食会には欠かさず顔を出していた。

他の場所で開かれる夜会や舞踏会、晩餐会や音楽会、観劇などにも出来る限り同行している。おかげでまたいらぬ噂が流れているそうだ。

彼等は今日の茶会にも最初から顔を出し、招待した貴婦人達と和やかに談笑していた。こうして平和に過ごしていると、あの舞踏会の夜が嘘のように感じられる。

今、王宮では密かに薬の探索が行われていた。特に厨房関係は厳しく調べられているのだとか。それと同時に、ルードヴィグが王都に用意した館にも調査が入った。

捜査の人員が館に踏み込んだ時、中はもぬけの殻だったという。厨房を中心に残留物などを調べた結果、この館で薬を盛られたのはほぼ間違いないだろうという結論に達したそうだ。それだけが成果と言える。

姿を消した使用人達は、後日王都から離れた森の中で死体となって発見された。全員即死だったらしい。

　使用人を用意したホーカンソン男爵も関与を疑われたが、使用人を調達するのを専門にしている人間に丸投げしていた為、罪に問われていない。男爵の供述からその人物を調べたものの、既に王都からは消えていた。

　一応の収束を見せた本件だけれども、肝心の「誰が王太子に薬を飲ませたか」はまだわかっていない。帝国の情報部も調査に参加してはいるが、結果ははかばかしくなかった。


　茶会は和やかに進んでいる。普段は愛想のないヨーンも、今日は頑張って女性陣の不評を買わないように行動している様子だ。

　これには裏があった。ティルラからある事を言われたのだ。

『茶会できちんと社交的な行動をとっていただけましたら、ザンドラに一日休暇を出します』

　彼女と一緒に休暇を過ごせるかどうかはヨーンの手腕次第とはいえ、まずは相手に暇がなくては外出など誘うに誘えない。

　ヨーンはこの申し出を、一も二もなく了承している。その場にアンネゲルトもいたが、普段の無表情とは違い、明らかに嬉しさが表れた彼の顔を目撃していた。

餌にされたザンドラに不満はないのか、という疑問が残るものの、ヨーンと出かけたくなければ断ればいいだけの話だというのがティルラの言である。その辺りの裁量はザンドラにあるらしい。

珍しい客に、招いた夫人方も興味津々である。あれこれヨーンへ質問が飛んでいるが、そのどれもを如才なく捌く様は紳士然としていて、彼が貴族階級の人間なのだと再認識させられた。

——普段からこういう風にしていれば、ザンドラも逃げ回らなかったかもしれないのに。

こっそりそんな事を思うアンネゲルトだが、彼女は現在不満の塊だ。先程まで茶会の席にいたエンゲルブレクトが、ヴィンフリートに連れられて離席してしまったからである。

——お兄様のバカー！　隊長さんを連れていっちゃうなんて！

どうせ連れていくならニクラウスだけにしてくれればいいのに。口に出せない恨みを呑み込んで、アンネゲルトは改めて愛想笑いを顔に貼り付けた。

エンゲルブレクトはヴィンフリートと共に遊戯室にいた。ニクラウスも同席している。女性の多い茶会が息苦しくなったのかと思う光景だが、二人の様子を見る限りそうではないらしい。

遊戯室は、基本男性のみの部屋になる。実際にここでカードゲームなどに興じる者もいるが、多くの場合、女性には聞かせられないような話をする男性の社交場でもあった。

その部屋の椅子に腰かけているヴィンフリートは、目の前に座るエンゲルブレクトに向けておもむろに口を開いた。

「ロッテの警護、感謝する」

「……もったいないお言葉です」

あなたに感謝されるいわれはない、と喉元まで出かかったが、そんな事を口にする訳にはいかない。

彼が感謝の言葉を述べたのは、単純にエンゲルブレクトが彼の従姉妹姫（いとこひめ）であるアンネゲルトの窮地（きゅうち）を救った人物だと聞いていたからだ。

わかっている。わかってはいるのだが。

――ハルハーゲン公爵に言われても、ここまで腹立たしくは思わなかったのにな……

エンゲルブレクトはふと、そんな事を考えた。

彼も似たような台詞をよく口にする。おそらくはアンネゲルトとエンゲルブレクトとの立場の差を思い知らせたいという魂胆なのだ。

自分はどこまでいっても護衛にすぎないという事は、言われなくともわかっている。舞踏会で彼女の相手を務めるのも、その一環だ。アンネゲルト本人も、同様に思っているだろう。

だからこそ、先日の舞踏会でアンネゲルトの相手を務めたのは、自分ではなくヴィンフリートだったのだ。彼女の手を取って、さも当然のように踊り出したヴィンフリートを見て、エンゲルブレクトはどす黒い感情を覚えていた。

これまでも似たものを感じた場面はあったが、あの時の不快感はそれまでの比ではない。気を抜けば、あっという間に呑み込まれてしまいそうなほどに暗く熱いものだ。

そんな事を考えていたら、ヴィンフリートの言葉を聞き逃しそうになった。

「立ち入った事を聞くが、伯の実の父君は王族だそうだな？」

いきなりか、とエンゲルブレクトは眉根を寄せる。ティルラに知られた時点で、帝国にも情報がいっていてもおかしくはない。

しかし、自分の出自など些末事だろうに。そんな小さな事まで報告しているのか、と逆に感心する。

「詳しくは知りませんが、おそらくそうではないか、という事です」

他人事のように聞こえるかもしれないが、実際エンゲルブレクトにとって実の父などという存在は他人同然だった。

いい父親だったとは決して言わないけれど、自分にとっての父とは前サムエルソン伯爵トマスだけである。似ていると噂の肖像画も、エンゲルブレクトは見た事がなかった。

「帝国ならば調べようもあるが、こちらではな……」

ヴィンフリートの呟きの後半は、小さすぎてエンゲルブレクトにはよく聞こえない。聞き直そうかと思ったものの、すぐにヴィンフリートから質問がきたのでそれも叶わなかった。

「時に、その実の父君は、今はどこにおられるのか？」

「私が生まれる頃に亡くなったとだけ聞いていますが」

一体何だというのか。エンゲルブレクトの顔には、訝しそうな表情がはっきりと浮かんでいる。それに対しては何も言わず、ヴィンフリートは何かを考え込んだ。

「……伯の父上、前伯爵であるトマス卿は、伯が自分の子ではないと知っていたそうだな」

「……ええ」

あまり大きな声で言える事ではないが、公然の秘密というやつなので別に隠してはいない。

第一、隠せるものではなかった。母が自分を身ごもった時期に、父はスイーオネース国内にいなかったのだ。だからこそ、社交界に長くいる人間ならば誰でも知っている。

だが、何故自分の個人的な話が帝国の関心事になっているのか。帝国に警戒されるような真似をした覚えは、エンゲルブレクトにはない。

不快感が態度に出たらしく、ヴィンフリートは苦笑している。

「気に障ったのなら許せ。しかし、伯とトマス卿に血の繋がりがない事をトマス卿が知っていたと、伯は誰から教えられたのだ？」

どうにもこの人物は苦手だ。先程から答えたくない内容ばかりを聞かれるが、身分差を考えれば答えないという選択肢はない。苦手な相手に個人的な事は言いたくないというのでは、理由にならなかった。

「……父の、側近の一人から聞きました」

「その人物は、今どこに？」

「既に故人です。父よりも年上の人物でしたから」

「他にこの事を知っている人物は？」

何故ここまでこだわるのだろう。そう思いながらも、エンゲルブレクトは記憶を辿る。

「領地にいる城代なら、何か知っているかもしれません」

「では、その者をここへ」

「は？」

意外すぎる言葉に、エンゲルブレクトは立場を忘れておかしな声を上げてしまった。

ヴィンフリートは自分達の他には誰もいない部屋だというのに、声を落としてエンゲルブレクトに囁いた。

「どうあっても伯の出自を明らかにしておく必要がある。ロッテの為だ」

「わかりました」

真意はわからないが、ヴィンフリートが真剣な表情でアンネゲルトの為だと言うのなら否やはない。

「その者を呼んだら、話を聞かせてくれ」

「承知いたしました」

ここに、二人の密約は成立した。

領地より城代のステニウスが来たのは、イゾルデ館での茶会の三日後の事だ。

あの後ヴィンフリートの指示により、護衛艦から快速艇が出された。それを使って使者をエンゲルブレクトの領地にある城、ティセリウス城まで送り、ステニウスを呼び寄せたのだ。

「いきなり呼んで悪かったな」

応接室で対応したのは、エンゲルブレクトとヴィンフリート、ニクラウスの三人だけ。ヨーンは本日、エンゲルブレクトの代役でアンネゲルトの外出に護衛として同行している。

いきなり王都に呼びつけられたステニウスは、ここが王太子妃の館である事にも、目前にいるのが帝国の皇太子だという事にも恐縮しっぱなしのようだ。

彼には悪かったと思いつつ、エンゲルブレクトは呼び出した理由を口にする。

「実は聞きたい事があって来てもらったんだ」

「聞きたい事……でございますか？」

それだけなら手紙でも良かったはずなのに、何故自分をわざわざ呼んだのか、とステニウスの顔には疑問が浮かんでいた。

「内容が内容なのでな。知っている人間に直接来てもらった」

そう言ったのはヴィンフリートだ。いくら伯爵家の領地で城代をしているとはいえ、ステニウスは平民である。本来なら言葉を交わす事などあり得ない皇族にいきなり話しかけられて、端から見てもわかるほど動揺した。

「は、はい！　わ、私でわかる事でしたら、何でもお話しいたします」

ステニウスの言葉に、ヴィンフリートはニクラウスに目配せする。ここからは彼が主導するらしい。

「では二、三聞かせてもらおう。少し込み入った内容になるが、伯爵の了承は得ているので安心するように」

「は？　……はい」

「まず、伯爵の母君が夫君である故トマス卿ではない男性の子を産んだというのは、知っているか？」

ステニウスは一度エンゲルブレクトの顔を見る。不安げな彼にエンゲルブレクトが頷いてみせると、ステニウスは覚悟を決めた様子だった。

「はい、存じております」

「この件を知る人物は、他にいるか？」

「その……多くの方がご存知だと……社交界にはお出にならない、伯爵家のご親族の方々も存じてらっしゃるようですし」

　ステニウスの言葉に、ニクラウスはヴィンフリートに向き直る。何事か小声でやりとりしているが、エンゲルブレクトには聞き取れなかった。

「では単刀直入に聞こう。伯爵の実父が誰か、知っている者に心当たりはないか？」

　ニクラウスの質問に、ステニウスは即答する。

「それでしたら、商会の仕事で東域にいらっしゃるフリクセル様がご存知のはずです。あの方は先代トマス様の右腕で、トマス様がお若い頃から行動を共になさっていました。奥様の事も、そのお相手の方も、あの方ならご存知だと思います」

　ステニウスの返答に、ヴィンフリートとニクラウスのみならず、エンゲルブレクトも驚きを隠せなかった。自分の父が誰なのか、知っている人物がいたとは。

「今までそんな事は一言も言わなかったではないか」

「申し訳ございません。亡き大旦那様からのお言葉で、旦那様が自ら聞いてくるまで黙っているようにと」

　エンゲルブレクトは天井を仰いで、どうしようもない感情を抑え込もうとした。確かに、今まで自分の父親を探そうとした事は一度もない。まるでそれを父トマスに見透かされていたようで、何とも言えない複雑な心境だった。

フリクセルがいるのは、東域のウラージェンという国だという。サムエルソン家が持つ商会の支店がそこにあり、その支店を任されているそうだ。

役目を終えたステニウスが部屋を辞した後、三人はテーブルに東域の地図を広げる。

「東域か……」

「盲点でしたね。確かに、国内に置いておくよりは余程安全でしょう」

ヴィンフリートとニクラウスが顔を見合わせてそう言った。確かに、国内にフリクセルがいた場合、どこかしらからエンゲルブレクトの実父の情報を得る人間がいた事だろう。

「あの父らしいと思います」

ステニウスの言では、トマスは若い頃からフリクセルともう一人、故人のマットソンと共に行動し、三人の間にはどんな小さな秘密も許さなかったそうだ。

父トマスは人を信用しない人だったが、フリクセルとマットソンだけは別だった。いなくなった今になって、父の意外な一面を知る思いだ。

「では、伯の父君を知ろうと思ったら、その東域の……ウラージェンでしたか？　そこにいるフリクセルなる人物に尋ねる必要があるという事ですか。手紙か人をやっても、時間がかかりますね……」

　ニクラウスの言葉に、ヴィンフリートは何事かを考え込んでいる。

　エンゲルブレクトは、無言のまま俯（うつむ）いていた。自分が父の子ではない事は既に知っていたし、実父を探そうとも思わなかったが、まさかこんな近くに全てを知る手がかりがあったとは。

　それに、自分に関心のなかった父が、ステニウスに口止めをしていたのも驚きだった。

　だが、何となくそこに悪意を感じるのは、気のせいだろうか。

　あれこれ考えるエンゲルブレクトの耳に、ヴィンフリートの声が響いた。

「そう素直に教えるだろうか？」

　はっとして顔を上げると、ヴィンフリートが眉間に皺（しわ）を寄せている。

「殿下、それはどういう事ですか？」

　ニクラウスの問いに、ヴィンフリートは少し置いてから自身の考えを口にした。

「フリクセルというのがどういう人物かは知らんが、用意周到なトマス卿が信頼する人間だ。いくらでも誤魔化しが利く手紙程度で全てを伝えるか疑問だ。もしかしたら、先程の城代を使者に立ててても無駄かもしれん」

　確かに、用心深い父の腹心ともなれば、口は相当堅いだろう。

「では、どうすれば……」

ヴィンフリートとニクラウスの会話に、エンゲルブレクトは口を差し挟まない。いや、出来なかった。自分に関わる話ではあるが、長い間見ないようにしていた部分でもある。

不意に、ヴィンフリートの視線がこちらに向いた。

「簡単だ。伯自身が東域に向かえばいい」

「はあ!?」

傍観者に徹していたと思ったら、思い切り舞台に引きずり上げられている。あまりの内容に、エンゲルブレクトだけではなくニクラウスも声を上げていた。

二人の反応に構わず、ヴィンフリートは冷静に続ける。

「知りたいのは伯の実父の情報だ。子である伯本人が行けば、相手も話さざるを得ないだろう」

「それは、そうかもしれませんが……」

ニクラウスも現実的ではない話だとわかっているからか歯切れが悪く、ヴィンフリートとエンゲルブレクトの間で視線をさまよわせていた。

さすがにこれには賛成出来ない。エンゲルブレクトはアンネゲルトを護らねばならないのだ。これは国王アルベルトから受けた仕事でもあり、勝手にその職務を放棄して他

国に渡る訳にはいかなかった。

　何より、自分が彼女の側を離れたくない。

「承服いたしかねます」

　エンゲルブレクトはヴィンフリートをまっすぐに見てそう言った。

「私は妃殿下の護衛を国王陛下より任されております。その職務がある以上、妃殿下のお側を離れる訳には参りません」

　王命に背(そむ)けないというのは、一番の理由になる。たとえ自身の出自を確かめる為だとしても、他国の皇太子の命令に従う訳にはいかなかった。

　エンゲルブレクトの言葉に、ヴィンフリートは顎(あご)に手を当てて黙り、何も返さない。ニクラウスは困り顔だ。

　だめ押しとばかりに、エンゲルブレクトは形式ばった口上を述べる。

「私の出自に関して、皇太子殿下に憂慮(ゆうりょ)いただいた事は光栄と存じますが――」

「アルベルト陛下の許可があれば良いのか？　それともロッテの方か？」

「は？」

　こちらの話を遮(さえぎ)ってまでヴィンフリートが尋ねてきた内容に、エンゲルブレクトはそれ以上言葉がなかった。

ヴィンフリートは、真剣な表情でエンゲルブレクトを見据えている。

「王命があるというのが東域へ行けぬ理由なら、国王から東域へ向かう許可をもらえばいいのだろう？　ロッテの了承も取り付けよう」

あまりの内容に、エンゲルブレクトは二の句が継げない。何故そうまでして自分を東域に行かせたいのか。いや……

――出自をはっきりさせたい、という事か。だが、どうしてそれが妃殿下の為になるのか……

やはりそこに行き着く。エンゲルブレクトは意を決した。

「一つ、お伺いしてもよろしいですか？」

「何だ？」

「何故、そこまで私の出自にこだわられるのですか？　いえ、妃殿下の為だというのは伺いました。ですが、私の出自と妃殿下がどう関係するというのですか？」

部屋に沈黙が下りる。エンゲルブレクトにとっては、非常に重い沈黙だ。

相手の気分を害したかもしれない。目の前にいる人物は、帝国皇太子であると同時にアンネゲルトの従兄弟(いとこ)でもある。彼がスイーオネースに来てからの短い期間でも、二人の間の絆(きずな)が強固だというのは嫌と言うほど見せつけられていた。

そんな従兄弟から進言されれば、アンネゲルトは自分を護衛から外す事を考えるのではないか。

護衛隊そのものは、頭がすげ替えられても動けるように整えてあるが、もし彼女の護衛から外されれば、これまでのように側にいる事は出来ない。一貴族として接する事は出来るが、そこまでだ。島や船にも立ち入りを禁じられるだろう。

差し出がましい事をしたと謝罪するべきか。ほんの数秒でそこまで思い至ったエンゲルブレクトの耳に、驚くべき言葉が届いた。

「ロッテの再婚相手として、伯を考えている」

エンゲルブレクトは数瞬、反応出来ない。途方もない事を言ったヴィンフリートは、憎らしいほど落ち着いている。彼の隣にいるニクラウスも落ち着いたものだ。

「再……婚？　あの……それはどういう――」

「元々、ロッテは長くこの国にいる予定ではなかった」

さらに驚愕の事実が飛び出した。ヴィンフリートは再び固まったエンゲルブレクトには構わず、話を続ける。

「だからこそ、あの王太子を相手に選んだと聞いている。愛人が側にいて、嫁いできた妃に目もくれないような人物を、な。そしてこの国は北回りの航路を持っている。表向きの政略結婚の目的としては十分だ」

ひどい言われようではあるが、エンゲルブレクトには納得出来る内容だった。

確かに北回り航路は莫大な利益をもたらす。彼の父も、その航路を使った東域との貿易で財を成したのだ。

だが、帝国の技術の一端を知った身としては、帝国が航路の情報を得る為だけにスイーオネースと同盟を結び、かつ政略結婚としてアンネゲルトを嫁がせた事に疑問があった。政略結婚自体を長続きさせる気が最初からなかったというのなら、疑問の一つがなくなる。しかし、新たな疑問が出てきた。

何故、帝国はそうまでしてアンネゲルトを嫁がせたのか。その疑問は続いたヴィンフリートの説明で解消される事になる。

「面倒な手を使ったとは思うものの、ロッテを早急に外に嫁がせなければならない理由があったのだ。これは国内の問題だが、皇帝の姪を道具としか見ない連中も多くてな」

冷淡な響きの声に、エンゲルブレクトは大方を察した。どこの国でもある事だ。一部の貴族が暴走して、自分達に有利な条件を持つ国との政略結婚をアンネゲルトに迫ったのだろう。

「それがなければ、母親の国で平穏無事に過ごすはずだった。だからこそ、あの娘は普通に育てられている」

ヴィンフリートの言葉に、エンゲルブレクトはこれまで感じていた「違和感」のようなものの正体を見た気がした。

アンネゲルトは一言で言ってしまえば、「らしくない」のだ。貴族の令嬢らしくない、一国の王族らしくない、上にいる人間らしくない。

側仕えであるティルラ達だけでなく、小間使いや船の乗組員とも普通に話すし、すぐに一人で行動しようとする。

身分の上下を考えないその言動は、エンゲルブレクトの目には新鮮に映った。考えてみると、それも彼女に惹かれた要因の一つなのだと思う。

いつからこの想いがあったのかは、定かではない。気付いたら、目が離せなくなっていた。

彼女の全てをこの目で見ていたい。側にいたい。これを、目の前にいる人物は叶えてくれるというのだろうか。

「嫁して半年の間に一度も夫婦生活がなければ、教会に婚姻無効の申請が出来る。てっきり半年で帰ってくると思っていたロッテは、一向に戻る気配がない。それどころか離宮を修繕し、さらに島に魔導特区を作るという。あれほど北に行くのを嫌がっていたというのにな。どんな心境の変化があったのやら」

ヴィンフリートはエンゲルブレクトに聞かせるというよりは、独り言のように続ける。

「計算違いではあるものの、本人が望むならこの国に居続けるのもいいだろう。だが、その場合にはあの王太子との婚姻を無効にする必要がある」

それはそうだ、ルードヴィグとの婚姻はとっくに破綻(はたん)していた。この国に残る為の手段として政略結婚を継続するというのは、アンネゲルトの為にならない。

「ここで一つ問題が出てくる」

ヴィンフリートはそこで一度切って、エンゲルブレクトをじっと見た。

「前王太子妃となったロッテが、独身のままこの国に滞在し続ける事は不可能だ。そうなると早々に再婚相手を探す必要がある。そこで伯の出番という訳だ」

「私……ですか？」

「そうだ」

何故自分が選ばれたのか、問いただしたい気もするが、それを聞いた自分がどうなるかわからず、聞くに聞けない。自分がこんなに臆病者だったとは、思いもよらなかった。

そんなエンゲルブレクトの内心など知るよしもないヴィンフリートは、組んだ手の上に顎(あご)を載せて話を続ける。

「帝国とスイーオネースの同盟の事もある。ロッテがこの国に永住すれば、同盟は保たれるだろう。もっとも、政略結婚がなくなってすぐに破棄されるような同盟ではないがな。だが、帝国の皇族がスイーオネースに嫁いでいれば、色々と面倒が少ない」

そこで再び言葉を切ったヴィンフリートは、エンゲルブレクトをじっと見ながら続けた。

「王太子妃の称号を放棄しても、以前その地位にいた者がただの伯爵に嫁すのは外聞が悪い」

たとえ王太子妃の称号を手放しても、アンネゲルトは強大な帝国に君臨する皇帝の姪姫だ。帝国内の貴族ならいざしらず、国外の一伯爵家に嫁ぐなどあり得なかった。

「つまり、ロッテの再婚相手は王族が望ましい。だが今のところ、伯以上の候補がいなくてな。ならば不明な出自をいっそ明らかにし、公爵もしくは侯爵の地位をもぎ取るのがいいだろう。無論、国政にも参加してもらう」

ヴィンフリートによってどんどん自分の行く末が決められていく。しかも本人の意思を無視して勝手にだ。

「……お待ちください」

「何か？」

「そう勝手に進められても困ります」

エンゲルブレクトの顔には、はっきり不快だと刻まれている。誰でも自分の未来を勝手に決められては、快く思わない。

だが、続くヴィンフリートの言葉にぐうの音も出なかった。

「では断るかね？　その場合、改めてロッテの再婚相手を探す事になるが」

もしかしなくても、目の前の人物には自分の想いを知られているのではないか。そんな疑念が湧く。

考えてみれば彼等の側にはあのティルラがいるのだ。こちらのあらゆる事情が筒抜けだと思った方が確実である。

それにヴィンフリートの言には一理あった。元王太子妃などという立場になれば、その肩書きを狙って野心溢れる独身貴族がアンネゲルトに群がる。彼等にとって、彼女との結婚で得られる利益はとても魅力的なはずだ。

特に、どこぞの公爵に狙われるのは確実だった。いや、今も狙われているではないか。

ここでヴィンフリートの案に乗れば、面倒はあるものの望む相手を手に入れる事が出来る。それも帝国皇太子の後押し付きでだ。これほどに甘美な誘惑があるだろうか。

決して手が届かないと思った相手に、手が届くとわかってしまった以上、これを逃す手はない。ならば、今まで目を背け続けてきた己の出自と向き合ってもいいのではないか。

ただし、それには一つ問題があった。

「一つ、質問があります」

「何か？」

「妃殿下ご自身のお気持ちは、どうなのでしょう？」

これまでヴィンフリートの口から、アンネゲルト自身の感情は一切語られていない。

しかし、逆に尋ねられてしまった。

「ロッテが伯を嫌っていると？」

「い、いえ、そうは思っていませんが……」

「ふむ」

ヴィンフリートは椅子から立ち上がり、後ろ手に組んで窓辺に向かう。彼はそのまま外の景色を眺めつつ続ける。

「ロッテは自分の感情に正直でな。嫌った相手を側に置き続ける事はない。私はこの国に来てまだ日が浅いが、その間に君達を見た結果、この話を進めようと思ったのだが？」

「それは……」

どういう意味なのか、と問いたかったものの、言葉が続かなかった。期待してもいいのだろうか。だが、それはあくまで目の前の人物がそう思ったにすぎない。彼女の心の内を知っているのは、彼女だけなのだ。

言葉に詰まるエンゲルブレクトに、今まで沈黙を保っていたニクラウスが声をかけてきた。

「心配せずとも、姉が拒否すればこの話はご破算になります」

にこやかな彼を見るエンゲルブレクトの表情は、複雑そのものだ。アンネゲルトの意思を考慮しない結婚話など言語道断だが、こうまであっさり言い切られると、それはそれで納得いかないものがある。

窓辺にいたヴィンフリートはいつの間にかこちらを振り向いていて、エンゲルブレクトに告げた。

「全ては伯の出自を明らかにしてからだ」

「その為には東域に……ですか」

「そうなる」

確かに、ここまでくれば自分でも出自を明らかにしたいという思いはある。だが、如何(いかん)せん東域は遠すぎて、簡単に行き来出来る距離ではなかった。

「帝国ならば、こんな面倒もないのだが」

「こちらでも出来ない事はありませんが、それを証拠としたところで相手を納得させられないでしょうね」

「素地がない以上、仕方ない」

ヴィンフリートとニクラウスは、エンゲルブレクトを余所に二人だけで通じる話をしている。

「一体、何の話ですか？」

「こちらの話です」

訝しむエンゲルブレクトを、ニクラウスは人の良さそうな笑顔で煙に巻いた。アンネゲルトの弟は、意外と食えない人物である。

「それはそうと、東域に行って事情を知っている人物を見つけたとして、物的証拠を得られなければやはり血筋の主張は難しいのではありませんか？」

ニクラウスの意見に、ヴィンフリートは大した事ではないとばかりに言い放った。

「いざとなれば、その人物を証人として連れてくればいい。真偽は帝国が保証するとすれば、アルベルト陛下も聞き入れるのではないか？」

法的な手続きは別として、エンゲルブレクトを王族と認めるか否かは国王が判断を下す。おそらく、例の肖像画がものを言うだろう。他人のそら似にしては似すぎていると聞いた事がある。

無論、貴族からの助言という名の横やりは入るが、それでも最終決定権は国王にあるので、ヴィンフリートの言葉は正しい。

「全ては、その人物を見つけてからだな」

ヴィンフリートの言葉で、この場は締められた。

本日のアンネゲルトの外出先はクロジンデ主催の園遊会だった。スイーオネースでは外国人扱いになるクロジンデだが、夫の仕事が外交官なので、時折自身でも催し物を主催する。

今日の園遊会は少し規模が大きいようで、会場の庭園は人で溢れていた。

「エーベルハルト伯爵夫人、お招きありがとう」

アンネゲルトは余所行きの言い方でクロジンデに挨拶した。相手も心得たものだ。

「妃殿下に足を運んでいただいて光栄ですわ。心ばかりのもてなしを用意しております。どうぞ堪能なさってください」

「ええ」

アンネゲルトに従うのは王宮侍女のマルガレータと側仕えのティルラである。この顔ぶれで社交場に出るのが定番となっていた。

ダグニーは表向きには病気療養中のルードヴィグの看病で、王都を離れているという事にしてある。実際には、彼は薬による中毒症状の治療の為、アンネゲルトの船にいるのだが。

ダグニーをルードヴィグの側に置いているせいで、口さがない者達があれこれ噂をしているものの、それもいつもの事と取り合わないようにしていた。アンネゲルトも、いくらかは図太くなったらしい。

「今日は客の数が多いのね」

扇で口元を隠しながら、側にいるティルラにそう囁きかけた。これまでクロジンデ主催の催し物は小規模なものばかりに出席していたせいか、今までと勝手が違う気がしたのだ。

外国人であるクロジンデ主催だからか、端々にスイーオネースの様式とは異なるものが混ざっている。帝国の様式だったり、イヴレーアのものだったり、さらに西にあるアストゥリアスの様式も窺えた。出席者達も、それを話題の切り口にしている。

クロジンデの主催する催しは茶会であれ園遊会であれ、こうして異国情緒を感じる事が出来ると評判なのだとか。

「さすがお姉様ね」

「そうですね」

若い頃から社交が大好きだった彼女は、独身時もあれこれと趣向を凝らした催し物を主催していた。それがそのまま仕事になったのだろう。

「これは妃殿下、ご機嫌麗しく」

そう声をかけてきたのは、ハルハーゲン公爵だった。彼の後ろにはぴったりと寄り添うようにステーンハンマル司教が立っている。

劇場で司教を紹介された日以来、公爵は彼を連れて社交場に現れるようになった。他にも取り巻きの貴族を連れてはいるが、顔ぶれが変わる彼等とは異なり、司教は常に公爵の傍らにある。

「……ごきげんよう、公爵、司教様」

対するアンネゲルトは、顔を引きつらせないようにするのが精一杯だった。

ただでさえ苦手意識がある公爵に加え、スイーオネース教会のトップという、いわば彼女にとってラスボス的存在の司教がいるのだ。応対が微妙になっても仕方ないというもの。

「本日は、サムエルソン伯爵は一緒ではないのですか？」

ハルハーゲン公爵の問いに、アンネゲルトはまたか、と思いつつ答えた。

「え、ええ。たいちょ……伯爵は他にもお仕事があるようなので」

つい普段の癖でエンゲルブレクトの事を「隊長」と呼びそうになる。

実は先程から、挨拶に来る人々に必ずと言っていいほど聞かれるのだ。「サムエルソン伯爵は一緒ではないのか」と。

――あの噂、まだ立ち消えてないんだ……

ここ最近の噂は、「伯爵が帝国皇太子と王太子妃を巡って争っている」というものらしい。事実無根も良いところだ。

貴族達は噂話に目がない。下世話なものであればあるほど、目をぎらつかせて食いついてくる。

貴族などと気取っていても品のない事だと思うが、あくせく働く必要のない彼等は、常日頃から娯楽に飢えているのだというのがティルラの意見だった。

だが、その娯楽が他人のゴシップというのは、やはりいただけない。しかも自分がゴシップの当事者にされているのだから余計だ。

しかし、ハルハーゲン公爵がこの噂に乗ってくるとは、意外な思いだった。

自惚れでも何でもなく、彼は隙あらばアンネゲルトに近寄ろうとしている人物の筆頭である。それを防いでくれていたのがエンゲルブレクトだ。

彼がいない事は公爵にとっては都合がいいだろうに、状況を喜ぶどころか何かを考え込んでいる様子に見える。

首を傾げたくなるが、近寄られないのであればこれ幸いと去ってしまおう。そんな姑息な考えをしたアンネゲルトは、愛想笑いを顔に貼り付けた。

「では公爵、園遊会を楽しんでいってちょうだい」

まるで彼女が主催者のような挨拶だ。そのまま何食わぬ顔でその場を離れようとしたところ、公爵に回り込まれてしまった。拒絶する間もなく、手を取られる。その遠慮のなさに、手慣れたものを感じた。

「妃殿下、つれない事を仰らないでください」

逃亡は失敗したらしい。相手の身分が身分なので無下にする訳にもいかず、アンネゲルトはおろおろするばかりだ。

普段ならここでエンゲルブレクトから救いの手が伸ばされるのだが、今日の護衛はヨーン一人である。

彼はハルハーゲン公爵がアンネゲルトに近づくのも社交の一部と捉えているのか、こういった場面で公爵を追い払ってくれないのだ。

——もう！　お兄様ってば、どうして隊長さんを私から取り上げるのよ!!

エンゲルブレクトはここ数日、ヴィンフリートの供をしている。ヨーンによれば、国王アルベルトからの要請で、ヴィンフリートがスイーオネースに滞在している間の便宜を図る事になったらしい。

確かに国賓扱いのヴィンフリートにそういう存在が必要なのはわかっているが、何故それがエンゲルブレクトなのか。命令を下した本人に問いただしたいものの、相手が国王ではさすがに無理なので、アンネゲルトは我慢している状態だ。

その我慢から来るストレスもあるのに、これ以上のストレス源になど近づきたくもない。どうやって公爵を追い払おうか算段するアンネゲルトに、意外なところから救いの手が差し伸べられた。

「閣下、そのくらいになさらないと。妃殿下がお困りですよ」

公爵の供として来ていたステーンハンマル司教だ。相変わらず凄みのある美貌に、穏やかな笑みを浮かべている。

「失礼だな。私がいつ妃殿下を困らせたというのかね？」

「まさに今ですよ。閣下ももうお気付きでしょう？　妃殿下は閣下のお側にいらっしゃる貴婦人方とは違いますよ」

あくまでにこやかなまま言うステーンハンマル司教に、ハルハーゲン公爵も毒気を抜かれたようだ。

「……まさか君にそう言われるとは思わなかったよ。大体、私は単に妃殿下と親交を深めようとだね――」

「ならば、あちらで皆様とご一緒でもよろしいのでは？　いかがですか？　妃殿下」

呆然としていたのもつかの間、すぐに立ち直った公爵に、司教はなおも制止の言葉を続ける。

アンネゲルトにしてみれば、渡りに船だ。ありがたく司教の提案に乗らせてもらう事にした。

「え、ええ、そうね。どうせなら、みんなと一緒の方が楽しいもの」

公爵から不満そうな気配を感じるが、ここは気付かない振りで逃げ切るのが正しいだろう。さすがに女性であるアンネゲルトに言われては、ハルハーゲン公爵も引かざるを得ない様子だった。

「そうですか……妃殿下がそう仰る（おっしゃ）のなら、仕方ないですね」

公爵は一応了承したけれど、不承不承だというのを隠そうともしない。構うと墓穴を掘りかねないので、アンネゲルトは見なかった事にした。

園遊会は盛況だ。クロジンデはあちらこちらと歩き回り、話題を提供している。その話題の中には、魔導特区やカールシュテイン島のクアハウスなどもあった。

「ええ、今から楽しみですのよ。妃殿下がご招待くださるんです。なんでも、正式に開く前のお試しなんですって」

「まあ、うらやましいわ。つい昨日、アレリード侯爵夫人にそのお話を伺ったばかりですのよ」

「あら、奥様も正式に開いたらぜひ行かれては？　なんでも一日楽しめるそうですわ」

「本当に？　ああ、今から妃殿下にお願いしておこうかしら」

意外というか当然というか、クアハウスの情報は既に社交界に広まっているらしい。さすが、美容と新しいものには目がない貴婦人達である。

そのためか、アンネゲルト自身もクアハウスについて随分と聞かれていた。

「クアハウスとは、一体どのようなものなんですか？」

「温泉を使った美容施設なの。温泉に浸かるだけでなくマッサージや美肌効果のあるパック、その他にも、内側から綺麗になる為、肌にいい食材を使ったお料理もいただけるわ」

「まあああ！　私、絶対参りますわ！」

大仰な言い方をするどこだかの男爵夫人に苦笑しつつ、アンネゲルトはあれこれと宣伝しておいた。

「まだ完成してはいないけど、島には温室も作っているの。そこで南の方の珍しい花を育てようと思って」

本当はその花から香料を作り、香水を売るのが目的だ。おかげで温室の規模はかなりのものになっている。

「これまであの島は何かと良くない噂がありましたけど、妃殿下のおかげで生まれ変わりますね」

例の離宮にまつわる噂は、結局は根も葉もないでたらめだったが、貴族達にとっては格好の話題だったのだろう。

それもアンネゲルトが離宮を修繕する事で払拭されたようだ。修繕自体はまだ終わっていないものの、一足早く出来上がったクアハウスもその一端を担うだろう。

「クアハウスという代物は、男でも利用可能なんですか？」

内容が内容だけに女性だけで会話を楽しんでいたが、脇からハルハーゲン公爵が参加してきた。

「まあ、いいえ。クアハウスは女性専用なんです」

「そう……ですか。残念ですね」

美容と健康を謳うクアハウスである。健康という面では男性にもアピールポイントがあるが、美容は女性限定だ。

「公爵も美容にご興味がおありかしら？」

わかっていてアンネゲルトが突っ込むと、公爵は苦笑で返す。彼の隣に座るステーンハンマル司教も笑いを抑えるのに苦慮している様子だ。

「妃殿下もお人が悪い」

「ふふふ。ああでも、完成したら一度陛下をお招きするお約束なんです。よろしかったらその時にいらっしゃる？」

どうせその日は一日国王の貸し切りにする予定だ。それに国王が一緒なら、公爵もあからさまに近寄りはしないだろうという打算がある。

「そうですね、ぜひ」

無駄な流し目付きで公爵が答えるのと同時に、少し離れたところから人々のどよめきが聞こえた。

「何かしら？」

声のした方を見ると、見た事のない人物がこちらに向かってくる。人の輪が出来ていたアンネゲルトの周囲は、蜘蛛の子を散らすように人がいなくなった。

「これはこれは……」

近づいてくる人物を知っているのか、公爵が呟く。その声には、どこか面白がっているらしき響きがある。件の人物はとうとうアンネゲルトの目の前まで来た。

年の頃はルードヴィグと同じくらいだろうか。彼より少し背が高く、彼より少しやせて見える。

その顔立ちには、ルードヴィグのように目を引く華やかさはなく、かといってエンゲルブレクトのような男臭さがある訳でもない。

――影が薄い……って感じかな？

こうした場で紹介を受けずに話しかけるのはマナー違反になる。だからか、彼はアンネゲルトの前にいるにもかかわらず、彼女ではなくハルハーゲン公爵の方に声をかけた。

「公爵、申し訳ありませんが妃殿下にご紹介いただけないでしょうか？」

目の前の人物は、公爵の知り合いだったらしい。もっとも王族で、社交界にも頻繁に出入りしている公爵だ。知らない貴族の方が少ないだろう。

言われたハルハーゲン公爵は、この場でそんな申し出をした相手に呆れた様子を隠そうともしない。

「そういう事は事前に伝えなくてはならないとあれほど……まあ、いいでしょう。妃殿下、こちらはエールリン伯爵のご子息で、ヴレトブラッド子爵ヨルゲン・グスタフ殿です」

エールリン伯爵という名には覚えがあった。確か国王アルベルトの側近の一人だ。

そして、アルベルトの妹婿でもあったはずである。という事は、目の前にいる人物は――

「彼は陛下の甥に当たります。私の親族でもありますね」

密かに噂される「次の王太子候補」が揃った訳だ。

クロジンデ主催の園遊会以降、アンネゲルトは社交の場では必ずハルハーゲン公爵と鉢合わせするようになっていた。今日の音楽会でも、目敏くアンネゲルトを見つけた公爵が人波の向こうから顔を見せてくる。

「ごきげんよう、妃殿下」

「……ごきげんよう」

もっとも、シーズン中の王都なのだから、どこで顔を合わせてもおかしくはない。向こうも社交活動に勤しんでいる結果だ。苦手な人物だからといって、避ける訳にもいかない。

そんな公爵一人でもストレスは大きいのだが、彼の側には必ずステーンハンマル司教がいる。これがアンネゲルトにとって思っていた以上の負担となっていた。

そしてクロジンデの園遊会以来、もう一つ負担が増えている。

「妃殿下にはご機嫌麗しく。今日のドレスも素敵ですね」

「ありがとう、ほほほ」

扇で隠した口元は、笑っているというのに引きつっていた。彼女の目の前で賛美の言葉を口にしたのは国王アルベルトの甥、ヨルゲン・グスタフだ。

行く先行く先この三人に囲まれるので、他の人達との社交が出来ない。今はまだいいが、先々で深刻な影響が出るのではないかと気が気でなかった。

——何が悲しくて、次期「王太子候補」に挟まれなきゃいけないのよ！

しかも教会のトップ付きである。現役王太子妃の心の叫びだった。

「妃殿下、考えていただけましたか？」

ヨルゲン・グスタフは、顔を合わせると必ずそう言う。初対面の日にある事を希望され、それを許すかどうかを考える時間が欲しいと答えたからだ。

彼の希望は「イゾルデ館への訪問」だった。

「ソレンソン家のアロルド卿の絵画が多くあると聞いています。彼の作品を見たいのです。どうか、訪問のお許しを」

彼は目的をはっきりと提示しているものの、噂の渦中の人物を私邸に招く事に、さすがのアンネゲルトも躊躇している。

それで遠回しに拒否をしているけれど、敵も然る者で諦めないのだ。

ヨルゲン・グスタフの身分は子爵だが、国王の甥という立場の彼を粗略に扱う訳にはいかない。

「まだ色々と整わないので、お招き出来ないの」

そう言うのが精一杯だった。断る度に何とも言えない寂しそうな表情をされるのが、アンネゲルトの罪悪感を煽る。

扇越しに溜息を吐けば、目敏い公爵が心配そうに声をかけてくる。

「妃殿下、何か憂う事がございましたか？」

ここであんた達が原因ですと言う訳にもいかず、誤魔化す為に愛想笑いを浮かべる羽目になる。溜息一つ吐けないのは、やはり窮屈だ。

そんなアンネゲルトの態度をどう解釈したのか知らないが、ハルハーゲン公爵が話題を変えてきた。

「イゾルデ館といえば、皇太子殿下はイゾルデ館にご滞在だそうですね」

「え？　ええ」

ヴィンフリートの身分なら、本来は王宮の迎賓館に滞在するものだ。それを例の舞踏会のどさくさに紛れて、ちゃっかりイゾルデ館滞在を納得させたのだから畏れ入る。

「本日は皇太子殿下のお姿が見えませんが、いらしていないのですか？」

「ええ、少し体調を崩されたようなので、大事を取って館で休んでいただいています。こちらは帝国よりも気温が低いですから」

夏風邪でもひいたのではないか、と欠席の理由をでっち上げておいた。無論、ヴィンフリートは風邪などひいていない。

彼はここ数日は社交も放りっぱなしで、エンゲルブレクトやニクラウスと三人で話し込んでいる事が多かった。何の為の外遊なのやら。

――隊長さんは私の護衛なのに！

おかげでエンゲルブレクトとは、ここ数日まともに顔を合わせていない。ヴィンフリート達ともそうなのだが、アンネゲルトにとって、そこは問題ではなかった。

エンゲルブレクトは執務室の机に向かい、腕を組んで黙り込んでいる。積まれた未決裁の書類も放置したままだ。

その様子を眺める二人の部下は、言葉をかける事も出来ないでいる。というより、近寄れない雰囲気なのだ。

本日、副官のヨーンはエンゲルブレクトの代理でアンネゲルトの護衛として同行している。その彼の代わりに隊長についているのが今、執務室にいる部下達だ。

「隊長、機嫌が悪いのか？」

「さあ？　特に心当たりはないんだが……」

「だよなあ。副官のヨーンじゃあるまいし、俺らじゃわからん」

執務室の端でぼそぼそと小声で話していたら、それが耳障りだったのかエンゲルブレクトが重苦しい声を発した。

「用がないなら出ていろ」

普段はこんな事を言う人ではない。だからこそ、一層恐ろしい。部下達は無言のまま一礼して執務室を後にした。

一人になったエンゲルブレクトは、ヴィンフリートの言葉を思い返す。アンネゲルトの再婚相手に自分を。もっとも、このままルードヴィグとの婚姻を無効にするのなら、その後で結婚しても再婚ではなく初婚扱いになるのだが。

問題はそこではなく、アンネゲルトの相手に自分を選んだヴィンフリートの真意だ。いや、本当はそれも問題ではない。

永遠に手に入らないと諦めかけていた人を、自分の妻に出来るかもしれないのだ。喜びに溢れて当然なのに、エンゲルブレクトは浮かない気分だった。ヴィンフリートの提案に乗ると決めたはいいが、その前に立ち塞がる障害を考えると気が滅入る。

ヴィンフリートが出した条件は、エンゲルブレクトが王族の血を引いている事を明らかにし、今以上の爵位を得る事だった。その為には、実父の情報を知るフリクセルという人物に会いに行かなければならない。問題は彼がいる場所が、遠く離れた東域の国ウラージェンという事だ。

いくら北回り航路があるとはいえ、片道四ヶ月はかかる船旅になる。しかも冬には波が荒れる為、命がけの旅になるのは必至だった。

あの後、ヴィンフリートとニクラウスはとっとと国王アルベルトとの会見をもぎ取り、今日は二人して王宮に出向いている。

　国王命令で護衛隊隊長の任に就いているエンゲルブレクトは、国王の命令があれば隊長職を辞して別の任に就く可能性もあり得た。ヴィンフリート達の説得が功を奏せば、国王命令で東域に行く事になるだろう。

　そのせいか、今朝からどうにも落ち着かない。護衛の仕事も最近はヨーンに任せっぱなしだ。

　ここしばらくは、アンネゲルトとろくに顔を合わせていない。避けている訳ではなく、単純に溜まっていた書類仕事を片付けていたのも理由だが。

　――いや……

　それだけではないのは、自分が一番わかっている。ヴィンフリート達に言われた事が尾を引いていて、どんな顔で彼女に会えばいいのかわからないのだ。

　情けないと自分でも思う。自分はこんなに弱い人間だったのだろうか。

　己の出自に関して、はっきりさせたいと願っていた頃もあった。だが軍という、ある程度は自力でのし上がれる場所にいたおかげか、次第に気にならなくなっていたのだ。

　それがここに来てこんな問題に発展するとは、当時の自分では想像も出来なかった。

　エンゲルブレクトは椅子から立ち上がり、執務室の窓から庭園を眺める。イゾルデ館にもらっている執務室は、庭園に向けて大きな窓が設（しつら）えられていた。

ヴィンフリートの様子を考えるに、自分が東域に行くのは確定したと思っていい。そこに自分の意思はないが、これも仕方のない事だと割り切った。

それに事情を知っているというフリクセルという人物、彼に会ったら聞きたい件もある。父トマスの側近で実父の事を知っているのなら、おそらくは答えを持っているのではないだろうか。

つらつらと思案していたエンゲルブレクトは、知らぬうちに溜息を吐いていた。

# 四　我が儘（わがまま）

最近のアンネゲルトのお出かけの際にはヨーンがついてくるばかりで、エンゲルブレクトの姿を見る事が少なくなっていた。それとなくヨーンに理由を聞いたところ、未決裁の書類が溜まっているので、その処理に追われているらしい。

せっかくヴィンフリート達から解放されたようなのに、今度は書類に持っていかれるとは。アンネゲルトのイライラは日増しに蓄積していった。

そんなアンネゲルトに衝撃の情報がもたらされたのは、ある日の夕食時である。アンネゲルトは知らない事だが、エンゲルブレクトの東域への渡航許可が下りた当日でもあった。

イゾルデ館に滞在中の食事は、基本的に皆揃って食堂で取る事になっている。今日も食堂に一同が集まっていた。とはいえ、遅い時刻の夕食になったので、子供のマリウスは既に寝ている。

「ロッテ、アルベルト陛下からの許可をもらってきた」

そう切り出したのはヴィンフリートだ。食卓には彼の他にアンネゲルト、ニクラウス、エンゲルブレクト、ヨーン、ティルラがついている。

本来、ティルラやヨーンの立場ではアンネゲルト達と同じ食卓を囲む事は許されないが、イゾルデ館及び船内では特例として許可されていた。

いきなりの言葉に、アンネゲルトはきょとんとしている。

「何の許可ですか？」

「サムエルソン伯が東域に行く為の許可だ」

「は？」

アンネゲルトはヴィンフリートの言った内容が理解出来なかった。国王の許可と、エンゲルブレクトが東域に行くのと、どういう関係があるのか。

「殿下、それは一体……」

まだうまく処理出来ないでいるアンネゲルトの代わりに、ティルラが口を挟む。

「今言った通りだ。近く、伯には東域の国、ウラージェンへ向かってもらう」

「何故そんな場所に……まさか、例の薬の件ですか？」

ルードヴィグが盛られたものであり、王都で静かに広まりつつある厄介な薬は、東域で採取される、ある植物が成分に含まれているという事をリリーが突き止めていた。それについてはアンネゲルトもティルラから報告を受けていたので知っていたが、何故エンゲルブレクトが東域に行かなくてはならないのか。アンネゲルトは周囲の全てが段々遠くなっていくように感じた。

ヴィンフリートとティルラが会話を続けているが、これもうまく認識出来ない。

――いや、別件だ。

――別件と仰（おっしゃ）いますと？

――伯の出自を明らかにする。これは私の一存だ。父上も叔父上も関与してはいない。

――奈々様も……ですか？

――そうだ。

「アンナ様、大丈夫ですか？　お顔の色が真っ青ですよ」

ティルラの声に、ようやくアンネゲルトの意識が戻ってきた。向かい側に座るエンゲルブレクトも、心配そうにこちらを見つめている。

アンネゲルトは、のろのろと視線をヴィンフリートに向けた。彼は眉間に皺（しわ）を寄せて難しい顔をしている。

「ロッテ、伯が側を離れるのは一時的な事――」

「嫌です」

青い顔のまま、アンネゲルトははっきりと言った。途端、食堂内がしんと静まり返る。

「どうしてそんな大事な事、私に黙って決めてしまうんですか？　お兄様」

アンネゲルトは、ヴィンフリートを睨み付けている。珍しい事に、ヴィンフリートが言い淀んでいる様子だ。

「……言えば反対すると思ったからだ」

「反対します。当然でしょう？　どうしてそんな——」

アンネゲルトは興奮しすぎたのか、言葉が続かない。それでもヴィンフリートを睨む事をやめないアンネゲルトに、ニクラウスが声をかけてきた。

「姉上、まだ詳しい事は話せませんが、姉上の為でもあるんですよ」

「どこが私の為なのよ！」

どうも、この弟は姉の感情を逆なでする事が得意らしい。おそらくは無意識にやっているのだから、また質が悪かった。

「言えない事って何!?　また私だけのけ者にして何でも決めるっていうの？」

アンネゲルトの怒声に、ニクラウスは痛みを感じたように顔を歪め、口を噤む。アンネゲルトとヴィンフリート、ニクラウスの三人は、何も言えないままでいた。

膠着状態に陥った場に、ぱんぱんという乾いた音が響く。ティルラが手を打った音だった。

「皆様、少し落ち着いてください。アンナ様もいきなりそんな話を聞かされて気が高ぶっていらっしゃいます。今夜はここまでという事で、お話はまた明日にいたしましょう」

その場に、明らかにほっとした雰囲気が満ちる。誰もがこの状態からどう抜け出せばいいのか、考えあぐねていたのだろう。

ティルラの申し出に、皆が無言で食堂を後にする。最後にティルラに付き添われて、アンネゲルトが自室に戻った。

着替えや入浴を済ませ、寝台に潜り込む。その間、ティルラは食堂での件に一切触れなかった。それは彼女の優しさだという事を、アンネゲルトはわかっている。そのおかげか、大分頭も冷えてきた。

アンネゲルトは天蓋を見つめながら、思考を巡らせる。冷静に考えれば、国王からの許可が出た事に自分が異を唱える訳にはいかない。エンゲルブレクトが東域に行くのを止める事は出来ないだろう。

でも、彼と離れるのは嫌だ。東域に行って帰ってくるまでに、一体どれだけの期間が必要なのか。そんなに離れていられる自信などない。

大体、無事に帰ってこられる保証だってないではないか。船旅は事故や危険がつきものだと、以前聞いた覚えがある。

では、自分はどう動けばいいのか。

ふと、一つの案が浮かび上がった。それを実現させる為には、何が障害になるのか、誰をどう説得しなくてはならないのか。

寝入るまでのわずかな時間で屁理屈をこね回してでっち上げた口実を呟き、アンネゲルトはにやりと笑った。

「見てらっしゃい、お兄様にニコ。いつまでもおとなしく言いなりになんてならないんだから」

この言葉をヴィンフリート達が聞いていたら、いつ、誰がおとなしく言いなりになったのか、と首を傾げただろうが、アンネゲルト本人は気付いていない。

イゾルデ館の夜は更けていく。誰もが自分の考えを胸に、眠りへと旅立っていった。


目覚めたアンネゲルトは、決意も新たに寝台から飛び下りた。小間使い達の困惑の視線を受けながら支度を終え、勇み足で自室を後にする。

「アンナ姉様！」

部屋から出た途端、小柄な人影に急襲された。抱きついてきた相手は、ヴィンフリートの弟、マリウスだ。

「マリウス？　どうしたの、こんなところで」

彼に用意した部屋はヴィンフリートの隣で、アンネゲルトの自室へ来るには二階から隠し階段を下りてくる必要がある。

どうやってここまで来たのか、一人で行動したのかと周囲を見回すと、少し離れたところに、眉尻を下げて困った様子の若い男性が立っていた。

どうやら世話役に無理を言ってここまで来たようだ。

「マリウス、あなたまた世話役に無理を言ったわね？」

何も聞かずとも、世話役の彼を見ればわかる。

アンネゲルトの口調がきつくなっても、彼女に抱きついたマリウスは離れようとしない。

「マリウス」

「だって、僕いい子でいたのに！　ちっとも姉様と一緒にいられない」

最後の方は半分泣き声になっている。末っ子で母や叔母に溺愛されている彼は、十という年になってもまだ甘えん坊だ。

――やばい、忙しさやら何やらでこの子の事を忘れてた。ごめんね、マリウス。

社交シーズンのアンネゲルトはただでさえ目が回るほど忙しいが、今年はそれに加えて魔導特区やクアハウスの件もあって倍増しだ。

しかもヴィンフリートがエンゲルブレクトを独占していたので、ハルハーゲン公爵が近づいてくる事への不快感や、単純にエンゲルブレクトが側にいない不満が溜まっていた。

あれこれと言い訳が頭をよぎるが、今は目の前のマリウスに対応するのが先だ。

「ごめんなさい、マリウス。この時期はどうしても予定が詰まってしまうの」

「知ってるよ、社交シーズンなんでしょう？　でも、そんなに毎日お出かけしなくちゃいけないの？」

まだ子供らしい丸い頬をぷくっと膨らませて、マリウスが聞いてくる。その可愛らしい様子に、アンネゲルトはこの年頃ならもっと生意気な口を利くんじゃないだろうか、と思うと同時に、彼には素直なままでいてほしいとも思う。

――間違ってもニコのように生意気な子にはなってほしくないわ。

夕べの事を思い出し、弟に対する怒りが再燃する。眉間に皺の寄ったアンネゲルトを見て、マリウスが怯えた顔を見せた。

「……姉様？　怒ってしまわれたの？」

「え？　ああ、いいえ、違うのよ。あなたに怒ったんじゃないわ、マリウス。ええ、もっとかわいげのない子の事でちょっとね」

思えばあの弟も、幼い頃はマリウスのように素直で愛らしかったのに。いつの間にあんなかわいげのない子になってしまったのか。

「背ばっかりにょきにょき伸びて、まったく。さあ、マリウス、食堂に行きましょう。お腹がすいたのではなくて？　あなたはまだまだ食べ盛りですものね」

側でおろおろする幼い従兄弟（いとこ）を促（うなが）し、アンネゲルトは食堂へと足を向けた。

朝食の席には、夕べの面子（メンツ）が揃っている。まるで昨晩の再現のようだ。朝の挨拶（あいさつ）を口にして、アンネゲルトは自分の席に腰を下ろす。向かい側に座る男性陣の視線を痛いほどに感じるが、綺麗に無視だ。

静かに食事の時間は過ぎていき、そろそろ皆が席を立つかという頃合いになって、アンネゲルトがヴィンフリートに向かって発言した。

「昨日の事ですけど」

「昨日？」

片眉を上げるヴィンフリートに、アンネゲルトは内心かちんときたけれど、必死に抑える。

「とぼけないで、お兄様。東域へ行く話ですわ」

エンゲルブレクトの出自を確かめる為、事実を知っている人物がいる東域の国ウラージェンへ本人が行くというものだ。

ヴィンフリートはその事か、と言わんばかりに軽く頷いた。

「ああ。それがどうかしたか？　言っておくが、アルベルト陛下にも許可をいただいた正式な話だ。覆すのは無理と思いなさい」

「その必要はありません」

「何？」

昨日の様子では、さぞや反対すると予測していたのだろう。ヴィンフリートとニクラウスは、思い切り肩すかしを食らった顔だ。

だが、彼等の余裕は続くアンネゲルトからの爆弾発言に、文字通り吹き飛ばされる事になる。

「私も東域に参ります」

一瞬、食堂が水を打ったように静かになった。それを破ったのはニクラウスである。

「反対です！　東域の国々とは行き来があるとはいえ、治安のほどがわかりません。そんな場所に姉上が行かれるなど、認められる訳がないでしょう」

至極もっともな意見だった。しかしアンネゲルトは引き下がらない。

「行き来があればこそ、今の立場で出来る事があるはずよ。ただの思いつきで言ってる訳じゃないわ」

アンネゲルトは寝台の中でまとめた考えを思い出しながら、冷静に話し始めた。

「東域と行き来があっても、交流はほとんどないのよね？　これでも社交界に出ているからわかるんだけど、誰も東域の話題は出さないわ。それって付き合いが薄いからではないの？」

ニクラウスは反論出来ない。こちらの国の内情まではわからないのだろう。さすがにそこまでの情報はティルラ達も帝国には流していないらしい。というより、調べる必要がないと判断している可能性が高かった。

アンネゲルトはなおも続ける。

「交流はもっぱら民間単位だと思うわ。先々カールシュテイン島に魔導特区を作る際に、東域の技術も取り入れたいと考えています。その為の視察をしておきたいの。王太子妃という立場で行けば、外交も出来るんじゃないかしら？」

それこそ外遊という事にすればいいのだし、とヴィンフリートを見ながら付け加えた。

彼自身、「外遊」と称してこの国に来ているのだ。こう言えば反対は出来ないはずと見込んでいた。

　だが、アンネゲルトが一晩かけて考えた言い訳は、ヴィンフリートによって簡単に覆（くつがえ）される。

「視察だけならロッテ自身が行く必要はない。外交も、文官が行けばいいだけだ。伯自身は武官だから、誰か文官をつければいい。伯、誰か心当たりはいないか？」

「外務省に勤める友人がいます。性格に難はありますが、外交には慣れている人物です」

　エンゲルブレクトは、ヴィンフリートの言葉にすぐに乗ってきた。確かにエドガーという外交官を連れていけば問題ない。アンネゲルトは早くも自分の考えが甘かった事を痛感させられる。

　ヴィンフリートがアンネゲルトに向き直った。

「魔導特区の視察に関しても、素人（しろうと）のロッテが行くより、専門家であるリリエンタール男爵令嬢が行った方がいい」

「当然リリーも連れていきますけど、彼女は皇帝陛下がつけてくださった私の側仕えです。彼女だけを東域に行かせる訳にはいきません。それに特区設立を進めるのは私なんですよ。他人に任せて安穏としている事など出来ません」

　ここだけは譲れない。人任せにしていいのなら、自分が残って特区を作る意味などないではないか。

それに、ここで退いてはエンゲルブレクトと離れればなれになるのだ。アンネゲルトは必死で頭を使った。

夕べとは違い、ヴィンフリートはアンネゲルトの視線を真っ正面から受け止めている。自分の考えに絶対の自信を持っているからだろう。

「大体、社交をどうする？　まさか視察の為なら、国内の社交をおろそかにしてもいいとは言わないだろうな？」

「シーズン中はきちんと社交を行いますよ。東域に行くのは、今すぐでなくともよろしいんでしょう？　シーズンオフに行けばいいんです。そうすれば私も時間が取れますし、必然的に隊長さ……サムエルソン伯爵も手が空きますわ」

冬には雪と氷に閉ざされるこの国は、社交シーズンが終わると王都でさえ閑散とする。当然、公務や社交も少なくなり、特に視察などは激減するのだ。王太子妃という立場上、任される公務は外交や視察に集中していた。

何を言っても退かないと悟ったのか、ヴィンフリートが溜息を吐く。アンネゲルトは内心「やった！」とガッツポーズを取った。ヴィンフリートがこういう態度を取る時は、こちらの要求を呑む時なのだ。

案の定、彼の口からは降参とも取れる言葉が出てくる。

「なるべく早く、片をつけたいのだがな……」

「それはお兄様の都合でしょう？　それとも、急がなくてはならない理由を説明いただけるのかしら？」

こうしてアンネゲルトに押し切られる形で、朝食の席での話し合いは終わった。

舞踏会は華やかな場だが、その裏ではどす黒い人間の欲望が渦巻いている場でもある。アンネゲルトが朝食の席で爆弾発言をした、この日の舞踏会もそうだった。

「よし、じゃあ大穴で殿下と復縁する方に賭ける」

「復縁って、離縁した訳じゃあるまいし」

「似たようなものだろう？」

「まあ、そうだな」

「じゃあ私はハルハーゲン公爵に賭けよう。そろそろ妃殿下も落ちる頃だ」

「所詮は小娘だからな」

「なんだ、エールリン伯の小倅（こせがれ）には誰も賭けないのか？　倍率はでかいぞ」

「そこまでばかじゃないさ」

「あれは無理だろう」

「だったら、逆にサムエルソン伯は？」

「倍率が低すぎてな」

「違いない」

皆、アンネゲルトが誰に落ちるかで賭けをしているのだ。

舞踏会場の端でそんな会話が交わされているのを小耳に挟みながら、アンネゲルトは曲に合わせて踊っていた。

今宵の相手はハルハーゲン公爵である。とうとう逃げ切れずに相手を務める事になったのだ。愛想笑いも引きつりそうになる。

「妃殿下は羽のように軽やかに踊るのですね」

「まあ、ほほほ」

ダンスを褒める常套句だが、公爵に言われると何故か背筋が寒くなるから不思議だ。これが他の貴婦人ならば、頬を染めて相手のダンスも褒めるのだろう。しかし、アンネゲルトはうっかり褒め返すのを忘れてしまった。

やばい、と思って口を開こうとしたその瞬間、音楽がやむ。淑女の礼を執ってダンスは終わりだ。

——あー、やっちゃったー……

基本的に、社交界では男性が女性を褒めるもので、女性は鷹揚に受け止めればいいとされている。なので、厳密にはマナー違反にはならないが、相手の心証は良くないかもしれない。

これが大事な相手なら失敗を挽回するべきだろうが、相手はハルハーゲン公爵だ。革新派ではないし、彼とは接点が意外と少ない。

今日も、公爵の側には天敵とも呼ぶべき教会のトップ、ステーンハンマル司教がいた。普段通りの聖職者の正装だが、現在はその美貌故か周囲を女性に取り囲まれている。

「まったく、彼を一人で放っておくとすぐあれですから。彼は聖職者なのですが」

ハルハーゲン公爵は、苦笑交じりにそう言った。

ステーンハンマル司教本人はといえば、群がる貴婦人達に穏やかな笑みを向けて何事かを話している。一体どんな会話をしているのやら。

「やれやれ、あの調子で無粋な説法をしていなければいいが」

司教を眺めながらの公爵の言葉が、アンネゲルトのツボに入った。噴き出しそうになるのを、慌てて扇で口元を隠し、咳払いで誤魔化す。

貴婦人達の目は、どう見ても聖職者に向けられるものではない。アンネゲルトにだってそれはわかる。

——そんな女性陣に説法って……いや、本当にしてる訳じゃないかもしれないけど。

アンネゲルトの頭の中には、ハートの目をした貴婦人達を前に、「神とは」と言っているステーンハンマル司教の姿が、風刺画のように浮かんでいた。

「さて、そろそろ彼を貴婦人から解放しなくては。彼がこの会場の男性陣の恨みを買っては困りますからね。では妃殿下、私はこれにて」

アンネゲルトの目の前で優雅に一礼すると、ハルハーゲン公爵はステーンハンマル司教がいる方へと足を向ける。

これまで、こんなにあっさり公爵が目の前からいなくなった事があっただろうか。

——いや、ない。断言出来るけど、ないよ。今夜はどうしたのかしら……

ありがたい事なので深く突っ込む気はないが、あの公爵を無意識に連れていってくれた司教には、感謝するべきか。

公爵の後ろ姿を眺めながら悩んでいると、背後から声がかかった。

「姉上、そんなにあの公爵と一緒にいたかったんですか？」

「どういう意味？　ニコ」

隣に立った弟をぎろりと横目で睨む。しかし、相手は軽く肩をすくめただけだった。

「それより姉上、いい加減その呼び名はやめていただきたいのですけど」

「あら、皇后陛下がおつけになったありがたーい愛称じゃないの」

アンネゲルトはわざわざ「皇后陛下」という部分を強調して答える。こう言っておけば、弟が反論出来ないのを知っているのだ。

ニクラウスの事を「ニコ」と呼び始めたのは、皇后シャルロッテである。彼女の出身国であるロンゴバルド風の略し方なのだ。ちなみに今でも彼をそう呼ぶのは、アンネゲルトだけだった。

ニクラウス本人としては迷惑この上ないが、発端が皇后シャルロッテとあっては愚痴(ぐち)を言うのも憚(はばか)られるらしい。

「それはともかく」

ごほんと咳払いをして、ニクラウスは真面目な表情で姉に向かった。

「今朝の言葉は、本気ですか?」

「もちろんよ。冗談だとでも思ったの?」

「姉さん、ここで日本語を使うのはどうかと思うよ?」

そう言いながらも、ニクラウスも日本語に切り替えている。日本語は、ここでは誰に聞かれても内容を察知されないで済む便利な言葉だった。読唇術を使われたところで、言葉自体がわからないので内容が漏れる心配がない。

もっとも、アンネゲルトが日常的に日本語を使うのはそういった意味からではなく、単に使い慣れている言語だからだった。

アンネゲルトはあっけらかんとして心配顔の弟に笑いかける。

「問題ないわよ。こうして内緒話をしているようにしていれば、久しぶりに会った姉弟で何か昔話でもしているんだろう、って周囲が気遣ってくれるから」

アンネゲルトが言う通り、二人の周囲には人がいない。こちらに近寄るタイミングを計っている人達も遠巻きにしている状態だ。

「じゃあいいや。自分の立場、わかっているよね？　なのに何ヶ月も国を空ける気？」

「だから今回のシーズンが終わるまで待ってって言ったじゃない。オフに入れば半年近く時間が作れるんだもの」

今朝と同じ事をアンネゲルトが言えば、ニクラウスは黙ってしまった。彼もこの戦法で姉を翻意させられるとは思っていないらしく、手口を変えて攻めてくる。

「本当にわかってるの？　魔力を持たない姉さんじゃ、自分の身を自分で守る事も出来ないんだよ？」

アンネゲルトとニクラウスは、ダンスを始めながら言い合っていた。舞踏会で壁に張り付いていると悪目立ちするので、適当な相手とダンスをしているのが一番なのだ。

ニクラウスの指摘に、アンネゲルトはぷくっと頬を膨らます。

「わかってるわよ。護身に関してはリリーが色々と発明してくれているし。それの実験も兼ねると思えば――」

「まさか、ぶっつけ本番で使おうっていうんじゃないだろうね？」

ニクラウスの語気が鋭いものに変化した。表情にまで出さないのはあっぱれと言うべきか。

帝国で育ったニクラウスは、アンネゲルトよりも「リリエンタール男爵」に関する情報を持っている。

類い希な魔導技術の研究家であり発明家でもあるが、その反面、危険な実験も厭わない一族。それがリリエンタール男爵位を持つランガー家だった。ニクラウスが心配するのは、まさにこの点のようだ。

そんな弟に、アンネゲルトは言い訳めいた事を口にした。

「ちゃんとテストはしているみたいよ。どうやってるかは知りたくないけど……」

これまでアンネゲルトを襲撃し、リリーに連れていかれた者の数は、ゆうに三十人を超えている。彼等がその後どうなったのか、知っているのはリリー一人だけだ。

——多分、あの人達で安全性を確かめているんだろうな……

怖い想像をしてしまいそうで、考えるのを途中でやめた。首を軽く振るアンネゲルトに、ニクラウスは溜息を吐く。

「とりあえず、例の話は国王陛下の許可が下りてからだからね」

「今夜、お兄様がその話をしに行くのよね？」

社交シーズンは国王も大忙しだ。自身で舞踏会や夜会、昼食会に晩餐会（ばんさんかい）、園遊会などを主催する傍ら（かたわら）、名のある貴族の招待を受けてあちこちの社交場に顔を出す。

その隙間を縫（ぬ）って、ヴィンフリートがアンネゲルトの外遊の話を持ち込むという事になったらしい。ついでにこの弟も一緒に行けばよかったのに、と思った事は本人には内緒だ。

一曲踊り終わり、そろそろ疲れたから休憩用の部屋に下がろうとしていたところに、声をかけてくる人物がいた。ヴレトブラッド子爵ヨルゲン・グスタフだ。

今日も捕まってしまったか、とアンネゲルトは扇（おうぎ）の陰でこっそり溜息を吐いた。ヨルゲン・グスタフはここしばらくの定型文を口にする。

「妃殿下、例のお話は考えていただけましたか？」

「え、ええ。そうね……」

彼にはずっとイゾルデ館への訪問をせがまれているが、段々切羽詰まっているように見えるのは気のせいだろうか。

彼の目当ては、館に飾られたソレンソン子爵家の三男アロルド卿の絵画だという。王都の貴婦人に大変な人気らしい彼の作品を、ヨルゲン・グスタフも見たいそうだ。

何となく今まで気が乗らず、のらりくらりと躱してきたが、この辺りで応じておいた方がいいかもしれない。

——今なら、お兄様もニコもいるしね。

そうと決まれば、とっとと鑑賞してもらった方が得策だ。一度願いを叶えれば相手も納得するだろう。

「近日中に、と思っております。詳しい日程はまた後日、お知らせしますね」

「ああ、妃殿下！　図々しい願いを聞き届けていただいて、心より感謝申し上げます」

彼はアンネゲルトの手の甲に口づけを落とすと、そのまま会場から去っていった。この為だけに舞踏会に来たのだろうか。

「……彼は確か、国王陛下の甥君だよね？」

「ええ、そう。イゾルデ館に飾ってあるアロルド卿の絵がぜひ見たいって、訪問を打診され続けていたのよ。お兄様やニコがいる間に、ちゃちゃっと鑑賞してもらえばいいかと思って」

「姉さん……」

　あまりの言いぐさにニクラウスが頭を抱えていると、そっと近寄ってきたティルラがさらに彼の頭を痛める事を耳打ちしてくる。

「殿下から知らせがきました。通った、との事です」

　嬉しい知らせに笑顔になったアンネゲルトとは対照的に、ニクラウスは天井を仰いで盛大な溜息を吐いていた。


　ヨルゲン・グスタフの訪問は、五日後と決まった。

「ではこの日付で相手の方にはお知らせしておきます」

　ティルラの言葉に、アンネゲルトは上機嫌に答える。

「よろしくね」

　日程はアンネゲルトの予定やら何やらを鑑みて決められている。アンネゲルト本人が明るい表情をしているのは、ヨルゲン・グスタフを招く為に園遊会を一つキャンセルしたためではないか。少なくともティルラはそう考えているだろう。

　キャンセルした園遊会、それを主催しているのは、かのハルハーゲン公爵だった。

未婚の彼が社交行事を主催するのは珍しい話で、周囲はやっと身を固める気になったのかと色めき立っているらしい。

現に、未婚の令嬢方はこぞって参加を表明しているという。公爵の年齢は三十をとうに超えているので、令嬢方とは十歳以上離れる事になるが、彼女達には関係ないようだ。

『令嬢方が、結婚相手に求めるのは身分と財産ですから』

以前彼の事が話題に上った際にそう言ったのは、今日もアンネゲルトに付き添っている王宮侍女のマルガレータだった。

アンネゲルトにとって、彼女は自分の侍女であると同時に心を許せる友達の一人でもある。

そのマルガレータの右手中指に、見慣れない指輪がはまっていた。

「あら？　それ、新しい指輪かしら？」

アンネゲルトに指摘され、マルガレータは頬を赤く染め、左手で指輪ごと右手を握り込む。彼女ははにかみながら答えた。

「その、お仕事を頑張っているご褒美だと言って、叔母からいただいたんです」

「……そう、侯爵夫人が」

彼女の様子から、てっきりどこかの貴公子にもらったものかと思っていたら、予想は外れたらしい。ちょっとがっかりである。

――うまくすれば、マルガレータと恋の話が出来ると期待していたのに。

「妃殿下？　どうかなさいましたか？」

指輪の出所を話した途端に意気消沈したアンネゲルトを心配するマルガレータに、真実を話すのも憚られる。アンネゲルトは言葉を濁して、話題を指輪そのものに移そうとした。

「さすがに侯爵夫人の見立てね。素敵な指輪だわ。あら、指の根元にほくろがあるのね」

「あ……」

アンネゲルトに手を取られ、まじまじと見られたマルガレータは、羞恥故か頬を真っ赤に染めている。

「今まで気付かなかったわ。意外と人の手元って、見ているようで見ていないのね」

「そ、そうですね。で、でも、妃殿下のお手はとても綺麗だと思います」

「ありがとう」

アンネゲルトの全身は、船の中にあるエステサロンスタッフの血と汗と涙の結晶だ。日本では必要最低限しか手入れをしてこなかったせいで、結婚が決まってからは、嫁入りまでに隔日でエステの予約を入れられた。

特に人目に付きやすい顔や首、デコルテ部分、それに手を集中的にケアしている。おかげでスイーオネースに到着する頃には、なんとか体裁を整える事が出来た。

だから、マルガレータの賛辞は、そのままスタッフへのものだと思っている。後で彼女達への労いを忘れないようにと、アンネゲルトは脳内メモに記しておいた。

ヨルゲン・グスタフの訪問日当日、彼は時間ぴったりにイゾルデ館を訪れた。供は一人だけである。

「ようこそ、子爵」

「お招きありがとうございます、妃殿下。私の願いをお聞き届けいただき、感謝の念に堪えません」

玄関ホールで彼を出迎えたのは、アンネゲルトと弟のニクラウスの二人だった。帝国皇太子ヴィンフリートとアンネゲルトの護衛隊の隊長を務めるエンゲルブレクトは、揃って王宮に行っている。どうやら例の東域の件で呼び出されたらしい。

——お兄様がいるうちに、と思っていたのに……

あてが外れた。もっとも、目の前の人物が何かしでかしそうには見えないが。

ヨルゲン・グスタフという人は、取り立てて目立つ要素のない人間である。ハルハーゲン公爵や王太子ルードヴィグ、ステーンハンマル司教などのようなきらびやかさはなかった。

貴族としてそれもどうなのかと思うものの、さすがにそんな感想をここで表に出すほどアンネゲルトも愚かではない。顔には社交界では必須のアイテム、愛想笑いを貼り付けていた。

「すぐにアロルド卿の作品をご覧になる?」

「そうですね。お見せいただけますか?」

「ええ、こちらよ」

ソレンソン子爵家の三男アロルドの作品は、社交界でも人気が高い。アンネゲルトがそれを知ったのは離宮修繕の為のコンペより後の話だが。

アンネゲルト達にとっては、芸術家らしいエキセントリックな人物、という評しかなかった。

イゾルデ館に飾られている作品は、これまで彼が描き溜めてきた作品の一部に過ぎない。どうやら彼は非常に筆が速い画家らしく、集中すると寝食も忘れて絵に没頭するのだそうだ。

そうして、廊下と食堂、遊戯室、応接室などに飾られている絵を見て回る。枚数的にはそれほど多くはない。イゾルデ館自体が小ぶりだからという理由もあるが、壁一面に絵画を飾るのをアンネゲルトが良しとしなかったからだ。

全ての作品を見て回った後、陽気もいいので庭の東屋に出た。こちらで茶を振る舞う予定だ。

「妃殿下、少し、お話ししたい事がございます」

「まあ、何かしら？」

「お人払いを」

これはさすがに予定になかった。

◆◆◆◆

王宮に出向いたヴィンフリートとエンゲルブレクトは、国王アルベルトの私室に案内された。これから交わされる会話は私的なもの、と提示されたも同然である。

「ようこそ、ヴィンフリート殿下、伯もよく参った」

アルベルトの側にはアレリード侯爵がいる。東域の件は既に彼にも話が通っているのだろう。

「もう一人呼んでいる。到着までしばし待たれよ」

アルベルトはヴィンフリートに向けて言い、二人に座るように促す。

エンゲルブレクトはアルベルトの言葉に、嫌な予感がした。この面子に加えて呼んでいる人間など、一人しか浮かばない。

果たして、やってきたのは彼の想像通りの人物だった。

「遅くなりまして、申し訳ありません」

口ではそう言いながら、少しも悪いと思っていない様子で笑う男。ユーン伯爵エドガー、エンゲルブレクトの腐れ縁の友人だった。

アンネゲルトが東域に行く行かないの言い合いの席を思い出す。あの時のヴィンフリートの言葉が現実になるらしい。

「さて、これで全員揃ったな」

アルベルトは部屋の中を見回してそう切り出す。

「過日、皇太子殿下よりある話を聞いた。サムエルソン伯の母御の母国に行くという事だが」

「はい。母の親族がらみで相続問題が起こっているらしく、それを片付ける為に参りたいと願っております」

さすがにアルベルトに対して「自分が王族の血を引いているか確かめたいので、証人に会いに行く」とは言えない。表向きでっち上げた理由がこれだ。

家の相続問題と言っておけば、まず疑われる心配はないし、首を突っ込まれる心配もない。だからこそ理由として使ったのだが……

この部屋に集まった面子を見るに、嘘がバレているのか、それとも別の思惑があるのか。エンゲルブレクトには判断出来なかった。

彼の話を聞いたアルベルトは、顎に手を当てて考え込んでいる。

「ふむ。伯の母御の問題に乗じる形になるが、一つ頼まれてほしい事がある」

「……何でございましょう？」

国王の頼みと言われれば、臣下として頷かない訳にはいかない。アルベルトの方もそれはわかっていて、にやりと笑うとエドガーを手で指し示した。

「実はかの国とはそろそろ国交を密にしようと考えている。そこで大使館を双方に置こうと思うのだが、その為の下見をしてきてほしいのだ。彼と共にな」

エドガーは芝居じみた様子で胸に手を当てて一礼した。その口元が笑っていたのを、エンゲルブレクトは見逃さない。

――楽しんでいるな……

おそらく、エドガーはエンゲルブレクト達の嘘を見抜いている。これは、侯爵やアルベルトも同様と見るべきか。

「それと、王太子妃も外遊として東域に向かいたいという話だな？」

「はい……そう聞き及んでおります」

結局、彼女を翻意させる事は出来なかった。頑なに行くと決めており、誰が何を言っても首を縦に振らない。ヴィンフリートもニクラウスも最後にはさじを投げた。

一人、ティルラだけは最初からアンネゲルトを肯定している。「アンネゲルト・リーゼロッテ号」で行った方が、航海が安全だからという理由らしい。

確かに冬の北回り航路は、大きな危険が伴う。悪天候と氷点下の気温という厄介な問題がついて回るのだ。

もっとも、それらの危険は「アンネゲルト・リーゼロッテ号」には当てはまらない。あの船は見た目だけでなく、性能も普通の船とは言い難いのだ。色々と説明を受けたところ、魔力を動力に変えて、船の推進力にしているという事だけはかろうじて理解出来た。しかも、その速度は通常の帆船より速いらしい。船の速さは旅の期間の短縮と、海賊船対策に有効だった。もっとも、冬の北の海に海賊が出るかどうかは謎だが。

何よりも、あの居住性を知ってしまっては他の船に乗る気など到底起きるものではない。あれほど快適な旅を約束してくれる船もないだろう。

とはいえ、エンゲルブレクトもアンネゲルトの弟であるニクラウス同様、彼女が東域へ行く事には反対だ。正直、アンネゲルトと離れなくて済むというのは甘い誘惑だったが、何があるかわからない国に大事な人を連れていく気にはなれなかった。

しかし、それを押しても一緒に行きたいと言ってくれた彼女の心が嬉しいと感じる面も、確かにある。考えてはいけないと思いつつも、つい期待してしまいたくなるのだ。ヴィンフリートからは自分を彼女の「再婚相手」に、と言われているが、まだアンネゲルトの意思を確認した訳ではない。

――聞けるか。そんな事……

面と向かって尋ねられる立場ではないし、お互いそんな素振りも見せた事はない。何よりも、彼女はまだ「王太子妃」だ。

「では、そういう事で」

はっと気付くと、話は終わっていたらしい。しまった、自分の思考に沈み込んでいて、内容をよく聞いていなかった。

「それにしても、あのルードヴィグが素直に首を縦に振るものか……」

「陛下のお許しがいただけましたら、どのような手を使ってでも」

アルベルトの呟きに恐ろしい言葉を口にしたのは、エドガーだ。アルベルトは興味深そうに、彼に尋ねる。

「ほう？　して、どのように？」

「至って簡単です。何も言わず出航させてしまえばいいんです。そうすれば文句の言いようもありませんから」

人好きのする様子で笑うエドガーを見て、こいつは相変わらずだとエンゲルブレクトは思った。

「さて、あの場で何が決まったか。君、ちゃんと聞いていたかい？」

アルベルトの私室を出た途端、エドガーに痛いところを突かれた。本当によく見ている男だ。

部屋を出たのはエンゲルブレクトとエドガーの二人だけだった。残る三人はさらに詰める話があるらしい。

黙り込むエンゲルブレクトに、エドガーは何も言わず、手で方向を指し示した。ついてこいという事だ。

彼が案内した先は、各省庁が集う宮殿だった。だとすれば、行き先は外務省のエドガーの執務室だろう。

結果、エンゲルブレクトの読みは当たった。

「さあ、どうぞ。ここなら誰かに聞かれる心配はないからさ」

確かに、宮殿には使用人達が使う「裏道」があるけれど、この建物にはない。

「さて、じゃあどこまで聞いていたのかな？」

何を聞き逃したのかと聞かないのがエドガーだ。エンゲルブレクトはあえて正直に答える。

「妃殿下が外遊に出られるというところから、お前が王太子殿下を納得させる方法を言った辺りまでが抜けている」

「あれ、じゃあ重要なところが全部じゃないか。ぼけるには早いよ、エンゲルブレクト」

随分な言いぐさだが、話を聞き逃したのは事実なので何も言えない。

「実は、ルーディー坊やの件でね、新たな事実が浮上したんだ」

彼が言うルーディー坊やとは、王太子ルードヴィグの事だ。彼を貶(おとし)める呼称で、エドガーは好んで使う。無論、時と場所と場合で使い分けているが。

「何が出た？」

「貴族の一部に、彼が王太子位を辞するよう働きかけようとする一派が出てきたらしい」

「馬鹿な事を……革新派か？」

　エンゲルブレクトは吐き捨てるように言う。ルードヴィグ自体は保守派寄りの考えだ。同じ保守派が彼を王太子位から降ろそうとするとは考えにくい。

「いいや。どうしてそう思うの？」

　エドガーは薄い笑みを浮かべたままそう尋ね返した。こういう表情をしている彼は要注意だ。

「殿下ご自身は保守派寄りの考えを持っていらっしゃる。革新派としては、目障りな事この上ないんじゃないか？」

「そんな単純な話だと本当に思うかい？　革新派を束ねるのはあのアレリード侯爵だよ？」

　エドガーは「あの」という部分を強調した。

　切れ者で通っているアレリード侯爵がまとめているからこそ、革新派は大きな一派として成り立っている。保守派と革新派の違いは、派閥をまとめる頭となりうる人材がいるかいないかだというのがエドガーの意見だった。

　その革新派が、国王の意見も聞かず勝手に王太子本人に彼の位の辞退を迫るかどうか。エンゲルブレクトには、正直何とも言えない。

「革新派は大きな派閥だ。中には侯爵の統制から漏(も)れる者も出てくるんじゃないか？」

「まあ、人が集まるとこぼれる者達も出てくるには出てくるけどね。でも今回は違う。僕の集めた情報では保守派だ。しかもかなり極端な」

エドガーの最後の一言に、エンゲルブレクトの眉間に皺(しわ)が寄る。この国で極端な保守派といえば、一つだけだ。

「教会関連か？」

「そう。ああ、あそこの騎士団がイゾルデ館を襲撃した時、君もいたんだったね。あの事件以来、教会内部の保守派である守旧派がめっきり力をなくしたんだ。それで教会と深い繋がりを持つ保守派貴族の一部が暴挙に出ようとしているらしい」

その暴挙が、先程の王太子位云々という訳か。だが、彼等が説得したとして、あのルードヴィグが易々(やすやす)と地位を放棄するとも思えない。

「暴挙というが、具体的に何をするつもりなんだ？　脅迫(きょうはく)でもする気か？」

その場合、材料は何になるのか。エンゲルブレクトは一瞬ダグニーの姿を思い浮かべたが、現在の彼女はルードヴィグと共にこの国でも一番安全な場所にいる。あの船以上に安全が約束されている場所などないだろう。

だがエドガーの答えは、それよりも不穏当なものだ。

「彼等はね、坊やを納得させるだけの材料を持っていないから、手っ取り早く実力行使で王太子位から退かせようとしているんだよ」

エドガーの言葉に、ルードヴィグが薬を盛られていた件が頭をよぎった。さすがに公にはしていないが、立場上、あの件はエドガーも知っている。

「まさか、殿下に薬を盛ったのは――」

「可能性はある。だが、まだ確たる証拠はないよ」

相手が貴族である以上、証拠もなしに捕縛や断罪は出来ない。各方面で必死に捜索しているが、証拠に繋がりそうな者達は既に全員この世にはいなかった。辿るべき糸は途中でぷっつりと切られてしまっていると、捜索に携わった軍時代の友人のエリクがぼやいていたそうだ。

「で、ここからが本題。妃殿下が外遊に出られるなら、王太子殿下も一緒に行けばいいじゃないか、って事になったんだ」

「何だと⁉」

エンゲルブレクトは開いた口が塞がらない。これは予想外の展開だ。エドガーはいつもの軽い調子で話を続けた。

「一応、お二人は夫婦って事になってるし、妃殿下お一人で外遊に出られるよりも、王太子夫妻で出られる方が対外的にも筋が通りやすいと思わない？」

　では、エドガーがルードヴィグを納得させると言っていた内容は、アンネゲルトが外遊に出る件ではなく、ルードヴィグ自身も外遊に出る事か。

　表向きの理由としては、確かに納得出来る。だが、今回の東域へ行く本当の理由を考えると、ルードヴィグを伴うのはいかがなものか。

　それに、夫婦で外遊に出たとあっては、その後の婚姻無効申請が通るかどうか疑わしい。教会に申請をする最低条件は、半年以上夫婦関係がない事だ。

　アンネゲルトの船ならばお互いに顔を合わせず過ごす事も可能だが、それを理解出来る人間は国内には少ない。まして教会関係者には皆無だろう。

　それに、ルードヴィグはアンネゲルトの船で薬による後遺症の治療中で、まだ意識がはっきりしないとティルラから聞いている。そんな病人を、あの船でとはいえ遠い東域まで連れていくのには抵抗があった。

「……どうしても、殿下も連れていかなくてはならないのか？」

「まあね。はっきり言うと、坊やには国内にいてほしくないんだ」

　エンゲルブレクトの問いに、エドガーは即答する。その内容はどうにもきな臭かった。

「どういう事だ？」

エドガーは椅子の背にもたれて、天井を仰ぎ見ながら軽い溜息を吐く。

「正直言うとさあ、坊やがどうなろうとこっちとしてはどうでもいいんだけど、坊やに何かあると革新派が困るんだよね」

思い切り自己中心的な言葉を吐いたエドガーは、エンゲルブレクトに向き直る。

「ここから先は詳しくは言えないけど、今、坊やに王太子位を降りられるとすっごく困るんだ。それがどんな形でも」

「……何が言いたい？」

「彼等は坊やの命を狙ってる。実力行使ってのは、そういう事だよ」

エドガーは普段と変わらない様子で、とんでもない話を口にしている。おかげでエンゲルブレクトの反応は一瞬遅れた。

「保守派が殿下を暗殺する、と？」

「保守派の一部が、だね。例の殴り込み騒動がなければ、あの会場で事に及ぶつもりだったらしい」

今度こそ、エンゲルブレクトは息を呑んだ。では、ルードヴィグは皮肉にも自身に盛られていた薬によって命拾いをしたという訳か。どちらも悪意からのものだというのに。

それにしても、そこまでわかっていて首謀者達を捕縛しなかったのは物的証拠がなかったからか。密告ないし内通者からの情報漏洩により、計画そのものは把握していても、物的証拠がなければ捜査は難しい。

いっそ罠を仕掛けて現行犯で捕縛する方が楽だが、その手は使えない。狙われているルードヴィグが王都から離れているからだ。

そこまで考えて、エンゲルブレクトは慌てた。船の安全は疑うべくもないが、保守派の魔の手がアンネゲルトに及ぶ危険性は捨てきれない。

「まて、連中は殿下の居所を――」

「知られていないよ。殿下が今どこにいるのか把握しているのは、先程の顔ぶれくらいじゃないかな？」

あ、妃殿下達もか、とエドガーは軽く笑う。ルードヴィグの所在をくらませる為に、王都から離れた離宮に静養に出たと見せかけているそうだ。離宮には背格好の似た者達を身代わりとして置いているというから手の込んだ話である。

「まあ、そんな訳でしばらく坊やには国外に出ていてほしいなって思っていたところだったんだ。そんな折に妃殿下が東域に外遊したいって申し出をされたでしょ？　もうね、妃殿下が天使に思えたよ」

エドガーはおどけて神に祈るような姿をとっているが、エンゲルブレクトはそれどころではない。

アンネゲルトの東域外遊にルードヴィグがついてくるとなると、本来の目的であるエンゲルブレクトの出自を知る人物に会いづらくなるのではないか。しかも、夫婦で外遊に出たとあっては、婚姻無効の申請に支障が出る。

だが、これらはあくまでエンゲルブレクトの個人的な理由だ。今エドガーから聞いたルードヴィグの事情を考えれば、個人的理由で否とは言いにくい。

それに、ルードヴィグが一緒に行く事について、既にアンネゲルトが知っているのかどうかが気になった。

形だけの夫の同行を、彼女はどう思うのだろう。拒絶するのか、それとも……。嫌な考えばかりが頭をよぎる。いっそ、自分の目で彼女の反応を確かめた方が楽だ。

「エドガー、話はこれで終わりか？」

「え？　ああそうだね。何、急ぎの用事でもあった？」

「ああ、これで帰る」

「そうか。気を付けて帰りなよ」

性急にエドガーの執務室を後にしたエンゲルブレクトは、馬を飛ばしてイゾルデ館へと戻った。

ヨルゲン・グスタフの訪問が終了し、彼が帰宅するとイゾルデ館は一挙に静けさを取り戻した。アンネゲルトは部屋に戻らず、東屋でまだ明るい庭園をぼんやりと眺めている。

「どうしろっていうのよ、これ……」

思わず愚痴がこぼれた。本日この場で聞いたヨルゲン・グスタフの話は、アンネゲルトを困惑させるのに十分な力があったのだ。

人払いを頼んだヨルゲン・グスタフはなかなか話し始めようとしなかったが、ようやく訪問の目的を口にした。「王位に興味はない」と言われた時は、どうしようかと思った。その理由が予想だにしなかったものだったし、反応に困るとしか言えない。

「まさか、国王陛下がそんな事を言ってるなんてね……」

王太子妃が選んだ人物が、次の王となる。ヨルゲン・グスタフは、国王アルベルトがそう断言したと話した。ひねりも何もなく、本当にそのままを口にしたらしい。

それで彼は、アンネゲルトに頼み込めば王位継承権争いから離脱出来ると考えたのだとか。アルベルトの言葉すら今日聞いたばかりのアンネゲルトに、そんな権限があるとはとても思えないが。

それでも彼は退かず、アンネゲルトは懇願されるままに、彼を王位に就けないという約束をしてしまったのだ。後でティルラに話したらお説教を食らいそうである。

約束を取り付けたヨルゲン・グスタフは、これで念願の音楽の道に進めると喜んでいた。彼の望みは音楽家になる事だそうだ。

「いらない情報だけ置いていくなんてさー」

すっきりしたヨルゲン・グスタフはいいだろうが、訳のわからない事に巻き込まれているアンネゲルトはまったくもってすっきりしない。晴れないもやもやを抱えて、ずっと東屋の椅子に座り込んでいた。

「アンナ様、そろそろ風が出て参りました。お部屋にお戻りください」

ティルラだ。彼女の後ろに小間使い達の姿が見えるから、彼女達に懇願されてここに来たらしい。小間使いが部屋に戻るように勧めてきても、もう少しここにいると我が儘を通していたせいか。

「ティルラ……」

「そんな薄着ではお体に障ります。さあ、戻りましょう」

イゾルデ館にいる間のアンネゲルトは、来客時にもメリザンドの作った新型ドレスを着ている。これは全体的に生地が少ないから普段は上着を着ているけれど、今日は庭園で日の下にいた為着ていない。

アンネゲルトが立ち上がると、ティルラは後方に控えていた小間使い達に軽く頷いてみせた。これからここを片付けて、彼女達は自分の仕事を終えるのだろう。後で我が儘を言って悪かったと謝っておかなくては。

部屋へ戻り着替えを済ませると、温かいお茶が出された。夏場とはいえ北の国だ、日本とは気温が違う。手にしたカップの温かさに、身体が冷えていたのだと実感させられた。

ティルラは余計な事は聞いてこない。相手の心情を慮る、こうした配慮が出来るようになったのも、日本での生活の結果だと彼女自身が言っていたのを思い出す。

お茶で人心地がついたアンネゲルトは、ぽつりと漏らした。

「どうして私が、この国の王位に関わってるなんて思うのかしら……」

「ヴレトブラッド子爵がそう仰ったんですか？」

「ええ。しかも、それを陛下から聞いたって言うの」

「国王陛下から？　アンナ様、詳しく伺ってもよろしいですか？」

アンネゲルトはヨルゲン・グスタフから聞いた事を話し始めた。

彼が王位に興味を持っていない事、このままルードヴィグが廃嫡されれば継承順位に従って自分が王太子になる、そうならないよう取りはからってほしいと頼まれた事などを全てだ。

ティルラは、アンネゲルトが話し終えるのを黙って待った。

「で、そんな話を誰から聞いたのかって尋ねたら、陛下から聞いたって言うのよ。その後もなんで自分が王位を継ぎたくないかの説明を延々としていたわ」

ヨルゲン・グスタフが音楽の道を志している事もティルラに話す。彼は帝国への音楽留学を目指している最中だという。帝国には数代前の皇帝が設立した音楽学校があり、西域では有名だった。

「王位に就いたら、音楽家への道が絶たれるから嫌なんですって」

「その言葉が本当なら、子爵は王位争奪戦からは外れると見ていいんでしょうけど……」

「彼を担ぐ一派が素直に認めるかしら？　彼の父親も」

「問題はその辺りですね」

王位に関する噂話は、ティルラがアンネゲルトの耳にも入れるようにしてくれている。社交界で出回っている噂である以上、どのみちどこかで聞くのだから隠しておく必要はないという判断らしい。

「それよりも、問題は陛下の発言の方よ！」

アンネゲルトは怒りに任せてテーブルを力一杯叩き、手の痛さに顔をしかめた。

次代の王位決定の権利をアンネゲルトが持っていると真に受けたヨルゲン・グスタフが、わざわざ口実を作ってまでイゾルデ館に来るのだ。他にも国王の言葉を耳にした人物がいれば、そこから噂として広まる事も考えられた。

「国王陛下が仰ったというのは、本当なんでしょうか？」

「わからないわ。確かめていないもの」

あくまでヨルゲン・グスタフからの伝聞だ。人づてに聞く話は、間に挟む人が多ければ多いほど、情報が不確かになるものだとティルラから聞いた覚えがある。

国王アルベルトの言葉を、ヨルゲン・グスタフが自分流に解釈したという可能性もあった。

「一度、国王陛下に確認した方がよろしいかもしれませんね」

「そうね……幸いシーズン中は陛下と顔を合わせる機会もあるし……あ！」

「どうかなさいましたか？」

「そうよ、クアハウス！　陛下を招待するって約束していたんだったわ」

クアハウスはまだプレオープンも果たしていない。シーズン中にはオープンさせる予定だが、何せ社交シーズンはどの貴族も忙しいのだ。アンネゲルトも例外ではなかった。

あの約束はまだ生きている。だとすれば——

「公爵も一緒にって話があったけど、何か言い訳をでっち上げて陛下だけを招待しましょう。そうすれば余計な雑音を入れずに話を聞けるんじゃないかしら？」

「いい案ですね。では早速手はずを整えましょう」

にやりと笑い合う二人の顔は、悪役めいていた。

夏場のスイーオネースは晴天が続く。国王アルベルトがクアハウスに招待された今日も、空は晴れ渡っていた。

「ほう、これは見事だ」

クアハウスの外観を見て、アルベルトは感嘆の言葉を漏らす。古代風に設えられたエントランスには、見る者を圧倒する力があった。

太い石の柱に重厚な屋根、それらには神話をモチーフにしたレリーフが彫られている。これらの図案は離宮修繕の為に集められた職人のうち、壁画担当の者達が請け負っていた。

本日の案内役はティルラが務める。

「ご来館いただいたお客様には、こちらで受付を済ませていただきます」

「受付？」

「はい。当クアハウスは完全予約制となりますので、ご予約いただいた方のお名前とコースの確認をしていただくのです」

「ほう……」

簡単な説明と共に、一行はクアハウス内を練り歩いていく。

「こちらは大浴場です。専用の衣服を着用いただき、皆様でお楽しみいただくようになっております」

日本生まれ日本育ちのアンネゲルトにとって、風呂に入るのに水着着用など言語道断ではあるが、ここはスイーオネースだ。大浴場という概念そのものがない。

貴婦人は着替えに人の手を必要とする為、多くが使用人に肌を見られる事には慣れている。だが、同じ階級の女性同士ではどうか。

国によっても違うだろうから、まずは水着で様子見だ。それも普通の服と言ってもいいような造りの水着である。

――あれじゃあ、せっかくの温泉が台無しな気がするんだけどね……

アンネゲルトは一人、内心で愚痴をこぼしていた。

こうして施設を一通り見て、アルベルトには実際に入浴してもらう。本来は女性専用としているが、本日はアルベルト一人の貸し切りだ。

いくつか変わり種の風呂も用意してあるものの、本人は大浴場がお気に召したらしく、一人で悠々と入浴している。その間、アンネゲルト達は別室で待機だ。

アルベルトが連れてきたのは、護衛の近衛が八人、侍従が四人、王宮侍女が二人、それに小間使いの女性が六人だった。国王の一行としては随分こぢんまりとしている。国内で、王都が目の前であるという立地を差し引いても、護衛もお付きの人間の数も少なすぎる。

「実はお忍び？」

アンネゲルトがそうティルラに耳打ちしたのも、致し方あるまい。

アルベルトの世話は、同行の王宮侍女や侍従、小間使い達がやるので、アンネゲルト側は何もする事がない。今は彼が上がってくるのを待つのみだ。

予定では、入浴の後に食堂で食事をする事になっている。その時に例の件を話すつもりだった。

クアハウスはいくつかの建物の集合体だ。中央にある本館に当たる建物の周囲を囲むように施術室や冷浴室、蒸し風呂などがあり、全ては渡り廊下で繋がっている。

その本館の先にある別館に、食堂はあった。アンネゲルトは渡り廊下に設えられた待合室にいる。

　大きく取られた窓からは、美しく整えられた庭園が見えた。離宮の庭園とは別物で、ここだけで楽しめるように工夫されている。派手さはないが、趣（おもむき）のある庭だ。

　この渡り廊下に面した庭は、向こう側にある建物を隠す為に整えられていた。限られた空間を有効活用すべく、庭という形にしたのだという。

「綺麗な庭ね」

「工兵の自信作だそうですよ」

「え？　工兵って、庭まで造れるの？」

　ティルラの言葉に、アンネゲルトは驚いた。てっきり彼等は土木作業のみに特化していると思っていたのだ。

「今回ここの造園をした者は、日本での研修経験があるそうです。あちらで造園方法を学んできたのではないでしょうか？」

　言われてみれば、目の前に広がるのは、西洋風の庭園というよりは和風の庭という風（ふ）情（ぜい）だ。

「確かに、こういう狭い空間だと和風庭園の方が似合うわね」

「こちらの方々のお気に召すかどうかはわかりませんが」

私は好きですよ、とティルラは続けた。

大浴場を堪能(たんのう)したアルベルトは、食堂に来てからずっと機嫌がいい。

「なかなかいいものだな。ああも広い風呂が気持ちいいとは知らなかったぞ」

はっはっはと笑う国王をさらに上機嫌にするべく、ティルラに料理と酒を勧めてもらった。

「本日お出しする料理は、美容と健康に配慮しております。無論、味も自信を持っておすすめいたしますので、お召し上がりください」

酒は昼間に出すものなので、アルコール度数が低めだ。昼食の内容も、さっぱりとしている。

「ふむ、あっさりしているが、なかなかいい味だ」

「ありがとうございます。料理人も喜びますわ」

軽い会話とおいしい食事、そこに酒が入ってアルベルトの機嫌はうなぎ登りのようだった。

一通り料理を楽しみ、食後のお茶を一口飲んでから、アンネゲルトは本日最大の仕事に取りかかる。

「陛下、少しお伺いしたい事があるのですが、よろしいでしょうか？」

「ほう、何かな？」

アルベルトは、今までに見た事がないぐらいに機嫌が良さそうだ。聞くなら今だろう。

アンネゲルトは意を決して、目の前の国王に問うた。

「あの、さる方から伺ったのですけど」

「ふむ」

妙な緊張を感じつつ、アンネゲルトは本題に入る。

「私が次の王位を決める、と仰ったのは本当なんですか？」

その一言を聞いた途端、アルベルトの様子が変わった。先程までの機嫌の良さはなりを潜め、為政者の態度へと変貌する。

アンネゲルトは彼の気に呑まれまいと、腹に力を入れた。

「それはヨルゲン・グスタフ本人から聞いたのかな？」

問い返されて気後れしたが、ここで引き下がるのは無意味な事だ。アンネゲルトは頷いて短く答えた。

「……はい」

「なるほど」

アルベルトは少し俯くと、くつくつと喉の奥で笑う。

「それをあなたに言って、あれは気が済んだという訳か。この間イゾルデ館にあれを招いたそうだね？　聞いたのはその時かな？」

何故知っているのか。危うく口に出しそうになったが、堪える事が出来た。国王の情報収集力、恐るべし。

「小賢しくも絵を見るという理由までつけたそうだな。あれが絵画鑑賞を好むなどという話は、聞いた事がない。楽器演奏には興味のある素振りだが」

――バレてるよ……

ヨルゲン・グスタフがわざわざ表向きの用件を作ったのは、この時期に王太子妃であるアンネゲルトとの会談の理由を詮索されない為だったのだろう。だがアルベルトには通用しないようだ。しかも、彼が音楽家になる夢を持っている事まで知っている。

一国の王というのは、皆こうなのだろうか。アンネゲルトは、何となく帝国の皇帝ライナーを前にしているのと同様の気分になっていた。もっとも、あの伯父は滅多にこうした顔をアンネゲルトには見せないが。

「あれはあなたに何と言ったのかな？」

「それは……その……」

「遠慮せずともよい」

アンネゲルトはしばし迷った。ここでヨルゲン・グスタフが言った事を口にするのは、彼の望みを叶えるも同然なのだ。それが少ししゃくだった。

だが、言わない訳にもいかない。

「彼は王位には興味がないそうです。ですから、私の口から陛下にそうお伝えください、と……」

「なるほど。自ら言う気概もないという訳か」

アルベルトは眉間に皺を寄せたものの、次の瞬間には笑顔になっていた。

「良かろう。望まない者に王位はやれん。あれの王位に就きたくないという望みだけは叶うだろう」

引っかかりのある言葉だが、一応ヨルゲン・グスタフの願いは叶ったようだ。

「あの、それで……どうして私が王位に関わるのでしょうか？」

「ああ、簡単な話だよ。ルードヴィグが王太子位を降りたら、あなたとの婚姻も無効となる。私の息子である以上爵位は持つが、同盟の為には一貴族との婚姻では両国とも心配だ。だから」

一旦言葉を切ったアルベルトは、まっすぐにアンネゲルトを見つめる。

「次に王太子になる者と、あなたが婚姻を結べばいい。帝国の姫は変わらずスイーオネースの王太子妃となり、ゆくゆくは王妃となる。それなら帝国も文句は言うまい。なので、継承権を持つ者の中からあなたが気に入る人物を次代の国王に、と思ったのだよ」

「は？」

アンネゲルトは、頭の中が真っ白になった。

「恐れながら国王陛下、それは帝国の皇帝陛下もご承知の事でしょうか？」

アルベルトに質問したのはティルラだ。アンネゲルト達が知らなかった以上、皇帝ライナーもこの話は知らないと見るべきだが、万一という事がある。

果たして、アルベルトからの返答は、アンネゲルト達の予想通りのものだった。

「いや、まだ打診はしていない。だが、皇帝が断るとも思えんな。形は違うが、前王妃が次の王と再婚した話は諸国にいくらでもある」

「それは夫たる王が死去した場合かと存じます」

「だから『形は違う』と言っただろう？」

「では、今回の件も当てはまらないかと愚考します。ルードヴィグ殿下は今も王太子でいらっしゃいますし、アンネゲルト様は今も殿下のお妃でいらっしゃるのですから」

「そうだな。これはあくまで『ルードヴィグが廃嫡されたなら』という条件付きの話だ。

もっとも」

アルベルトはどこか遠くを見るような目をして続ける。

「このままいけば、その条件が満たされる事になるだろう」

彼の顔には、感情らしいものが見られない。国王が何を考えてそんな発言をしたのか、アンネゲルトにはわかりかねた。


アルベルトをカールシュテイン島の港から見送った後、アンネゲルトはティルラと共に船へと戻った。今日はこのまま船に宿泊し、明日イゾルデ館へ戻る予定である。

「藪をつついたら大蛇が出てきた感じ……」

確かめない訳にもいかない話ではあったが、結果には困惑しかない。聞いてしまった以上、知りませんでしたは通らないだろう。これからアンネゲルトは否応なしに、この国の王位継承問題に巻き込まれる事となった。

「まさか帝国はここまで計算ずくだった、とか言わないわよね？」

アンネゲルトの愚痴交じりの言葉に、ティルラは苦笑で返してくる。

「皇帝陛下が見越していたかどうかは、さすがにわかりかねますね」

最初は同盟の為の政略結婚で、長く続けなくていいと言われてこの国に嫁いできた。

結果、夫となった王太子に疎まれて、結婚早々に離宮へと追いやられる別居婚だ。それもこちらに都合が良かったので、あっさり受け入れていた。

その後は離宮の改造や、島に魔導特区を作る事にやりがいを見いだし、気付けば婚姻無効を申請出来る期間の半年をとうに過ぎている。

何なら今すぐ教会に申請をしてもいいのだが、そうなると離宮や島を中途半端に放り出す事になるので二の足を踏んでいる状態だった。

離宮の改造は、完成がもう目の前だ。庭園の整備も進み、巨大な温室もじき出来上がる。けれども、特区設立はまだ取りかかったばかりだ。

「無効の申請はするけど、それはまだ先の事って思ってたのに」

「クアハウスのオープンもすぐですし、何より離宮の修繕がもうじき終わりますものね。特区の件もございますし」

「でも、次の王太子の妃になんて、なるつもりないんだけど」

自分でも我が儘だとは思うが、それがアンネゲルトの偽らざる本音だった。

ルードヴィグとの結婚は、ある意味楽だ。彼はアンネゲルトに王太子妃としての義務を求めないし、放置という形で自由にさせてくれている。

これが他の人物と再婚、となると今までのようにはいかないだろう。何よりも妃としての最大の義務である、世継ぎを儲ける事を期待されかねない。

　これまでのアンネゲルトでも拒否しただろうが、今はさらに強く拒否したい理由が出来ている。

　想う相手がいるのに、違う人の子を産む事など出来はしない。

「まあ……ヴレトブラッド子爵ヨルゲン・グスタフ様が王位争奪戦から降りるとなると、必然的に次の王位はハルハーゲン公爵の手に渡るでしょうし」

「絶対嫌！」

　アンネゲルトは即答していた。どのみちルードヴィグが王太子位から降りるのなら、婚姻を無効にして帝国に帰るだけだ。

　――そう、帰るだけ……それを望んでいたはずなのに……

　すっかり心残りが出来てしまっている。その中心に存在する人物は、今頃イゾルデ館でヴィンフリートと東域外遊について話し合っている最中だろう。

　自分の想いを口にした事はないし、相手の想いを確かめてもない。自分が夫を持つ身である以上、心のままに動いては、自分はもとより相手の迷惑になるので出来なかった。

　社交界では愛人を持つ事は当たり前とされているものの、それは普通の貴族の場合だけだ。王族の女性が愛人を持つなど許されない。

「不公平よね、まったく」

「何がですか？」

「な、何でもないの！」

心の中だけで愚痴(ぐち)ったつもりが、口に出していたようだ。最近こういう事が多かった。

——ストレスでも溜まってるのかな？

思い当たる節はありすぎて困るほどだ。アンネゲルトはひとまず、目先にある楽しみに目を向ける事にした。

「とりあえず、これでプレオープンを迎えられるわね」

「そうですね」

クアハウスのプレオープンの次は本格オープン、その次はいよいよ離宮の改造が終了する。お披露目(ひろめ)には、また人を招かなくてはならない。

シーズン中で良かったのか悪かったのか。ティルラの用意した招待するべき人物の名簿を眺めながら、アンネゲルトは溜息を吐いた。

シーズン中はただでさえ忙しいのだが、オフに入ってすぐ東域に行く事が決定しているので、その準備も並行して行われ、結果イゾルデ館と船はおおわらわとなっていた。

「東域って寒いのかしら？」

「そりゃ冬なんだから、寒いんじゃないの？」

「じゃあ厚手のドレスも持っていかなきゃならないわね……毛皮のコートも持っていく？」

「どうせ船で行くんだから、衣装部屋のものは全部持っていくくらいでいいんじゃない？」

「でもそれだと、荷造りが大変だしー」

「既に大変でしょうが」

「そっかー」

　ばたばたと走り回る小間使い達と、荷物を運ぶ護衛兵や工兵達でイゾルデ館はごった返している。その様子を眺めながら、アンネゲルトはぽつりと呟いた。

「今日は何も予定がなくて良かったわ……」

　こんな慌ただしい中で支度など出来るものではない。アンネゲルトに出来る事は、彼等の邪魔をしないように隅でおとなしく座っているくらいだった。

　気分的には手伝いたいのだが、そんな事を言ったら大騒動が起こるのがわかっているので黙っている。

「暇そうだな、ロッテ」

「あらお兄様。今日はどこにもお出かけにならないの？」

椅子に座ったまま仰ぎ見た先には、アンネゲルト同様準備の輪に加われないヴィンフリートとニクラウスが立っていた。

ニクラウスも、ヴィンフリートの社交に付き合って連日出かける事が多かった為、再会した姉弟はろくな会話もしていない。

もっとも会話をしたとしても、高確率で姉弟喧嘩に発展するのだが。

ヴィンフリートとニクラウスは、アンネゲルトの近くに置かれた椅子に腰を下ろした。

「予定はあったのだが、イゾルデ館がこれではな」

ヴィンフリートの身の回りを世話する小間使い達は、彼と共に船で来ているものの、臨時で東域外遊の支度に駆り出されている。許可を出したのはヴィンフリート本人だ。

「ご迷惑だったかしら？」

アンネゲルトの声には、言葉とは裏腹に皮肉っぽい響きがあった。この騒動の大本を作ったのは他ならないヴィンフリートである。その事を当てこすっていた。

対するヴィンフリートは、片眉を上げるだけに留める。

その態度にむっとしたアンネゲルトが、さらに嫌みの一つも言おうかと口を開きかけた時、横から声がかかった。

「あら、お三方がこんなところで。今お茶でも用意させますから、庭園の方へ行かれませんか？」

　ティルラである。小間使い達の総監督を務めている彼女は、朝から忙しそうに立ち働いていた。今もイゾルデ館中を忙しなく移動している最中だったのだろう。

　彼女の言葉は、要約すれば「役立たずは庭にでも出ていろ」である。仕えるべき相手に言う内容ではなかった。

　だが誰からも文句は出ない。これだけ殺気立っているティルラに意見出来る肝の太い人間は、おそらく帝国にいる奈々くらいのものだろう。

　アンネゲルトら三人はおとなしく庭の東屋（あずまや）に避難した。

「……なかなか壮絶だな」

「ただでさえ忙しいシーズンの合間を縫（ぬ）って支度しなくてはならないのですもの。それもこれもお兄様が妙な提案をなさるから」

「自分も行くと言い出したのはロッテだろう」

「そうですけど！　そうなんですけど！」

「お二人とも、そのくらいで」

涼しい顔のヴィンフリートに食ってかかるアンネゲルトを、ニクラウスが諫める。丁度小間使いの一人が、お茶と茶菓子を運んできたところだ。

支度をしてその場を離れる小間使いの背を見送りながら、ニクラウスはアンネゲルトに向かって小言を言ってきた。

「使用人の前でまでみっともない面を見せないでください」

「までって何よ！　までって！」

「そのままの意味ですよ！　少しは自分の立場を自覚してください。この先、東域に行けば姉上の失態は帝国だけでなく、スイーオネースにも影響を及ぼす事になるんですよ」

「わ……わかってるわよ」

「本当でしょうね？」

いつの間にか姉弟喧嘩になっているが、今日はアンネゲルトの分が悪そうだ。場所が庭園の東屋だからか、周囲にこの醜態をさらす事にはならずに済んでいる。おそらく、ティルラがアンネゲルト達を庭園に追い出したのは、邪魔になるからというだけでなく、これがある事を予測していたからだろう。

「せっかくの茶が冷めるぞ」

睨み合う姉と弟に、帝国皇太子から冷静な一言が投げかけられた。

イゾルデ館で大忙しなのは、アンネゲルトの小間使い達だけではない。護衛隊の面々もである。

当初の予定では隊の大半をスイーオネースに残していくはずだったのだが、隊員達の強い希望と国王からの要請で、全員東域へ行く事が決定したのだ。

彼等は出張扱いになる為、その申請書類の作成やら、数ヶ月を他国で生活する旨を家族や親しい人間に知らせたりなんだりで、それなりに忙しなく過ごしていた。

中にはこれを機に、婚約者と結婚してから行くという猛者までいる。家の後継ぎは彼だけだから、というのが理由だとか。つまり、向こうで何があってもいいように次代を作っていけ、という実家のお達しらしい。

「隊長も、他に後を継げる人間はいませんよね」

隊員達の申請書類への署名に追われているエンゲルブレクトに、副官のヨーンがぼそりと呟いた。

「それがどうかしたか？　もしもの時の備えは、軍に入った時から整えてある」

遺言状は一年おきに見直して、軍の金庫に保管してもらっている。いつ何時何があるかわからない身だ。遺言状には家の処分や使用人達への給金などを事細かに記してあった。

エンゲルブレクトに後継ぎが生まれず彼が死亡した場合、後継ぎなしで爵位や財産、領地を国へ返上するよう指定してある。間違っても欲深な親類に食い荒らされないようにする為の措置だ。

スイーオネースでは、貴族の爵位は継承順に従って襲爵されるが、それは明確な遺言がない場合に限られた。継承権は王位に倣い、血筋の男子にのみ与えられる。

家が断絶した場合、爵位と領地は国王に返上され、それまでとはまったく違う血筋へ爵位と領地が下賜される事もあった。貴族の場合は王家と違い、家が断絶しても大きな問題にはならないからだ。

「大体、お前も人の事は言えないだろう？」

グルブランソン家の後継ぎも、ヨーンだけである。

「我が家は私が軍に入った時点で諦めてもらっています」

グルブランソン家は、官僚を多く輩出する家系だ。事実彼の父も祖父も、また従姉妹の夫も全て官僚である。

そんな家にあって、ヨーンだけが浮いた存在だった。彼も家の習いで幼い頃から勉学を叩き込まれたが、本人はずっと軍に入る事を目標にしていたのだそうだ。

彼が士官学校に入る時には、一族中がこぞって反対したという。

「第一、私が行かないという選択肢はあり得ません」

「ああ……ザンドラ殿も一緒に行くのだったな」

相変わらずわかりやすいヨーンに、エンゲルブレクトは書類から目を上げる事なく返した。

「当然です。距離を縮めている最中だというのに、彼女だけ東域になど行かれたら、これまでの努力が水の泡です」

そう力説するヨーンに、エンゲルブレクトはとうとう書類から顔を上げる。今までの努力は認めるが、果たして、今回の事がなくても実を結ぶかどうかは疑問だ。

無論、それを口にするほどエンゲルブレクトは愚かではない。

「まあ……頑張れ」

そう言うのがやっとだった。

書類への署名を再開したエンゲルブレクトは、何やら視線を感じて顔を上げる。すると、ヨーンがじっとりとした目でこちらを見ていた。

「……何だ？」

「隊長はいいですよね。妃殿下ご自身から一緒に行くと仰っていただけて」

返答に詰まり、少しの間、執務室には静かな時が流れる。

確かに、アンネゲルトが自分も東域に行くと言ってくれた時は、驚くよりも先に嬉しさがあった。彼女がどんな考えで同行を申し出たかまではわからないが……いや、自惚れと言われても、自分の為だと思いたい。それくらいは、許されるだろう。

何と返したものかと悩むエンゲルブレクトにはお構いなしに、ヨーンはとっとと話題を変えた。

「東域には、皇太子殿下もご一緒なさるんでしょうか？」

「……いや、同行はなさらないそうだ」

東域まで行く事になったのは彼の発言が元なのだが、さすがに立場が立場なので同行は出来ないと説明されている。

確かにスイーオネースの王太子ルードヴィグの外遊に、帝国の皇太子が同行するなどあり得ない話だった。

「そうですか。妃殿下はお寂しいでしょうねえ」

ヨーンの棘のある言い方に、エンゲルブレクトはじろりと彼を睨む。

従兄弟（いとこ）の皇太子ヴィンフリートにアンネゲルトが全幅（ぜんぷく）の信頼を寄せている事は、端で見ていてもわかった。時折言い合いをしているのも、甘えている証拠ではないか。

彼女は自分にはそんな面を見せてはくれない。当然と思う反面、寂しさを感じないと言ったら嘘になる。

それを知っているからこその、ヨーンの一言だった。反論しようかとも思ったが、自分まで大人げない行動をするのはいかがなものか。ここでヨーンと言い合いをしても、貴重な時間が減っていくだけだ。

エンゲルブレクトは書類へ視線を戻して、努めて冷静に言った。

「弟君（おとうとぎみ）が同行なさるそうだ」

「ああ……確か、ヒットルフ伯爵でしたか」

ヴィンフリートと共にスイーオネースにやってきたアンネゲルトの弟は、姉と同じ黒髪で、同じ血が流れている事を感じさせる顔立ちの、まだ少年と言いたくなる年齢の若者だ。

皇太子の側近と聞いているが、それらしい部分を見た事はない。しかし、年に似合わない落ち着きを見せる場面には、エンゲルブレクトも何度か遭遇していた。

「顔立ちはともかく、性格の方はあまり姉君と似てはいないようですね」

アンネゲルトは、よく言えば天真爛漫、悪く言えば思慮が足りず隙が多いけれど、弟のニクラウスにはそうしたところがない。男女の差もあるのだろうか。

「今皇太子の側近をしているのだから、将来もそのまま皇帝の側に仕えるのだろう」

「優秀そうですから、一筋縄ではいかないでしょうね」

果たして、その時スイーオネースの王位は誰の手にあるのか。エンゲルブレクトとヨーンは、どちらもその事には触れようとしなかった。

イゾルデ館が連日東域外遊の支度に追われている中、アンネゲルトはシーズン中の仕事である社交に出ていた。本日の外出先は革新派貴族の一人が主催する晩餐会である。シーズン中は実に多くの貴族に会うが、社交の為の時期なのだから当然と言えば当然だった。
「あちらは覚えておいでですか？　リンデロート伯爵夫人です。年も妃殿下に近いですし、社交術もほどほどですから追加の人員には丁度いいかと。それと、向こうに見えるシルヴマルク伯爵家のパニーラ嬢も、候補に入れていいのではないでしょうか。実家の

伯爵家は社交界でも顔が広いですし、何かと便宜（べんぎ）を図ってもらえるでしょう」

アレリード侯爵夫人は、次々と貴婦人の名と共にどんな人物かをアンネゲルトに伝えていく。何の候補かと言えば、王太子妃の王宮侍女の追加人員だ。

元々王宮侍女が二人だけというのは、異常事態といっていい。ダグニーとマルガレータの二人だけでは手が回っていない実情もある。

ただ、手が足りていない部分は、アンネゲルトが帝国から連れてきた人員で賄（まかな）っているので、支障が出る事はなかった。

だが周囲はそうは思わなかったらしい。その筆頭が、今目の前にいるアレリード侯爵夫人だ。

彼女は推薦していた自分の姪（めい）、マルガレータが王宮侍女になって間もない頃から、増員をするようアンネゲルトに働きかけていた。

『妃の王宮侍女ならば、最低でも七、八人は必要です。彼女達は妃殿下の、ひいては未来の王妃様の側近となるのですから、家柄、能力をしっかりと見て決めるべきですよ』

そう口を酸（す）っぱくして言い続けている侯爵夫人を、アンネゲルトはのらりくらりと躱（かわ）し続けている。それに業（ごう）を煮やした侯爵夫人が、とうとう実力行使に出たのだ。

「どうあってもこのシーズン中に増員を決めていただきます」

「侯爵夫人……それはまだ先でもいいのではないかしら？」

「妃殿下、何度も申しますが、王宮侍女はただの侍女ではございません。妃殿下のご公務や社交の手助けをする大事な存在なのです」

アンネゲルトは扇で覆った口元から、軽い溜息を吐きながら仰のいた。この台詞は今シーズン中何度聞いただろうか。それだけ夫人に心配をかけているのだとは思うが、増員したくない理由がアンネゲルトにはあった。

――言う訳にはいかないけどね……

王太子妃を降りるから王宮侍女を増やしたくないなどとここで言ってしまったら、大騒動になるのは目に見えている。この立場があればこそ、革新派の重鎮アレリード侯爵に後見役としてついてもらえたのだ。

しかも、国王アルベルトからおかしな役目を負わされてもいた。下手な事を言えば国王の面子をつぶしたとして、何某かのペナルティを科せられるかもしれないのだから、黙っているに限る。

そんな内心が聞こえた訳でもないだろうに、アレリード侯爵夫人の口からは驚きの質問が飛び出た。

「そこまでお厭いになられるとは……何か明確な理由でもございますか？」

アンネゲルトの肩がぎくりと揺れたのを、相手も見逃してはいまい。正直、心臓が口から飛び出るかと思った。さて、何と言い訳したものか。

「もしございましたら、ぜひお聞かせいただきたいのですが」

有無を言わせないその様子に、アンネゲルトは観念する事にした。

「その……実は……」

「実は？」

「と、東域に外遊に行くと決まったでしょう？　今、その件で頭が一杯で、他の事を考える余裕がないの……」

この場ででっち上げた理由である。側で聞いていたティルラが、危うく噴き出すところだった。

侯爵夫人の方は思ってもみなかった事を言われ、驚きの表情を浮かべていたが、すぐに気を引き締める。この辺りの切り替えの早さはさすがだ。

「妃殿下。恐れながら、そのような弱気な事を仰られては困ります。王太子妃たるもの、もう少し先々まで考えて行動なさっていただかなくては」

「そうね……それでね、王宮侍女の事なのだけど、外遊から戻ってくるまで保留にしておきたいの。だめかしら？」

いわゆる先送りである。アンネゲルトの言葉を聞いたアレリード侯爵夫人の額に一瞬、青筋が走ったように見えた。

しばし気まずい沈黙が下りた中、口を開いたのは侯爵夫人だ。彼女は見せつけるみたいに深い溜息を吐いた後、低い声で言った。

「……わかりました。妃殿下の御心のままに」

「あ、ありがとう、侯爵夫人」

やっとこの苦行から解放されると思ったアンネゲルトは、満面の笑みで侯爵夫人に感謝の言葉を述べる。

だが、さすがはやり手のアレリード侯爵の妻、転んでもただでは起きない。

「では妃殿下がお帰りになるまでに、めぼしい人員の名簿を作っておきますね」

とてもいい笑顔でそう言われて、嫌ですとは言えなかった。


色々な意味で疲労したアンネゲルトが帰ってみれば、イゾルデ館はこの時間でも上を下への大騒ぎである。まだやっていたのかと、いい加減うんざりしてきた。

「……支度ってこんなに大変なの？」

船から館へ引っ越した時と同程度のものだろうと思っていたアンネゲルトは、あまりの大仰ぶりに辟易(へきえき)している。ここしばらく、館の中がこんな状態で休まるものも休まらないのだ。

忙しそうに働く使用人達を情けない表情で見ているアンネゲルトに、ティルラは苦笑している。

「今回は外遊の支度ですからね。館に置いてあるドレスやアクセサリーと船に置いてあるものとを比較して、どれを持っていくか決め、不足しているものに関しては新たに手配しなくてはなりませんから、その為の下準備もありますし」

外遊は遊びではない。国の威信を背負っていく面があり、入念な準備が必要だった。ドレスもそうだが、何よりも宝飾類は国の豊かさ、強さを端的に表す。だからこそ、それらを選び出す使用人達はかなり神経を使っていた。

「ただでさえ、アンナ様はこちらに来てから新しい宝飾類を購入していませんし」

「だって……帝国から持ってきたもので十分だと思ったから……」

「日本でもアンナ様くらいの年頃の女性なら、アクセサリーには興味があるでしょうに」

「そりゃ分相応のものならね」

帝国から持ってきたものも、こちらでどうかと薦められるものも、大ぶりの宝石のついたアクセサリーがほとんどだ。

「あんなの、美術館とか博物館でしかお目にかかった事がないもの」

アンネゲルトとて女、宝石に興味がない訳ではないが、あまりにも大きすぎると、それを自分がつけるという考えがすっぽ抜けるらしい。

「アンナ様が身につけるものは、全て国の力を表すとお考えください」

「はーい」

ティルラと話している間に部屋に到着した。待機していた小間使い達が、アンネゲルトの装いを外していく。

「ねえ、侯爵夫人の言っていた名簿、あれ、本気かしら？」

「そうでしょうね。きっとアンナ様がお戻りになるのを手ぐすね引いてお待ちしているんじゃないでしょうか」

「やめてよ、怖い事言うの」

実害がある訳ではないが、その様子を想像しただけで何故か背筋が寒くなった。

「何とか諦めてくれないかなー……」

「本当の理由を言う訳にもいきませんしね」

ティルラの言葉は正しい。

帝国に帰る帰らないは別にして、ルードヴィグとの婚姻は無効にする、それだけは確定事項だった。後はその時期をいつにするかだけが問題だ。

　具体的には、カールシュテイン島を魔導特区にしてからと思っている。その魔導特区の議案も、どうやら今シーズン中の議会で通りそうだという話だから、早ければ外遊から帰ってすぐに婚姻無効の申請をするかもしれない。

　だが、それは今、他言出来るものではなかった。特にアレリード侯爵の耳に入るのは避けたい。

　夫人に知られれば、当然侯爵の耳にも入るはずだ。そうなった場合、下手をすると通りかけている特区の議案が通らなくなる可能性があった。

　アレリード侯爵は議会でも大きな発言力を持ち、また特区設立にも協力してくれている。その侯爵を怒らせるような真似は出来なかった。

「婚姻無効は、侯爵夫妻を裏切るような感じだけど……」

　アンネゲルトの呟きに、ティルラはあっさりと答える。

「何もそれで帝国との同盟が切れる訳でも、技術供与がなくなる訳でもないんですから。後は侯爵達革新派が頑張るべきですよ」

　それでも、その革新派の旗頭とされたおかげで、アンネゲルトは侯爵の後ろ盾を得たのだ。

本当はきちんと理由を添えて説明し、円満に婚姻無効にした方がいいのはわかってい
る。だが――

「どう考えても、侯爵や夫人を私が説得出来るとは思えないのよね……」

ただでさえ、相手はやり手と言われる侯爵夫妻だ。下手をすれば丸め込まれて終わり
だろう。それだけは避けたい。

すっかり外行きの装(よそお)いから部屋着に着替えたアンネゲルトは、お気に入りの長椅子に
どさりと腰を下ろした。

「あっちもこっちも色々とありすぎて、頭がパンクしそう……」

「あまりご無理はなさいませんように」

ティルラの言葉に曖昧(あいまい)に答えながら、アンネゲルトはふと思いついた事を口にする。

「ねえ……」

「何ですか?」

小間使い達はドレスや装飾品を持って下がっていた。今いるのはお茶を淹(い)れていた
ティルラだけだ。

「革新派が推しているっていう、次の王太子候補って、誰なのかしら?」

「申し訳ありません。まだ調べがついていないんです」

どうもこの一件に関して、革新派は相当情報漏洩に気を付けているらしく、帝国軍情報部がどれだけ調べても情報が出てこないのだとか。

革新派……と言うより、アレリード侯爵は情報を知っている人間そのものを制限しているようなのだ。現在情報部は、革新派の中で誰がその情報を知っているかを探っているのだという。

ティルラの謝罪に、アンネゲルトは首を横に振った。

「ううん。調査が大変なのは聞いてるし。多分切り札だろうから、あちらも何があっても隠そうとするでしょう」

「そうなんですが……それでも探るのが、情報部というものですよ」

「すごいよね。海外の映画かドラマみたい」

そう言ってくすくすと笑うアンネゲルトに、ティルラも口元をほころばせている。シーズン中は何かと気の張る事が多いが、こうして帰ってくるとほっとするのは、ティルラや気の置けない人達が側にいてくれるからだ。

その事に感謝しつつ、アンネゲルトは手の中でカップをもてあそぶ。

「さあ、そろそろお休みのお時間ですよ」

「そうね……これを飲んだら寝るわ」

ティルラに淹れてもらったお茶を一口飲んで、アンネゲルトは窓から見える庭へ目をやった。魔導の明かりでライトアップされた庭園は、昼間とはまた違う美しさを見せている。

「外遊、うまくいくといいわね」

「……そうですね」

その先に何が待っているのかまだわからないが、失敗するより成功する方がいい。結果、今の地位を降りられなくなったら困るけれど。

「その時はその時か」

「何か仰いましたか？」

「ううん、何でもない」

うっかり口に出していた。

――考えたところで何が起こるかはわからないんだし、もう考えるのはやめよう。

アンネゲルトはカップをテーブルに戻して、寝台に潜り込む。ティルラが挨拶をして部屋を出ていく音が聞こえた。

仰向けになって天蓋を眺めながら、ふと想像する。もし日本にいた時に戻って、日本に残るか帝国に行くかを選択し直したとしたら……

それでも、今の自分は帝国に行く方を選ぶだろう。この国に来る事も選ぶと、確信を持って言える。

この国に来なければ、彼には出会えなかった。

彼と離れていたくなくて自分も東域に行くなどとつい言ってしまったが、後悔はしていない。

相手の気持ちもわからないし、自分の気持ちも伝えていない。もしかしたら、今の自分は彼にとって重荷なのかもしれない。だけど――

「側にいたい……」

そう呟いたアンネゲルトは、目を閉じた。

# 五　離宮改造、完了

クアハウスのプレオープンが無事終了し、シーズンがそろそろ終盤を迎えようという日の朝、アンネゲルトはミーティングの席で待ちに待った報告を聞いた。

『離宮修繕の全工程、終了だ』

イェシカのその宣言で、イゾルデ館の一室と通信で繋げた船の一室が沸く。

「おめでとうございます、アンナ様」

ティルラの言葉に、アンネゲルトも笑顔で答える。

「ありがとう。これもイェシカやみんなのおかげよ」

すぐにアンネゲルトの予定が見直され、直近で確認しに行ける日程が組まれた。当日の案内はイェシカ、リリー、フィリップが担当する。

『まだ島と王都を繋ぐ地下道は完成していないが、出入り口は整備してある。そちらも一緒に確認しておいてくれ』

カールシュテイン島からイゾルデ館までを繋ぐ地下道は開通したそうだが、整備が不十分な為、使えないのだとか。

　地下道を行き来する方法は散々議論された結果、線路を敷いて専用列車を運行させる事で決着している。地下部分に停車場を設置し、そこから地上まではエレベーターで上り下りする予定になっていた。

「それにしても、思っていたより早かったわね。壁画や天井画の修復に、もっと時間がかかると思っていたわ」

『その辺りは工房の連中がうまくやってくれたよ。最終的には工兵も巻き込んでいたしな……』

　イェシカはそう言いながら、遠い目になっている。あまり突っ込んで聞かない方が良さそうだ。

「何にしても、近くお披露目をしないといけませんね」

「そうね……予定の方は大丈夫かしら？」

「どうにかしますよ。シーズン中である事が幸いしました」

　ティルラの言葉通り、社交シーズンの最中は、貴族の誰もが急な招待に対応出来るだけの支度を常に調えている。

　普通なら、一月前には招待状が到着しているようにするものだが、この時期の王都に限っては三日前までに到着すればいいという暗黙のルールがあった。

「招待客のリストを作って招待状を書いて……忙しいわね」

「社交もお忘れなく。本日のご予定は昼に園遊会、夕刻からは観劇が入っておりますよ」

いい笑顔のティルラに、アンネゲルトの方は笑顔が引きつる思いだった。


披露の前の確認は、その日の夜に行われた。夜会が入っていなかった為に組めた予定だ。

参加者はアンネゲルト、ティルラ、リリー、ザンドラ、ヴィンフリート、ニクラウス、フィリップ、エンゲルブレクト、ヨーンの九人だ。

ヴィンフリートとニクラウスがいるのは、ヴィンフリートの希望からだった。

「ロッテが修繕させた宮殿ならば、ぜひ見ておかなくてはな」

「別に私が何かした訳ではないのですけど」

アンネゲルトがやった事といえば、リリーとフィリップ相手にあれこれ注文をつけた程度だ。それらを実現可能にしてくれたのは、二人と建築士であるイェシカだった。

メインの案内はそのイェシカが務める。スイーオネースは夏の盛りを越えてもまだ日が長い。おかげで外は明るいが、離宮周辺は屋根付きのシートで覆われているので、薄暗い状態だ。なので確認を兼ねて建物の明かりは全て点けられていた。

「外観はほぼそのままだ。ただし建物の向きを変えてある。前は海の眺望を念頭に置いて庭園に向かって玄関があったが、今回の修繕では庭園の眺望を優先したので玄関は海側だ」

言われてみれば、確かに以前は庭園側から入った覚えがある。あの時のヒュランダル宮は、まさしく幽霊屋敷と呼ぶに相応しかった。

だが修繕の終わった宮殿は、往時のきらびやかさもかくやとばかりの仕上がりだ。建物の周辺に設置された外灯が点灯している中、塗り直された屋根の青と壁の白さが際立っている。海側の前庭も花壇が整備されて、夏の花が色鮮やかに咲き誇っていた。

大きな正面玄関に当たる扉を開くと、エントランスホールが広がっている。壁際にはソファと小さなテーブルが置かれ、壁には大きな絵が飾られていた。

「この絵は丁度昨日、アロルドが出来上がったと持ってきたものだ」

絵にはカールシュテイン島の景色と共に、ヒュランダル離宮が描き出されている。これを描く為に、彼は修繕中の離宮にも足繁く通ったそうだ。

「随分大きな絵を描いたのね」

「これ以外にもあれこれ描いているぞ。まだ制作中のものもあるらしい」

「一体どれだけ描くつもりなの……」

ありがたい話だが、絵を一枚描くにも相当の時間がかかると聞いている。それを大量に仕上げてくるというのは、相当無茶をしているのではないか。イゾルデ館にも多くの作品を提供してくれたというのに。

「まあ、絵に関してはアロルドだけが描いている訳ではないしな。工房で制作したものも多く届いている」

絵画工房では、壁画のみならず離宮に飾る為の絵画を多く制作しているという。工房で制作する場合、一人で一枚を仕上げるのではなく複数人で仕上げるので早く出来上がるのだ。

エントランスホールの奥には大階段がある。離宮にはこの大階段の他に、二つの階段があるそうだ。

ホールから階段へ向かって、低めの天井が曲線を描いている。その天井部分には漆喰でレリーフが施されていた。

柱には装飾がないが、使われている石材そのものの色が多彩で、奥の柱の周囲には女性像が置かれ、彫像が天井を支えているように見える。

大階段に踏み出すと、荘厳な空間が広がっていた。天井には優雅なフレスコ画が、手すりには草花をモチーフにしたロートアイアンが、壁には色石が使われ、さらにレリー

フが施されている。この大階段だけで、一つの芸術作品と言えた。

「すごい……」

アンネゲルトの口からは、思わずといった風に感嘆の声が漏れる。階段という実用的なものを、これだけ芸術的な場に変える手腕は見事の一言に尽きた。

「圧倒されますね。王宮にも、これだけの階段はないんじゃありませんか？」

ティルラの言葉に、イェシカは誇らしげに答える。

「他にはないものを、というのが修繕の時の基本方針だったからな」

これまで「呪われた」という冠詞がついていた離宮だ。そうしたマイナスのイメージを払拭するには、良い意味で見る者の度肝を抜く必要があるとイェシカは考えたのだという。

一行はそのまま二階へ進み、各部屋を見て回った。どの部屋も窓は大きく取られており、そこから庭園を臨む事が出来る。

ただ、今は離宮を覆うシートのせいで、外の景色は見えない。シートは数日中には取り外す予定になっているという。

「二階から上にも上下水道を完備し、冬用に温水を使った暖房設備を整えてある」

宮殿内の床には全て温水式床暖房を設置してある。温泉の湯をそのまま使うのではなく、真水を温泉の熱で温め、それを床下に巡らせるのだという。

　床だけでなく、壁の中にも同じ仕掛けがあるらしい。全館暖房というやつだ。スイーオネースの夏は涼しいので、冷房の備えはしていないのだとか。

「上階の全ての部屋も、窓の大きさは変えていないが、枠の分割を八から六に減らしている。使っているガラスの透明度もこれまでと違うから、外が見やすいだろう」

　見た目だけではわからないが、サッシの材質は木製でも金属製でもなかった。樹脂を使い外気温が伝わりにくくしてある。無論ガラスも三枚合わせで熱を遮断し、結露を防止し外の寒さを中に伝えない仕様になっているとイェシカは説明した。

　二階の各部屋には、まだ家具は入っていない。今のところエントランスの椅子とテーブルのみのようだ。家具らしい家具は入っていない。今のところエントランスの近日中には運び入れられるらしい。

「シーズンオフに、暇を見つけては配置を考えておいて良かったですね」

　ティルラの言葉に、アンネゲルトは無言で頷いた。

　離宮の部屋がどのような仕上がりになるかまではわからなかったが、広さと形はわかっていたので、リリーが即席で作り上げたシミュレーターを使っておおよそは決めておいたのだ。

「近く、引っ越しをしなくてはね」

イゾルデ館はそのまま使うが、主に住まう場所はこの離宮になる。アンネゲルトはもちろんの事、帝国からついてきた護衛の兵士や小間使い、王太子妃護衛隊の面々もまた、離宮に移るのだ。

二階を見て回った後は、一階へと戻った。三階もあるのだが、基本は二階と同じという事で、見学は省略されている。

「一階はイゾルデ館同様、公的な空間となっている。大広間、食堂、図書室、遊戯室などだな」

上ってくる時に使った大階段ではなく、もう二つある別の階段を使って一階へ下りた。こちらの階段は大階段ほどの大きさはないが、小ぶりなりの良さを生かした造りになっている。全て石材を使用していて、通常の階段より踊り場が多い。踊り場の手すりの上には、優美な動物の像が置かれていた。

大階段が青でまとめられているのに対し、こちらの階段は赤でまとめられている。使われている石材も、赤いものだ。その中で手すりと石像の白さが目立つ。

「大階段とはまた違った雰囲気なのね」

「これはこれで趣がありますね」

大階段に比べれば狭いが、十分広い階段を下りて一階へと向かう。まずは図書室から見ていく事になった。

「図書室はまだ蔵書が入っていないので、棚だけになっている」

イェシカの言葉通り、長方形の部屋の壁にはところ狭しと本棚が作り付けてあるものの、その棚はがらがらだ。これから国内外から本を集め、やがてここにある本棚は一杯になるだろう。幅広い分野を取り揃えるつもりでいる。

それにしても、これが図書室かと思うほどの壮麗さだ。離宮とはいえ宮殿の一室という事で、壁や天井には彫刻や壁画、天井画が施されていて、重厚な雰囲気の中にも華やかさが窺える。

図書室を見て、大興奮しているのはリリーとフィリップだった。

「素晴らしいですね！　ここに大量の魔導書を置けるかと思うと、今からわくわくします。私物の研究書も置いていいでしょうか？」

「帝国だけでなくイヴレーアからも取り寄せたいな……妃殿下、お願いできますか!?」

「……何とかなると思うわ。リリーの方は、置くのは構わないけど、色々な人が読む事になるのを忘れないでね」

魔導書だけで一杯にされるのもどうなんだろう、と思わなくもないが、この島を魔導特区にする事を考えれば、魔導書は質・量共に必要だった。

図書室の他にも食堂、遊戯室などを見て回り、最後に大広間へ入る。大広間は、玄関を挟んで図書室とは反対の位置にある部屋だった。

同じ長方形の間取りだが、図書室と違うのは、その窓の部分である。

「うわあ……」

「大きく開けましたね」

大広間の庭園側は、全面ガラス窓だ。一枚ガラスではないが、高い天井の際辺りまである大きな窓は、枠による細かい分割がない。サッシ部分の幅も広く、庭園がよく見渡せた。

「この窓は注文通り、全部開けられるようにしてある」

そう言うと、イェシカとフィリップが窓に近寄った。彼等は何やら動かした後、窓を左右に開けていく。蛇腹に折り畳むイメージだ。

「思い描いていた通りよ！　ありがとう、イェシカ」

「ここを開けるのに苦労させられたがな……リリーのおかげで出来たようなものだ」

イェシカがそう言うと、リリーが補足説明をしてくれた。

「この開口部には、鉄骨鉄筋コンクリートを使用しました。他にも強化が必要な部分に使っているんです」

　これだけの開口部となると、さすがに柱なしでは支えきれなかったそうだ。ついでに、スイーオネースでは地震はほとんどないという事だったが、各所に耐震補強がなされているという。

「コンクリートが周囲と溶け合うようにするのは苦労したが、その甲斐(かい)は十分あったな」

　大きく開けられた開口部からは、テラスの向こうに広がる庭園が見えるはずだ。ここもやはりシートで覆(おお)われているので、今は庭園を見る事は出来ないでいる。

「お客様も、きっと喜んでくれるわね」

　大広間は大人数の来客時に使われる。近く、離宮のお披露目(ひろめ)に招待する人々をもてなす場としての使用が控えていた。

　一行はそのまま庭園も見ていく。大広間からは、テラスを使って庭に直接下りられるように設計されている。そして庭に面したシートから一歩外に出ると、そこには雄大な景色が広がっていた。

　離宮からまっすぐ続く運河、その周囲を彩る花壇、噴水、彫刻、奥には人工の滝まで見える。運河は離宮のすぐ側で池を形成していた。

「すごい庭園ね……」

「あの滝の上に見えるのが温室だ。あちらも明かりが点くようにしてあるので、夜に見たら綺麗だぞ」

温室は最後の仕上げにもう二、三日かかるそうだ。それが終われば明かりが点くらしい。

この庭園は、段差と遠近法を利用して実際よりも奥行きを感じさせる造りになっているのだとか。庭園を囲むように森林が広がり、その中には別の庭園が造営されている。

招待客がこれを見てどんな反応を見せるか、考えると今から楽しみだ。その前に大量の招待状書きという労働があるけれど。

一通り見終わった後、全員で船へと戻った。アンネゲルト達も今夜はこちらに宿泊予定だ。

夕食を終えてからは、離宮内覧会参加のメンバーで食後のお茶を楽しんでいた。とはいえ、ただのんびりしていた訳ではない。離宮の防犯システムについて、主にリリーから説明を受けていたのだ。

「侵入者探知に関しては、完全に機械に頼る事になります。調整に難航しましたが、ようやく完成いたしました」

「機械頼りだと、取りこぼしが出る危険性があるんじゃないの？」

人の目が完全とは言わないが、機械もまた完全ではない。それは日本での暮らしで嫌というほど知っているアンネゲルトだった。

離宮で使う機械の動力源は、主に魔力だ。イゾルデ館襲撃事件の二の舞になる可能性はないのだろうか。

その疑問は、リリーの返答で解消された。

「問題ないかと思います。例の魔力を阻害する術式に関しては、新たに対抗措置の術式を組み込んでありますし、何より機械警備の半分は魔力だけでなく電力で動作するようにしてあります」

イゾルデ館襲撃はアンネゲルトや護衛達にとって大変な衝撃だったと同時に、リリーを筆頭に魔導技術に携わる者達をも驚愕させた事件だったのだ。

何せ今まで絶対を誇っていた魔導技術を、いとも簡単に無効化されてしまっている。いたく自尊心を傷つけられた出来事でもあった。

今回はその経験を生かし、魔力のみで稼働しているように見せかけて、実は電力で稼働している部分を多く取り入れているという。

「ある意味、魔導技術の機械は敵の目を欺くのにも役立ってくれるでしょう」

失敗から多くを学ぶ。リリーやフィリップはもとより、彼女達の下についている工兵達も日々精進していたようだ。

「侵入者に対する迎撃措置ですが……」

リリーの説明は続き、夜も遅い時間にようやく終了した。

「ここまでの概要はデータ化して船のサーバにまとめてありますので、いつでもお好きな時に参照してください」

デジタル化しておく事によって、アクセス権限のない人間は閲覧出来ないようにしてあるそうだ。

それ以前に、部外者にはアクセス方法がわからないだろうし、何よりデータもサーバも何を意味するのかすら理解出来ないだろう。

敵の知らない形式で情報を共有する。一番いいセキュリティ方法かもしれなかった。


シーズンも終盤を迎え、大きな社交行事が目白押しとなっている中、アンネゲルトは王宮の謁見の間にいた。国王アルベルトに、離宮修繕の終了を報告に来たのだが、まさかこんな公式のものになるとは。

謁見の間には、アンネゲルトの他に国王の側近であるヘーグリンド侯爵とアレリード侯爵が揃っている。ものものしい雰囲気に、アンネゲルトは気後れしていた。したたかになったとはいえ、こういった場には相変わらず慣れていないのだ。

――簡単に、終わりましたー、で済まないのが面倒なところよね、王族って……

内心愚痴を呟きながらも、表には出さないよう気を張っていると、アルベルトの入室を知らせる侍従の声が室内に響いた。それと同時にアルベルトが姿を現す。

「さて、離宮の修繕が終わったそうだな？」

「はい。これも陛下のご威光の賜と存じます」

お決まりの言葉を口にし、アンネゲルトは淑女の礼を執った。

もっとも、今のところ修繕費用はアルベルトに出してもらっているので、彼のおかげである事は確かだ。

――この年でものすごい額の借金を背負ったようなものよねー……いくら返済に期限がなくて、なんなら返さなくてもいいとはいってもね。

巨額の資金は、アルベルトの個人資産ではなく国庫から出ているのだろうし、スイーオネースの金となれば、いずれはこの国を去るアンネゲルトとしては、返済しない訳にはいかない。

――クアハウスと香水、化粧品の事業がうまくいきますよーに！

アンネゲルトが心の内であれこれ考えていると、アルベルトから声がかかった。

「クアハウス……といったか？　あれの時のように、人を呼ぶのだろうな？」

「もちろんでございます」

お披露目の準備は着々と進んでいる。今一番大変なのは、そのお披露目の準備を一手に任されたリリーだろう。

何故ティルラでなくリリーになったのかというと、離宮を知り尽くしているのは彼女だからだった。人の配置やどの部屋までを公開するかは、リリーでなければ判断出来ない。

無論、料理や部屋の装飾、招待する客の選別などはティルラも手伝っている。それでもリリーは連日寝る間もないほどの忙しさらしい。いつか倒れるのではないか、とフィリップが心配していた。

「余のもとにも招待状が届いたぞ」

「お待ちしておりますので、ぜひお越しください」

スポンサーを無下には出来ない、とはさすがに口にはしない。玉座のアルベルトは満足そうに頷いている。

「さて、あの廃墟がどのように生まれ変わったのか。楽しみだな、ヘーグリンド侯爵」

「御意にございます」

ヘーグリンド侯爵は、無表情のまま答えた。そう頻繁に顔を合わせる相手ではないが、アンネゲルトは彼が笑ったところを見た覚えがない。

同じ国王の側近で侯爵位のアレリード侯爵とはよく会うせいか、何度か笑顔を見た事があった。実に対照的な二人である。

離宮完成の報は、あっという間に社交界に流れた。

「お聞きになって？　妃殿下の離宮が完成したそうですわ」

「まあ、あの呪われた離宮が？　……随分と早いのね。これも帝国の技術力故かしら」

「何でも、その『呪われた』というのは、ただの噂にすぎないんですって」

「そうなの？　夫が狩猟であの島に行った事があるそうだけど、見るからに陰鬱な宮殿だったと言っていたわ」

「それを修繕したんじゃないの。同じ島にあるクアハウスはとても素敵だったもの。離宮の方もさぞや立派に修繕されたんじゃないかしら」

「あら！　あなた、あのクアハウスに行ったの？」

「ふふふ、伝手を使って招待していただいたの。もうじき開館だそうだから、そうしたら予約すれば誰でも行けるわよ。その代わりお値段は少し張るけれど」

「今一番の話題じゃないの。いくらかかろうとも行くわよ！」

「それで、離宮の方だけど、やっぱりお披露目で客を招待するそうよ」

「ああ、良かった。私の夫は革新派だから、招待していただいているの」

「あらそう。うちはこれからかしら。妃殿下の先を考えたら、保守派とだって手を取り合っていこうと思われるはずよね」

「ああ、そういえばあなたのご主人って……」

「な、何よ」

「いいえ、何でもないのよ」


「おい、聞いたか？　離宮の話」

「ああ、今聞いた。例の呪われた宮殿だろう？　よく修繕する気になったよな」

「そこはほら、妃殿下は他国の人だから」

「ああ」

「それに、こんな短い期間での修繕じゃあ、どんな仕上がりになっているやら。どこぞのもぐりの建築士にでも騙されていなければいいがなあ」

「招待されたか？」

「お披露目にか？　我々下っ端までは声がかからないさ」

「ああ、いっそ革新派に今から入るかなあ」

「そんな事になったら、奥方の父上に睨まれるぞ。保守派なんだろう？」

「ああ。そのせいで私まで保守派に入らざるを得なかったんだ。まったく、貧乏くじを引かされたよ」

「今や革新派に怖いものはないよな。保守派も、教会の連中に足を引っ張られるとは思ってもみなかっただろうに」

「例の襲撃事件か……確かに、あれのせいで一気に形勢不利になったからな」

「騎士団の連中の実家、今や見る影もないらしい」

「それはそうだ。王族に弓引いたとなれば、本来は一族郎党処罰の対象だぞ。今回は妃殿下ご自身の強い要望で、事を起こした本人達だけが処罰対象になってるんだろう？」

「そうらしい。本人達は情けをかけられたと憤っているそうだ。馬鹿な連中だよ」

あちらこちらで交わされる話し声を耳にしながら、ヘーグリンド侯爵は夜会の会場内をゆっくりと進んでいく。

既に老境にさしかかった身ではあるが、ぴんと伸ばした背筋は年を感じさせなかった。

会場の半ばにまで歩んだ侯爵は、周囲を視線だけで見回した後、側にいた旧知の伯爵に面白くもなさそうに話しかける。

「今宵はまた、随分と騒がしいな」

「ヒュランダル離宮の修繕の話題で持ちきりのようです」

「ああ、あれか。耳の早い事だ」

つい先日、国王アルベルトの側で聞いたばかりの話だ。既にヘーグリンド侯爵の手元にも招待状が届いている。この会場にも、招待状を手にした者がいる様子だ。

「この夜会に妃殿下もご参加なされますし、皆の興味が向いているのでしょう。何かと噂の多い宮殿でございますし」

伯爵の言い様に、ヘーグリンド侯爵はヒュランダル離宮にまつわるいくつかの噂を思い出した。どれも根拠に乏しい作り話めいたものばかりだったはずだ。

「呪われた……か。ばかばかしい。死者に何が出来るというのか。生きている人間の方が余程恐ろしいというのに」

「閣下のように考える者ばかりではございませんよ。特にご婦人方は、そういった噂話がお好きです」

侯爵は瞑目して小さな溜息を吐いた。確かに夜会の会場で声高に噂話をしているのは、女性が多い。侯爵は眉間の皺を深くしたまま、会場の奥へと足を進めた。

お披露目当日、アルベルトは離宮に宿泊すると決まったそうだ。

「どういう事？」

報告を聞いて眉根を寄せるアンネゲルトに、ティルラが苦笑で返した。

「陛下側からぜひに、と内々にお話がございまして」

どうやら、帝国の技術がふんだんに使われているという話を聞きつけたようだ。その技術を体験するには、一泊するくらいが丁度いいという結論に達したのだという。

ちなみに、入れ知恵をしたのはエーベルハルト伯爵なのだとか。

「伯爵……」

「まあ、ここは元々王家の離宮なのですから、いいんじゃないでしょうか？」

渋るアンネゲルトとは違い、ティルラは楽天的だった。普段とは逆な事に違和感を覚えながら、アンネゲルトは決まってしまったものは仕方がないと流す。

「他にも宿泊するお客様がいたわよね？」

「アレリード侯爵ご夫妻、エーベルハルト伯爵ご夫妻他、革新派の中心人物がご夫妻で宿泊される予定ですね」

そちらは事前に連絡を受けていたので問題はなかった。部屋割りも終わり、準備の半分は終了している。

アンネゲルトは手元の書類に目を落とした。当日のスケジュールが分刻みで書かれている進行表だ。これを元にアンネゲルトが主体となって進めていかなければならないのだから、責任は重大だった。

ふと、表のある項目に目が留まった。進行表には当日の警護の予定も書き込まれている。離宮を含む島全体の警備は基本的に機械で行い、離宮の建物内部とアンネゲルト周辺の護衛を王太子妃護衛隊が引き受けていた。

お披露目（ひろめ）当日は、久しぶりにエンゲルブレクトが一日側にいてくれるらしい。最近の彼は王太子妃護衛隊隊長であるにもかかわらず、帝国皇太子達と行動を共にしている事が多く、アンネゲルトの側にいない日が続いていた。

彼等は東域外遊の下準備と称して、三人で王都と島を行き来しているようなのだ。アンネゲルトの我儘（わがまま）で決まった外遊だけにあまり文句も言えないが、準備だけでなく三人で遊んでもいるらしいと聞き、不満が溜まっている。

――どうしてお兄様とニコが隊長さんと遊んで、私が一人で寂しい思いをしなきゃいけないのよ。

決してアンネゲルトが一人になる事などあり得ないのだが、エンゲルブレクトが側にいない寂しさは本当だった。

「もう、お兄様ったら」

「……ヴィンフリート殿下がどうかなさいましたか？」

いきなり飛んだ話題に、ティルラが目を丸くしている。アンネゲルトは慌てて言い繕（つくろ）った。

「ど、どうもしていないわよ、うん」

「ああ、そういえば、最近伯爵は殿下とご一緒していらして、アンナ様には同行していませんねえ」

誤魔化すつもりが、しっかりバレていたようだ。頬が熱くなるのを感じる。

「伯爵が新しい知己（ちき）を得たと思えばよろしいのではありませんか？」

「そうは言ってもさあ」

確かに、ヴィンフリートは帝国皇太子であり、ニクラウスは次期フォルクヴァルツ公爵だ。他国とはいえ同盟を結んだ国の皇族と繋がりを持つのは、エンゲルブレクトにとってメリットとなる。

だが、逆に考えるとヴィンフリート達にはそれほどのメリットがあるとは思えない。デメリットにはならない、という程度か。

「お兄様は、何を考えているのかしら……」

「さあ……」

アンネゲルトとティルラは、二人して首を傾げた。


離宮改造完了の報告を聞いてから数日が経った今日、離宮のお披露目(ひろめ)は行われた。

晴れ渡ったすがすがしい日の昼下がり、カールシュテイン島には多くの客が詰めかけている。船で乗り付けた客は、整備された遊歩道を散策がてら歩くようになっていた。木立が途切れると、生まれ変わった離宮が見えてくる。海側に面した表玄関は、あっという間に人でごった返した。

その様子を離宮の窓から眺めていたアンネゲルトは、隣にいるティルラに確認する。

「招待客は、ほぼ全員来ているわね」

「皆様、新しいものには目がありませんからね。それに、このヒュランダル離宮は、今や社交界一の話題ですもの。逃す人はいないでしょう」

ただでさえ訳あり王太子妃が修繕させた、訳ありの宮殿だ。中には「呪われている」という噂だけでも確かめようという、物見高い者もいる。

そうした客も、ひとたび宮殿の内部に入れば、感嘆の声を上げずにはいられないらしい。

玄関ホールから続く大階段へのアプローチ、圧倒的な空間を演出する大階段、その先には光溢れる空間が広がっている。

今回は宮殿のお披露目という事で、表向き全ての部屋を開放していた。もてなしは一階の大広間で行われるが、開始は夕刻からなので、客達はそれまでの間、思う存分宮殿を堪能出来るという訳だ。

高い天井にも壁にも装飾が施され、各部屋の壁には絵画が飾られている。部屋のそこかしこ、廊下の至るところに花瓶が置かれ、瑞々しい花が生けられていた。

何よりも彼等の目を引いたのは、大きくゆがみのない、透明度の高いガラスだった。ガラス窓の向こうには、遠くまで整えられた庭園がはっきりと見える。スイーオネース国内で、これだけ質の高いガラスは製造されていなかった。

「これはやはり、帝国からの輸入品かしら……」

「まあ……こんなに大きくて綺麗なガラスがあちらにはあるのね。我が家にも欲しいわ」

「妃殿下にお願いしたら、取り寄せてもらえるかしら？」

「あの図書室を見たか？　見た事のない本が多く置かれていたぞ」

「あれは魔導書の一部らしい。何でも、この島を魔導特区になさるおつもりだそうだぞ、妃殿下は」

「魔導特区か……」

来客者の感嘆の声が、イヤホンを通じて聞こえてくる。その度に、アンネゲルトの顔に笑みが浮かんだ。

離宮内には多くの防犯カメラが仕掛けられており、要所要所には集音マイクも設置されていた。アンネゲルトが聞いているのは、このマイクが拾った音声である。

ひとしきり見学が終わった者達から順に、一階の大広間へと移っていく。そこにもまた、彼等の度肝を抜く仕掛けがあった。

大広間の庭園に面した側は、一面掃(は)き出し窓となっている。背の高い窓には、他の部屋同様大きなガラスがはめられていて、庭園がそのまま一幅(いっぷく)の絵に見えた。

招待客の中には、建築に詳しい者もいたようだ。広間の隅で囁(ささや)く声が聞こえる。

「これだけの窓を作るとは……一体どういう構造をしているんだ？　この宮殿は」

「何かおかしな事でも？」

「窓の間に柱が一本もない。どうやって上を支えているというんだ……」

客が困惑しているのが声からわかるけれど、詳しい説明はアンネゲルトでは難しい。リリーならば可能なものの、彼女は今日一日離宮の中央制御室に詰める事になっている。離宮全体のシステムを構築したのは彼女なので、トラブル対応の為だった。

宴もたけなわな頃、国王アルベルトが大広間に姿を現した。彼は他の客とは別の時間帯に特別仕立ての船でカールシュテイン島まで来ている。

「美しく生まれ変わらせたものだな、王太子妃。実に見事だ」

「ありがとうございます。これも良き建築士、良き技術者、良き職人あってこそです」

実際、彼等彼女等のうち一人でも欠けていたら、離宮の改造は完成の日を見なかっただろう。改造に関わった全ての人には感謝しかなかった。

笑顔で言ったアンネゲルトに、アルベルトは感心した様子だ

「ほう。いや、確かにそうだな。ではその建築士達には余から褒美を取らせよう。これほど見事なものを我が国に誕生させた功績は大きい」

「皆も喜びますでしょう」

彼等には既に十分な報酬を与えているが、それに上乗せされる事を辞退する者はいまい。しかも国王からの褒美となれば、大変な名誉でもある。

　アンネゲルトは主賓が来た事で、大広間の窓を開け放つよう指示を出した。大広間の窓が、中央から左右に開かれていく。徐々に現れる巨大な開口部に、客の口からは驚きの声が漏れた。窓の開き方も、これまでの観音開きではなく蛇腹に畳む方法だ。これにより開口部を一層大きく見せる事が出来る。

「これはまた……」

　アルベルトも、驚嘆した一人だった。

「このように、大広間の窓は全て開け放つ事が出来ます。そのまま庭園に出るも良し、部屋の中から遮るもののない庭園を眺めるも良し、好きに過ごせますよ」

　そう言って、アンネゲルト自ら先導して庭園へ出る。大広間にいた客の大半もぞろぞろと連れだって出てきた。

　離宮の前には彫刻で飾られた大きな噴水があり、その後方には人工の池がある。池の水源は丘の上から流れ落ちる水を使った運河だった。

「地形を利用したのか」

　アンネゲルトの隣に立ったアルベルトが、運河と滝を見ながらそう呟く。庭園の奥は丘のようになっており、その斜面を利用して運河を形成しているのだ。

　丘の頂部分にあるのがガラス作りの大温室で、真下に大きめの滝がある。滝の水は、地下からポンプを使ってくみ上げていた。そこから離宮に向かってまっすぐに運河が流れている形だ。

運河はいくつかの段差を持っており、段差によって大小の滝を作っている。滝は岩で組まれたものから彫刻で噴水のように設えたものまで多彩であり、見る人の目を楽しませていた。

「ここには今度、船を浮かべてみようかと思っているんです」

「船遊びか。確かに、内海とはいえ海は波があるから小舟を浮かべるには向かんな」

内海は外海に比べて波が穏やかとはいえ船遊び向きではないが、人工の池や運河ならば波がないのでより安全に水場を楽しめる。

池と運河の両脇には遊歩道が整備されていて、丘の水源まで行けた。もちろん、遊歩道は運河の両脇にある森へも伸びていて、森林の散歩を楽しむ事が出来る。

「ここは馬を走らせるのもいいな」

森へ続く遊歩道を見ながら、アルベルトが感想を述べた。石敷きの歩道の脇には、馬を走らせられるように整えた道もあるのだ。もっとも、島の中での移動はもっぱら魔導カートを使う事になりそうだが。

今回客人を案内する事はないが、離宮を背にして左、森の奥には畑が広がっている。

離宮で消費する野菜は、基本的にここで育てる事になっていた。

離宮の主であるアンネゲルトや離宮の使用人達、兵士、護衛隊員達はもちろんの事、ここで作る野菜はクアハウスのレストランにも提供される。おかげで当初の予定より大きな農場となっていた。

アンネゲルトは運河の右の森、以前は狩猟用に整えられていた森へと足を向ける。

「こちらの森には、所々に池や噴水、東屋などを設えています。途中の建屋に軽食と飲物を用意していますので、よろしかったらどうぞ」

森の遊歩道の脇に建てられた古代神殿風の建物の中に、いくつものテーブルが並んでいた。その上には簡単につまめるものや軽い酒、果実やお茶なども用意されている。

離宮からここまで歩いて疲れた人や空腹を感じた人、喉が渇いた人達がテーブルに群がった。建物の周囲には小ぶりのテーブルと椅子が用意されていて、自由に使えるようにしてある。

「なるほど、こうした場所で飲むのもまた一興だな」

明るい陽光の中、小鳥の鳴き声を聞きながらの飲食に、アルベルトはすっかり上機嫌だ。案内したアンネゲルトは、内心ガッツポーズである。

しばらくその場で休憩をした後、また別の遊歩道を通って離宮に戻ってきた。

「陛下はまだ離宮の中をご覧になっていませんか？」

「うむ。先にあの庭園を見てしまったからな。王宮にもああいった庭が欲しいものだ」

多くの建物で構成される王宮には、建物に合わせて種々の庭園があるが、ここまで大がかりなものはないようだ。どちらかと言えば美しく整えた樹木や花がメインで、水と言えば噴水くらいのものらしい。

――あの王宮にこの庭を造るのは難しいだろうなー。

今回これだけ大がかりな庭園を造る事が出来たのも、カールシュテイン島がうち捨てられた島だったからだ。ろくに手が入っておらず、建物といえば朽ち果てたヒュランダル離宮のみだったので、大胆な改造が出来たと言える。建物が多い王宮での工事となると、いくつかの建物を壊す必要があるだろう。

とはいえ、ここでそれをアンネゲルトが進言する訳にもいかない。

――じゃあ、任せる、とか言われたらシャレにならないもんね。

言わぬが花、というものだ。

アンネゲルトはアルベルトと共に離宮に戻り、今度は建物の内部を案内し始めた。

「先程は大広間をご覧に入れましたので、他の部屋にもご案内いたします」

大広間を出て、最初に向かったのは図書室だ。完成当初はがらんとした本棚が並ぶだけの場所だったが、今ではその半分くらいが本で埋まっている。

それらにはリリーの私物である魔導研究書や、フィリップが苦労して集めた魔導関連の書籍、それに船の図書室に置いてあった本が含まれていた。

これから国内外であらゆる方面の本を集める手はずになっている。そちらは既にティルラが手配していて、アンネゲルトが東域に行っている間に収集する事になっていた。

「ほう、これはまた……」

「まだ空いている箇所が多いですが、今後は魔導書を中心に集めていく予定です。帝国はもちろん、イヴレーア、アストゥリアス、それに東域からも」

「ふむ、外遊の際に吟味してくるといい」

「はい」

一応、離宮はアンネゲルト個人の持ち物となったのでアルベルトに許可を取る必要はなかったが、さらりと言質を取っておく。集めるのが魔導書という、教会勢力が強いスイーオネースにあって公に持つのは憚られる代物なのだから、慎重にするに越した事はない。アンネゲルトにこの入れ知恵をしたのはティルラである。

図書室から遊戯室、応接室などを回り、二階の客室へ向かった。その際に、エレベーターを体験してもらう。

「おお……」

「これは昇降機と言って、違う階の行き来を楽にするものです」

荷物移動の為やバリアフリーの一環で設置しているが、そこまでの説明はしなかった。

──こんだけ驚いてる人に何を言っても、耳に入らないだろうし。

ユニバーサルデザインの考え自体、まだこちらの世界には浸透していない。そういった思想の宣伝にも、このヒュランダル離宮が使えないだろうかとアンネゲルトは考え始めていた。

客室は一部屋だけ開けて各施設を案内していく。アルベルトはやはり風呂場とトイレ、洗面所などに驚いていた。

「これが水道というものか……」

「よくご存知ですね。こちらは水と温水が使えるようになっています」

「今日はここに泊まる事にして正解だったな」

笑いながらそう言ったアルベルトに、アンネゲルトは笑顔を貼り付けながら心の中で毒づく。

──おかげでこっちの苦労が増えましたけどー。でもスポンサーには逆らわない、逆らわない。

この辺りはティルラに口が酸っぱくなるほど注意されていた。どれだけ迂闊な人間と思われているのか大いに疑問だが、結果的にはその注意が生きているのでよしとしておこう。


シーズン中のスイーオネースの日は長い。既に夕刻をとっくに過ぎているというのに、外は十分明るかった。未だ落ちない日に照らされた庭園を、多くの客人が楽しんでいるようだ。

離宮内の案内を終えて、再び大広間までアルベルトと連れ立ってきたアンネゲルトは、アレリード侯爵と談笑する彼から離れてティルラを探した。彼女は広間の端で小間使いに指示を出している。

「問題はない？」

アンネゲルトの問いに、ティルラは笑顔で返した。

「はい。お客様の誘導もうまくいっているようです」

ティルラとリリーはヘッドセットを装着していて、マイクとイヤホンを使い離宮の中央制御室と常に連絡を取り合っている。

来ている客は、現在は全て大広間とそこから続く庭園にいるようだった。不審な動きをする者がいれば、防犯カメラが捉え次第ヘッドセットを通して連絡してくる手はずになっている。

「そういえば、お兄様とニコは？」

「この大広間にいらっしゃいますよ。ああ、ほら、あそこに」

ティルラの示す方に目を向けると、確かにヴィンフリートとニクラウスが共にいた。何故か彼等の近くには、エンゲルブレクトもいる。

「……何で隊長さんがお兄様達と一緒なの？」

「さあ？」

確かに、今日は彼がアンネゲルトの護衛として側につくという話はなかった。ヒュランダル離宮内での警備は、機械任せがほとんどだ。また、リリーが作った護身用の腕輪がある。

その他にも毒殺の警戒の為に、厨房にも警備のカメラが入っているし、宮殿内部には死角がないように計算してカメラが仕掛けられ、防犯対策室で常に監視する体制になっていた。

「伯爵を呼びますか？」

「……いいわ。何か、込み入った事でも話しているみたいだし。私もまだお客様の様子を見てこなきゃ」

「お疲れ様です」

アンネゲルトは軽く手を上げてティルラに応えると、再び会場の中央へ足を向ける。ようやく日が落ちたところで、本日最後の仕掛けを動かす。ティルラにそれとなく手で合図をしてから、アルベルトに声をかけた。

「陛下、最後にちょっとした仕掛けを用意いたしました。庭園へどうぞ」

アルベルトと一緒にいたアレリード侯爵も共に、大広間から庭園へと移動する。各所に配置した小間使いや従僕達が、他の客も運河の側へ誘導していた。

「それで、これから何が始まるんですか、妃殿下」

「もう少し待ってちょうだい、侯爵」

アンネゲルトはアレリード侯爵にそう言うと、左腕につけたブレスレットをそっと握る。それが合図となり、大温室の向こう側から花火が上がった。

「おお！」

「何と！」

アルベルトとアレリード侯爵だけではなく、そこかしこから驚愕(きょうがく)の声が上がる。その様子を見て、アンネゲルトはにんまりと笑った。

お披露目の最後に花火を計画したまではいいが、スイーオネースの夏の日の長さを計算に入れるのを忘れていて、一時は計画が頓挫する寸前だったのだ。

結局、シーズン中の貴族は宵っ張りが多いから、遅くまで離宮に足止めしても問題はないだろうというエーベルハルト伯爵の助言により、計画を遂行する事が出来た。

――遅い時間から始めるようにして良かった。やっぱり、締めは花火がなくちゃね。

ちなみにこの花火は、温室の向こう側の海上に停泊させた帝国の護衛艦の甲板から打ち上げている。

アンネゲルトにとって、夏は花火の季節だ。帝国人にも花火に魅せられた者は多く、何人かは日本の花火職人に弟子入りし、その製法を学んでいた。今回の花火も、そうした者達が作り上げた帝国製のものである。

大きな音と共に夜空に咲く大輪の花。北国の夏も、もうじき終わろうとしていた。

# 六　東へ

離宮のお披露目(ひろめ)が無事終了した後も、社交行事は目白押しだった。それらに参加しつつも、アンネゲルトの心は東域外遊に向かっている。

そんな日々の合間に何とかねじ込んだ休日を、彼女は離宮で過ごす事にした。イゾルデ館はシーズン終了の大舞踏会の準備に追われている頃だ。

「で？　結局お兄様は、シーズン終わりまでここにいるんだ？」

「嫌なの？　姉さんの事だから、喜ぶかと思っていたんだけど」

今は珍しく姉弟のみで昼食を取っている。

イゾルデ館で昼食を取るときは庭園にテーブルを出す事が多く、それは離宮でも同様だった。こちらの庭園は広すぎるので、食事の時はもっぱら中庭を使っている。庭園に比べれば狭いと言えるが、日本育ちのアンネゲルトにとっては、ここも十分広い庭だった。

よく晴れ渡っているが、日差しが日本とは違い柔らかい。紫外線の量も違うのではないだろうか。

姉弟の話題は帝国の話から家族の事、スイーオネースの社交界についてと移り、いつしか従兄弟について話していた。

ちゃっかりイゾルデ館に滞在しているヴィンフリートは、外遊と称してスイーオネースに来ている為、社交行事にも参加してあちこちの貴族と顔繋ぎをしているようだ。それならばシーズン終了まで滞在していてもおかしくはない。

当のヴィンフリートは、本日留守である。

「そういえば、お兄様、今日はどこに行ってるの？」

「マリウス殿下を伴ってクロジンデ様のところだよ」

二人だけという気安さからか、アンネゲルトは日本語で会話をし、ニクラウスもそれに合わせていた。

ヴィンフリートの末弟マリウスは、帝国にあっては母シャルロッテと叔母奈々から、スイーオネースにあってはアンネゲルトとクロジンデから猫かわいがりされている。

そのマリウスと遊びたいというクロジンデの要望を受けて、本日はエーベルハルト伯爵邸に招かれていた。

「このところ、目が回るほど忙しくて、マリウスともゆっくりおしゃべり出来ていないなあ……」

「離宮の件や、急遽決めた東域外遊があるからね」

最後の一言には、心なしか棘があった。ニクラウスは、アンネゲルトが東域に外遊に出る事にまだ反対しているのだ。

弟の棘には敏感な姉は、柳眉を逆立ててニクラウスを睨む。

「何よ、文句あるの？」

「文句なら散々言っただろう？　もう忘れたのかよ……」

ニクラウスの呆れた様子に、アンネゲルトは無言のまま彼の頭をはたいた。昔から弟に言い返せなくなると、手が出る姉である。

慣れているニクラウスはやり返したりせず、嫌そうな顔をしただけだ。ここで下手にやり返せば、倍になって返ってくるのがわかっているからだろう。

何より母が女性に手を上げないように躾けている。おかげで、この憎たらしい弟は口ではあれこれ言うが、母にも姉にも暴力を振るった事が一度もなかった。

アンネゲルトが弟と過ごしていた頃、エンゲルブレクトは執務室で大量の書類と格闘

していた。山積みの書類は、決裁しても決裁しても一向に減る気配を見せない。

「……おかしい」

「何がですか?」

誰も聞いていないと思っていた独り言に、反応する者がいた。副官のヨーンだ。彼は丁度執務室に入ってきたところだった。

彼をはじめ部下達には期間限定で、エンゲルブレクトの執務室に入る際、入室許可を得ずに入る事を許している。いちいち聞かれるのも、答えるのも面倒になった結果だった。

当初は戸惑っていた部下達も、あまりに頻繁に執務室に入らなければならない現実に、いつしか慣れていった。ヨーンもその一人である。

見れば、彼の手には新たな書類があった。

「また増えたのか……」

「まだまだ増えますよ。これも一旦まとめて持ってきた一部にすぎません。王宮から届けに来る者も、何往復したかわからないとぼやいていました」

「こちらがぼやきたいくらいだ……」

これらの書類は、王太子夫妻の東域外遊に関するものばかりだ。当初の予定ではエンゲルブレクトだけで行くはずが、アンネゲルトの同行が決まり、あれよあれよという間に王太子ルードヴィグまでが東域に行く事になってしまった。

おかげで、エンゲルブレクト達には臨時で王太子護衛の仕事まで割り振られる事になったのだ。王宮から届けられる書類の大半は、王太子の護衛を務める近衛連隊から王太子妃護衛隊へ職務を移す為のものである。

期間を外遊の間のみと区切っているとはいえ、王国の世継ぎの護衛の仕事を移すのだ。当然のように、書類の種類と枚数は多かった。

それらの全てに目を通し、必要であれば署名をする。地位が上になれば、軍人といえどこうした書類仕事に忙殺されるのは理解しているし、実際に第一師団にいた頃にもこうした事務仕事はあった。

それにしても、多すぎるのではないだろうか。一時の事とはいえ、そろそろ少しは体を動かしたいと思っても、罰(ばち)は当たるまい。

エンゲルブレクトは、手元の書類をまとめて未決裁の箱に放り込むと、目の前にいるヨーンに声をかけた。

「グルブランソン、ちょっと付き合え」

「……よろしいんですか？」

「体を動かした方が、頭もよく回るだろうよ」

　そう言って立てかけておいた剣を手に、執務室を後にする。

　ほんの少し後に執務室に書類を届けにきた部下が、山積みの書類と隊長の姿が見えない事から、逃げたな、と推測したのをエンゲルブレクトもヨーンも知らなかった。

　冬ほどではないが、スイーオネースの夜空には多くの星が瞬いている。イゾルデ館の客間の窓辺で座りながらその夜空を見上げ、ヴィンフリートがグラスを傾けていた。

「失礼します」

　ニクラウスは声をかけて室内に入る。そして、無言のままヴィンフリートの席の隣にある椅子に腰を下ろした。

「ロッテの様子はどうだ？」

「特に変わりはありません。殿下がシーズン一杯までいる事を確認してきたくらいでしょうか」

「そうか……」

　それきり、部屋には再び静寂が訪れた。それを破ったのはニクラウスだ。

「例の件、帝国に話を通しておかなくてもいいのでしょうか?」

「ロッテの再婚話か?」

「はい」

本人の自覚が薄くとも、アンネゲルトは帝国皇帝の姪姫である。本人が嫌がろうと母がかばおうと、政略の駒に使われるのは致し方ない事なのではないか。本人達が聞いたら激怒しそうな本音を、ニクラウスは口にした。

だが、ヴィンフリートは彼の考えを否定する。

「以前にも言ったが、ロッテは政略に使わないと決まっていたのだ。これは父と叔父上達との間で正式に交わされた約定だそうだ」

「……初耳です」

姉を政略に使わないという話がそこまで公式なものだとは、ニクラウスには知らされていなかった。

「そうした話題は、公爵家では出なかったのか?」

「はい……姉が帝国に戻る話も、去年の頭に聞かされたくらいです」

「そうだったか。だが考えてもみよ。欠片でも駒として使う可能性があったのなら、叔父上の故国での養育など、まかり通る訳がないだろう」

言われてみれば、納得出来る。アンネゲルトを日本で養育する件は、てっきり奈々がいつものように強引に押し通したのだと思っていた。ただでさえアンネゲルトは魔力に乏しい。それもあいまっての事だと。

アンネゲルトの帝国への帰国が決まりそうだという話は、去年の一月に母からもたらされていた。就職を使った賭けをしたというのも、その時に聞いている。

「姉を連れ戻すのに母が賭けを持ちかけたのは、それが原因でしょうか」

「あの話か。ロッテは詰めが甘いからな。叔母上が賭けの話を持ち出した時点で、警戒すべきだというのに」

「まったくです」

母とは離れて暮らしていた自分とは違い、幼い頃から多くの時間を共に過ごしているはずなのに、あの姉は今ひとつ母親の事をわかっていない。

「叔母上が何か細工をしたと思うか？」

「いえ、逆でしょう。母は何もしなかったんだと思います」

「ほう？」

母の性格も姉の性格も見抜いているニクラウスには、その時の様子が目に浮かぶようだった。

「殿下が仰ったように、姉は詰めの甘い性格です。おそらく就職活動でも、そうだったんでしょう。母が本気で姉を日本に残すつもりがあれば、その甘さを指摘して導いたと思います。母が何もしなかったから、姉は賭けに負けたんですよ」

もっとも、親に言われなければ自らの甘さを自覚出来ない時点で、アンネゲルトが日本に残る道はなかったとニクラウスは思っている。

本人に言うと怒られそうだが、アンネゲルトはやはり皇族の血筋なのだ。人に使われるより人を使う方に才がある。あの性格も、その一端だろう。

ヴィンフリートは手に持っていたグラスを側のテーブルに置き、ニクラウスに向き直った。

「全ては叔母上の手の中か」

アンネゲルトを力ずくで他国に嫁がせようとした貴族がいるという情報をニクラウスが知ったのは、ついこの間――ヴィンフリートがエンゲルブレクトに伝えた時だ。それまでまったく知らなかったのだから、自分の不明さに腹が立つ。

ニクラウスは伝聞でしか知らないが、アンネゲルトが幼い頃には、日本に不法に渡った帝国人によって誘拐されかけた事が何度かあったらしい。それを考えると、アンネゲルトにとって日本はそこまで安全とは言い切れなかった。

だから一度嫁がせる事にしたのかもしれない。確かに愛人に溺れた王太子が夫ならば、相手側の責任でいつでも婚姻無効の申請が出来ただろう。実際にはそれ以上の事を王太子がしでかしてくれたから、今の状況があるのだが。

ニクラウス同様、ヴィンフリートも何事かを考え込んでいる。それに気付いたニクラウスは、黙って彼の思考の邪魔をしないようにしていた。こうなった彼に声をかけてはいけない事は、長い付き合いで心得ている。

しばらく経って、ようやくヴィンフリートは口を開いた。

「おそらく、父上達は私の考えを読んでいる」

「……そうですか」

別段驚きはしない。さすがは年の功とでもいうべきか、あの親達ならこちらの動きを読んでいてもおかしくない。

ヴィンフリートとニクラウスがアンネゲルトの再婚を考えたのは、スイーオネースからもたらされた情報が元だ。

その情報も、元を辿れば「アンネゲルト・リーゼロッテ号」と頻繁に通信で連絡を取っている皇宮からのものである。エンゲルブレクトがスイーオネース王室の血を引いているらしいという情報も、皇宮を経由してヴィンフリート及びニクラウスの手元に来ていた。

　わざわざヴィンフリート達がスイーオネースへ出向いてきたのも、アンネゲルトの想いと、エンゲルブレクトという人物そのものと、彼のアンネゲルトに対する感情を自分達の目で確かめる必要があったからである。確かめた上で、計画を動かす事にしたのだ。

　ニクラウスは、改めてヴィンフリートに確認した。

「父上達は、どの辺りで気付いたんでしょうか？」

「私がスイーオネースへ外遊に出ると申し出た時からではないかな」

　それは最初からという事か。ニクラウスはがっくりと椅子にもたれる。

「どうした？」

「いえ、何だかいっぺんに疲れが出ました」

「そうか。ロッテの事だがな」

「はい」

　アルコールのせいか、今日のヴィンフリートの話はよく飛ぶ。

「あれが生まれた時に、先程の約定が交わされたそうだ」

　約定の内容は、いかなる形でもアンネゲルトを政略の駒には使わない、というものだそうだ。ちなみにヴィンフリートがその約定の存在を知ったのは、彼が成人の儀を終えた夜に皇帝ライナーから聞かされたからだとか。

約定を交わした理由は色々とあるけれど、一番大きなものは、奈々が出した取引によるという。

「取引……ですか？」

「異世界とこちらを結ぶ扉が何故帝国にのみ存在するのか、知っていたか？」

「詳しい事までは……ただ、母が関わっているとだけ、聞いています」

「そうだ。叔母上が帝国に嫁いでこられたからこそ、あの扉は帝国に存在する。今も、扉に関する権限は全て叔母上にある」

ヴィンフリートが言うには、扉をあの形に固定する為の要が奈々なのだそうだ。どのような仕組みになっているかは謎だが、ヴィンフリートはそう聞いているらしい。

ニクラウスも、扉に関しては奈々に一任されているのは知っているものの、要が彼女だとまでは知らなかった。

奈々はその立場を利用し、魔力が皆無だった娘を日本で養育し、政略の駒には使わせないと約束させた訳だ。

だが、その約定があったにもかかわらず、彼女はスイーオネースに嫁がされた。

この事に関して、ヴィンフリートは何度となく父ライナーを問い詰めたが、敵も然る者、のらりくらりと躱すばかりではっきりした返答がもらえないままだったそうだ。

「まあ父達の思惑は置いておいて、今回の件だ。ロッテの帰国の意思が固ければ無理だが、私の見たところ本人も迷っているようだな。違うか？」

ニクラウスは無言でヴィンフリートの意見に頷く。

姉は大変わかりやすい人だ。ほんの少し見ていればその視線が誰に向けられているか、その目にどんな色が混ざっているかはすぐに知れた。

「ティルラも、気付いているんでしょうね」

「当然だ。あれは女だてらに情報部一の猛者と呼ばれていたのだぞ」

ティルラは日本へ出向く際に軍を退役しているが、彼女の退役を誰よりも惜しんだのが当時の情報部長だったというのは有名な話だ。

その腕利きが、自分達でさえ読み取った想いに、気付いていない訳がない。

「……だとするなら、帝国には報告がいっているはずですよね？」

「そうだな」

アンネゲルトがどの時点でエンゲルブレクトに想いを寄せていたのかは知らないが、自分達が帝国を出る前なら、確かに両親達がこちらの動きを読んでいるのは当然だ。

しかし、そうなると別の疑問も浮上する。

「母上達は、姉上の再婚相手に伯爵を、とは思わなかったんでしょうか？」

「叔母上(おばうえ)達が妨害していないのだから、邪魔をする気はないのだろうな」

「サムエルソン伯爵の想いも、ティルラは勘付いていますよね？」

「それも当然だな」

　エンゲルブレクトの方は隠すのに慣れているのか、アンネゲルトほどわかりやすくはない。だが、やはり注意深く見ていれば、どんな感情を彼女に持っているのかはわかった。

　それを知っていて母が介入してこないという事は、黙認するつもりか。元々、政略結婚をさせる予定のなかった娘だ。恋愛結婚をするのなら邪魔はしないつもりなのかもしれない。

「ニクラウス」

「はい」

「私は東域までは行けない。後は頼むぞ」

「お任せください」

　主(あるじ)の顔をまっすぐに見て、ニクラウスは答える。見届け役としてニクラウスが同行するのは、最初から決めてあった事だった。

社交に外遊の支度にと忙しい日々を送っていたアンネゲルトだが、ようやくそれらの終着点が見えてきた。シーズン最後の大舞踏会の開催日が迫ってきたのだ。

これはこれで大舞踏会の支度に奔走する事になるのだが、それでも忙しい日々とはしばらく離れられる。

「本当にこのドレスでよろしいのですか？」

メリザンドが、心配そうにアンネゲルトを見上げる。ドレスの着付けが終わったアンネゲルトは、くるりとその場で回転して、姿見で出来映えを確認した。

「いいのよ。これまでにも何回か館の外に着ていってるし、そろそろいいでしょう」

彼女が今着ているのは、コルセットもクリノリンも使わない、エンパイアスタイルのドレスだ。

胸下の切り替えの部分から、大きなフレアースカートになっている。手で持ち上げると使っている布の多さが知れた。

「このドレスが流行すれば、もっと楽になるはずだもの」

うふふふと暗く笑っているアンネゲルトの背後で、ティルラが軽い溜息をこぼしている。

メリザンドは、同じ新型のドレスをティルラやリリーの分も作っていた。帝国組は全員おそろいという訳だ。

実はクロジンデもこの計画に引きずり込んでいる為、彼女の着るドレスも同型になっている。

「これだけスカートが広がれば、ダンスのターンの時に綺麗でしょう？」

にこやかにそう言ったアンネゲルトに、ティルラは呆れ顔だ。

「その為に、イヴレーアの最新舞曲を取り入れるよう進言したんですか？」

「もちろんよ」

アンネゲルトが着ているドレスは、イヴレーアで流行中のものである。そしてこのドレスに合うように、大きなターンをステップに組み込んでいる最新のダンスが作られた。イヴレーアの作曲者が作った舞曲に合わせて踊られるものだ。

それを今回の大舞踏会で、演奏してもらうようねじ込んでいる。国内の貴族は知らないかもしれないが、帝国組及びスイーオネース内にいるイヴレーア貴族は踊れるから、問題はない。

本当は、新型ドレスはダグニーやマルガレータにも誂えようと思っていたのだが、このイヴレーア風ダンスがネックになって今回は見送る事にしたのだ。

「最新舞曲は一曲だけだから、大舞踏会には大きな影響はないと思うの」

その一曲の相手はヴィンフリートが務める事になっている。単純に、エンゲルブレクトが最新舞曲のステップを知らないからだ。

大舞踏会の開催日が迫っている為、練習の時間も取れないし、何より彼も仕事が多すぎてそこまで手が回らない。

アンネゲルトは不満だが、最新舞曲をねじ込んだのは自分なので、これ以上の我儘は言えなかった。


一人イゾルデ館の私室にいるアンネゲルトは、部屋を暗くして窓の外を眺める。計算された明かりで照らし出された庭園は、昼間とは違う雰囲気でまた趣があった。

数日後にはシーズン最後の大舞踏会があり、それが終われば東域へ外遊に出る。めまぐるしくはあるが、その分深く考える時間がないのでかえって助かっていた。

離宮と島の改造が終了し、特区設立ももう目の前だ。外遊から戻れば島からイゾルデ館までの地下通路もトロッコと共に完成しているだろう。

この国でやろうと思った事の大半に目処が付いた。いい事なのだが、寂しくもある。

そして先送りにしていた問題に、改めて目を向けなくてはならなくなった。

帝国へ戻るか、このままこの国に居続けるか。居続けるのなら、どういった立場で居続けるのか。

国外へ嫁いだ王族が夫と離婚する事はとても珍しい。アンネゲルトの場合は「離婚」ではないものの、婚姻関係解消という意味では近かった。

そうした女性がどこで余生を送るかといえば、大半は故国へ帰り、別の貴族のもとへ嫁ぐのだ。嫁いだ国で余生を、ましてやその国の貴族男性と再婚するという例は聞いた事がない。

アンネゲルトは、知らずに深い溜息を吐いていた。ルードヴィグだって、王太子であり続けるのなら世継ぎを儲けなくてはならないだろうし、その場合、ダグニーが産んでも後継者とする事は出来ない。

アンネゲルトだって、このままの立場でいる限り、エンゲルブレクトとどうこうなるのは無理だった。八方塞がりとはこの事か。

いっそ帝国へ戻り、その時にエンゲルブレクトも連れていくのはどうかと考えた。帝国に居づらいのであれば、二人で日本へ行ってもいい。生活の糧をどうするかの問題はひとまず置いておいても、世界の違いを誤魔化して生きていく事は可能だろう。

だが、それをエンゲルブレクトが受け入れるかどうかは別問題だ。

「……無理だよね」

軍人である事に誇りを持っているエンゲルブレクトに、地位も名誉も全て捨てて一緒に来てくれとは言えない。

それに、今回の東域外遊の事もある。

「……あれ？」

アンネゲルトはふと疑問を抱いた。エンゲルブレクトの実の父が故サムエルソン伯トマスではないというのは公然の秘密というやつらしい。しかし、何故それをヴィンフリート達が知っていて、なおかつ彼の実父の事を知ろうと動くのか。

ヴィンフリートは無駄な事はしない人だ。ニクラウスもどちらかと言えばその傾向がある。そんな二人がエンゲルブレクトの為だけに動くとは思えない。

彼等二人にとって無駄ではない事、もしくは何某(なにがし)かの利益がある事。エンゲルブレクトの実父が誰なのか調べて得られるものとは何なのか。

しばらく考えたが、結局わからず終(じま)いだ。ある意味アンネゲルトも無駄は省(はぶ)く主義なので、考えるのをやめて寝る事にした。

大舞踏会の当日、会場はざわめいていた。人々は王太子妃の手を取って入場した帝国皇太子の姿にも驚いた様子だが、何よりアンネゲルトの格好に視線が集中している。

スカート部分を一切膨らませないそのドレスは、一見すると簡素な部屋着と間違われそうだが、使っている布もレースも一級品で、よく見ると非常に手が込んだ代物だった。深い青の地に、上から長さの違うレースを重ねてグラデーションを表現している。型も目新しければ、色の表現も見た事がないものだったので、貴婦人の羨望の視線が痛いほどだった。

そのドレスで帝国皇太子と踊るアンネゲルトは、会場の誰よりも目立っている。ティルラやリリー、クロジンデも同じ型のドレスだが、ダンスのパートナーとあいまってアンネゲルトが会場中の視線をさらう事になったようだ。

舞踏会の中盤、ある曲が演奏され始めた途端、多くの人が踊るのをやめて中央からはけてしまった。残っているのは帝国組とイヴレーアから来ている数人の貴族だけである。

今演奏されている曲は、イヴレーアの最新の曲なので、スイーオネースの人々はステップがわからないのだ。そんな中で始まったダンスは、周囲の度肝を抜いた。

それはこれまでのダンスとは違い、ワルツのようなホールドをするダンスだ。曲こそ

違うが、円になって回りながら踊るところも、ワルツとよく似ていた。

いよいよターンが入るという時、くるりと回ったアンネゲルトの周囲でまたしてもどよめきが起こる。広がったスカートが、花びらのように見えたのだろう。

このドレスはダンスの際の見栄えを特に注意してメリザンドに作らせたものなのだ。上の軽い布は綺麗に翻るが、下の布地は厚いので動かず、足を見せる危険がない。これなら貴婦人方にも受け入れられるだろう。

驚愕と憧憬の声を聞いたアンネゲルトは、口元がにやけるのを抑えるのに苦労していた。

「ロッテ、顔が崩れているぞ」

「……お兄様、もう少し言いようがあるのではありませんこと？」

「事実を述べただけだ」

アンネゲルトは背の高い従兄弟をぎりりと睨んだが、相手はどこ吹く風である。

最新舞曲と最新のステップと共に、アンネゲルトのドレスは受け入れられたらしい。踊り終わった後の拍手は会場中から響いていた。

そして、アンネゲルトはあっという間に人々に周囲を囲まれてしまう。

「驚きましたわ、妃殿下。なんて素敵なドレス」

「一体どこで仕立てられましたの？」

「あのダンスはどこのものですか？」

などなど、あれこれ聞かれ、その都度答えていった。中でも一番聞かれたのはドレスについてで、専属のドレスメーカーがいる事、訳があって来年春まで注文は受け付けられない事などを伝え、何とか解放された。

「貴婦人のドレスにかける情熱はすさまじいわね」

「それも承知の上での事だったのだろう？」

ヴィンフリートに図星をさされ、アンネゲルトは曖昧に笑う。とりあえず、今回の目的は達せられそうだ。後はメリザンドに頑張って新型のドレスを作ってもらうだけだった。

離宮が完成したので、彼女の店も船から移動させようかと提案したのだが、もうしばらくは船で活動したいと申し出を受けている。

とはいっても、シーズンオフに入るとすぐに東域外遊が入っているので、船を下りた方がいいと言ったのだが、メリザンドは東域に興味を示した。

個人では行く事がほぼ無理な場所なので、今後の仕事の参考にしたいと逆に頼み込まれ、彼女も連れていく事が決定している。どうせ「アンネゲルト・リーゼロッテ号」で行くのだから、一人増えたところで問題はなかった。

大舞踏会の夜は更けていく。旅立つ時が近づいていた。

大舞踏会の翌朝、まだ夜が明けて間もない頃に、「アンネゲルト・リーゼロッテ号」はカールシュテイン島から出航する時を待っていた。本来なら王太子夫妻の出立には仰々しい見送りがあるものだが、ルードヴィグ本人が未だ本調子ではないという事で、全て断っている。

わずかにアレリード侯爵、第一師団第二連隊長のエリクが見送りに来ていた。

「エドガー、頼んだぞ」

「お任せください、閣下。必ずや成果を上げてご覧に入れます」

アレリード侯爵とユーン伯爵エドガーがにこやかな挨拶をする隣で、エンゲルブレクトとエリクは暗い表情でいる。

「……あれと一緒とは、ご苦労な事だな、エンゲルブレクト」

「言うな……」

沈痛な面持ちで額に手をやるエンゲルブレクトの隣で、真剣な表情のヨーンは二人に宣言した。

「船内ではなるべく顔を合わせないようにします」

「それが通用する相手だと思うのか？」

「お前の行動など、エドガーはお見通しだろうよ」

三人のやりとりに、彼等の力関係が窺える。どうやら一番上はエドガーのようだ。

エンゲルブレクトとエリクに指摘されたヨーンは、必死に二人に言い返そうとしていた。

「いえ！　そんな事は――」

「僕がなんだって？」

「……何でもありません」

侯爵との挨拶が終わったエドガーは、するりと三人の輪の中に入っていく。ヨーンの顔が引きつっているが、エンゲルブレクトもエリクも助け船は出さないらしい。

そんな四人を横目で眺めつつ、アンネゲルトはアレリード侯爵と挨拶を交わした。

「妃殿下、くれぐれも御身をお大事になさってください」

「お見送りをありがとう、侯爵」

夫人の姿が見えないのは、侯爵なりの配慮だろう。彼女がアンネゲルトに王宮侍女の増員を迫っている事は、侯爵も承知している。

アレリード侯爵は、周囲を窺ってからそっと囁いた。

「殿下のご様子は、いかがですか？」

「……まだ意識が戻ったり戻らなかったりしているそうだけど、快方には向かっていると聞いているわ」

ルードヴィグはあの殴り込み事件以来、アンネゲルトの船で薬物中毒の治療を行っている。体内に残った薬物の中和は順調に進んでいるそうだが、まだ体に残った影響が抜け切らないのだそうだ。

そんな状態で東域に無理矢理連れていく事になったのは申し訳ないものの、「アンネゲルト・リーゼロッテ号」で東へ向かう以上、彼を王都や島に置いていく訳にはいかない。治療は船でしか出来ないのだ。

「ロッテ」

ルードヴィグへの罪悪感で沈むアンネゲルトの耳に、ヴィンフリートの声が飛び込む。彼も見送りに来てくれたのだ。ヴィンフリートの側には、眠そうな目をこするマリウスの姿もある。

「無茶だけはしてくれるな」

「はい、お兄様」

「姉様、またどこかに行っちゃうの？」

「ごめんなさい、マリウス。どうしても行かなくちゃいけないの。あなたも皇室の男の子だもの、やらなくてはならない事がある時にはどうすべきか、わかるわよね？」

幼い従兄弟（いとこ）は、口をへの字にしながらも頷いた。アンネゲルトは小さな体をぎゅっと抱きしめる。

マリウスはこの後、ヴィンフリートと共に帝国へ帰るのだ。東域外遊から帰ってきても、二人はもういない。

「ニクラウス、ロッテを頼んだぞ」

「はい、殿下」

いつの間にか、弟のニクラウスがアンネゲルトの背後に来ていたようだ。ニクラウスは帝国に戻らず、東域までついてくるという。追い払おうとしたのだが、ヴィンフリートとティルラの口添えがあり、結局同行させる事になってしまった。

——弟の監視付きなんて、すごいやだ。

どのみちリリーの開発した鳥形簡易基地局を使って帝国との通信は確保するとの事だから、ティルラ辺りが帝国の皇帝と両親にあれこれ報告するだろうに。

「アンナ様、そろそろ」

「わかったわ」

ティルラに促され、アンネゲルトは最後に乗船した。見送りに来てくれた人達に、甲板から出立の挨拶をする。

「では、行ってきます！」

様々な想いを乗せて、「アンネゲルト・リーゼロッテ号」は東に向けて出立した。

書き下ろし番外編

# 初めての王都

帝国から、意外すぎる客がやってきた。皇太子ヴィンフリートとその弟のマリウス皇子、加えてアンネゲルトの弟であるニクラウスである。

その三人とマリウスの世話役であるアーレルスマイアーを加えた四人は、現在イゾルデ館に滞在していた。

「アンナ姉様！　おはようございます！」

「おはよう、マリウス。今日も朝から元気ね」

「はい！」

満面の笑みを浮かべたマリウスから朝の挨拶を受け、アンネゲルトも微笑む。愛らしい顔立ちの第五皇子は、帝国皇宮のアイドルだ。無論、アンネゲルトも昔から可愛がっている。

と言っても、長期休暇で日本から帝国に戻った時限定なのだが。その割には、マリウスはアンネゲルトに懐いていた。

今回の外遊に同行したのも、アンネゲルトに会いたかったからだという。父である皇帝ライナーの許可は取ったが、母である皇后シャルロッテには知らせていなかったのだとか。

おかげでライナーは彼女にこってり絞られたらしい。

――本当、伯父さんも懲りないわよねー。

毎回手ひどく叱られるのに、それでもちょいちょい妻を怒らせる伯父は、わかってやっているのではないかと思う。これもあの二人流のコミュニケーションなのかもしれない。

ただいまスイーオネースの王都は、社交シーズンまっただ中だ。だからアンネゲルトもイゾルデ館に滞在している。

「ごめんなさい、マリウス。今日は時間が取れないの」

「ええー？」

なので、ヴィンフリート達が館に来てからも、こういう場面は少なからずあった。夜の催し物の方が多いけれど、昼間は昼間でスケジュールが一杯なのだ。

何せシーズン中は、王都に国内外の貴族が集まる為、社交行事が目白押しとなる。これでも、アンネゲルトの体調を鑑みて、かなり緩く予定が組まれていた。

「じゃあ姉様、明日は遊びに行ける？」

「ごめんなさい、明明後日までは予定が一杯なの」

「そうなんだ……」

しゅんとうなだれるマリウスが可哀想で、今すぐにでも全ての予定をキャンセルしたくなる。だが、それを許してくれない存在がいた。

ティルラである。満面の笑顔の彼女が、アンネゲルトの背後から現れた。

「マリウス様。アーレルスマイアーと一緒に王都を散策してはいかがでしょう」

「ジークと？」

「もちろん、他の護衛もつきますが、スイーオネースの王都は帝都とはまた違う街並みで楽しいですよ」

にこやかな彼女に、アンネゲルトが小声で問いただす。

「ティルラ、マリウスを一人で街に出して、大丈夫なの？」

「護衛はつけると申しましたでしょう？　それに、世話役が一緒なんですから、一人ではありませんよ。通訳もつけますし」

マリウスは外国語をいくつか習っているようだが、スイーオネースの言語は習得していないので、通訳が必要だった。

「幸い、マリウス様はこちらではあまり知られていません。身なりから富裕な家の子として誘拐の危険はあるかもしれませんが、その程度でしたらうちの護衛達が退けられます。ある意味、アンナ様の護衛よりも楽でしょう」

「それもどうなの……？」

なんとも微妙な言い方をするティルラに、アンネゲルトは溜息が出そうだ。確かに、自分の命を狙っている連中は、帝国の魔導を無効化する術を持っている。それさえなければ、魔導に長けた護衛達が負ける訳はない、という自負があるのだろう。

それに、形だけとはいえスイーオネースの王太子妃であるアンネゲルトと、帝国の第五皇子であるマリウスを比べれば、嫌な話だがアンネゲルトの方が身分は上だ。そういう意味でも、マリウスが狙われる可能性は低い、というのがティルラの見立てなのだろう。

「まあ、そういう事ならいいのかな。このままイゾルデ館に閉じ込めっぱなしじゃ、あの子も可哀想だし」

「せっかく皇太子殿下の外遊についてらしたんですから、外国をご自分のその目で確かめるのも、いいお勉強でしょう」

「勉強……ねえ？」

はしゃぐマリウスを見るに、どう考えてもただの「遊び」だ。とはいえ、これから先、彼も諸外国に出る事はあるだろう。早すぎるかもしれないが、これもいい練習なのかもしれない。

マリウスは朝食の後、すぐにイゾルデ館を出発した。その姿を、彼の兄であるヴィンフリートと共に玄関で見送る。本日のアンネゲルトの予定は園遊会がメインだ。支度をして館を出るまで、まだ時間があった。

「姉様！　行ってきまーす！」

「気を付けてね」

「アーレルスマイアーの言う事を、よく聞くのだぞ」

「はーい」

二人の言葉をきちんと聞いているのかいないのか。マリウスはスイーオネースでの外出にすっかり浮かれているようだった。

「大丈夫かしら……」

「心配するな。アーレルスマイアーはあれの世話役になるだけあって、腕は立つ。それに、護衛もしっかりつけているのだから、まず危険な事など起こらんよ」

「わかってますけど……」

頭では理解していても、やはり可愛い従兄弟の事が心配になるのだ。

「これが次男のローラントや三男四男のヒルデベルト、ジークハルトなら心配はしないんだけれど」

「確かに。ローラントなら暴漢に出会っても腕力に物を言わせて叩きのめすだろうし、ヒルデベルトとジークハルトなら、何か悪戯を仕掛けて暴漢に同情したくなるような結果を招くだろう」

「目に見えるようですわ……」

次男三男四男も、同じようにヴィンフリートの弟で帝国の皇子のはずなのに。この差は一体どういう事なのだろう。

そのまま玄関で黄昏れていたアンネゲルトだが、支度の時間が迫った為、ティルラに回収されていった。


一日のスケジュールを終えてイゾルデ館に戻る。相変わらず社交が苦手なアンネゲルトは、丸一日社交の予定が入っている日は、戻ってくるとぐったりしてしまう事が多い。

今日は園遊会の後に晩餐会が入っていた為、馬車から降りた途端、盛大な溜息を吐いた。

「何です、戻ってそうそうに。幸せが逃げますすよ？」

「幸せなんてないんだ……」

「不穏な事を口にしませんように。お疲れのようですから、すぐにお休みになられますか？」

「そうねえ……あ、マリウスはちゃんと戻ったかしら？」

護衛の腕は信用しているけれど、やはり心配なものは心配だ。アンネゲルトの質問に、ティルラが素早く答える。

「ええ、報告は受けています。午後四時にはお戻りになり、入浴、夕食を終えられて、既にお休みになられています」

あれこれ話している間に、私室に到着した。これで重いドレスを脱げる。私室には小間使い達が待機していて、アクセサリーを外し、靴を履き替えさせ、ドレスも解くように脱がせていく。いつ見ても見事な手際だ。

アンネゲルトのドレスは一人でも着脱可能なものとはいえ、一人での脱ぎ着は許されていない。

「マリウスは王都を楽しめたかしら」

「確認なさいますか？」

「え？」

確認とは、どういう事だろう。首を傾げるアンネゲルトに、ティルラが事務的に説明する。

「リリーが開発した猫型や鳥型の中継器に、カメラとマイクの機能を搭載したものを作らせました。それらを使い、今回のマリウス様の外出を、全て記録してます」

確かに、マリウスを外に出すのは危険だと思ったし、護衛がいても心配はしていた。だが今ティルラが言った内容は、心配からというよりは、どちらかというと好奇心からという方がしっくりくる。

「ティルラ、まさかと思うけど、マリウスを使って実験した……とか、言わないわよね？」

「まさか、そんな畏れ多い事はしませんよ。ですが、使える技術があるのですから、使わないという手は、ありませんよね？」

もはや、アンネゲルトには何も言えない。だがティルラのおかげで、マリウスがどのように街を楽しんだか、確認出来る訳だ。

――ありがたい、と思った方がいいのかな……

少し複雑だが、明日の午前中なら時間が取れる。

「ティルラ、確認は明日の午前中にしましょう」

「承知いたしました」

さすがに今日は疲れた。全ては明日だ。

翌朝、朝食を終えたマリウスは本日も王都巡りをするそうだ。

「大丈夫なの？」

「昨日も問題なかったようですし、皇太子殿下の許可も出ていますから」

「そう」

ならば、これ以上口を出す事はないのかもしれない。

「ご心配でしたら、ライブ映像でご覧になりますか？」

「え！？　出来るの!?」

「もちろんです」

確かに、昨日の録画がある以上、リアルタイムで映像を見る事も可能だろう。だが、何だかのぞき見をしているような気がする。

――いいえ、これも可愛いマリウスの安全の為よ。

そう自分に言い聞かせて、支度の時間ギリギリまで映像を見る事にした。

場所はイゾルデ館の地下、以前にも使った秘密の部屋だ。周囲を見回し、弟のニクラウスがぽつりと呟く。

「この地下、最初からあったもの？」

「ええ。そこをキルヒホフに再利用させました」

ニクラウスとティルラの会話を聞きながら、パイプ椅子に座る。隣には、ヴィンフリートがいた。

「お兄様もご覧になるの？」

「弟の事だからな」

この長兄と末っ子は年が離れているので普段はあまり交流がないという話だったが、やはり可愛いものらしい。

「ああ、そろそろ大通りに到着するようです」

地下室に用意された大型モニターに、王都の様子が映る。映像の中央には、小さな背中とそれを追いかける世話役の後ろ姿。

「ああ、あんなに走って。転ぶわよ」

マリウスは余程楽しいのか、世話役を振り切って走っていく。それを追いかける世話役は大変そうだ。

「ところで、これはどうやって撮影してるんだい？」

「鳥型の中継器にカメラを搭載しています。そこからの映像ですね。音声の方は、世話役のシャウエルテ子爵の協力を仰ぎました」

「アーレルスマイアーか」

ニクラウスの質問に、ティルラが簡潔に答える。これがリリーだったら、もっと詳細にねちっこく説明した事だろう。

画面の中のマリウスは、元気一杯だ。走り回ってはあちこちで立ち止まり、世話役にこれは何かと尋ねている。

世話役同様、通訳も走り回っているので息が上がっているようだ。

『ねえ、これは何?』

『そちらは、スイーオネースで一般的に食されている果物でして……』

『あ！　あっちは!?』

『ああ、お待ちを！』

またしても走り出すマリウス。周囲が見えていないのか、大通りを走る馬車が迫ってきた。

「危ない！」

映像とわかっていても、つい声が出てしまう。身を乗り出したアンネゲルトに、ティルラが囁いた。

「問題ありませんよ。ほら」

見れば、いつの間にか彼に追いついていた護衛の一人が、小さな皇子の肩をつかまえて事なきを得ている。危機一髪もいいところだ。

「マリウスってば……ちゃんと周りを見なきゃダメじゃない」

「こういうところは、血の繋がりを感じますね」

「……どういう意味かしら？　ティルラ」

「いえ、奈々様に聞いた昔話を少々思い出しました」

母である奈々から聞いたというのなら、アンネゲルトが幼い頃の話だろう。よく母の手を振り切って走り出し、人にぶつかり自転車にぶつかり物にもぶつかった。

車にはぶつかりかけただけだったが、自転車との接触の際には転んで手首の骨を折っている。つまり、マリウスの事を言えない過去が、アンネゲルトにはあるという訳だ。

「つまり、マリウス殿下の行動を見ていれば、幼い頃の姉上がどうだったのかがわかるという訳か」

「ちょっとニコ！」

「お静かに。ああ、裏路地に入るようです。王都の路地は、安全なのかな？」

「え？」

弟の言葉に、慌ててモニターに目を戻す。確かに、王都の大通りから一本外れた路地裏に入ったらしい。

とはいえ、さすがは王都。裏路地も綺麗なものだ。ただ、表通りに比べると店は少なく、生活感に溢(あふ)れている。たった一本裏に入るだけで、こうも変わるものなのか。

「あ、でもいい雰囲気。今度私も歩いてみたいなあ」

「アンナ様はダメですよ」

「えー？」

「お命が狙われている事、忘れた訳ではありませんよね？」

「う……」

ティルラとのやりとりの間にも、マリウスはどんどん路地の奥へと進んでいく。どこへ向かっているのだろう。

『あ、犬！』

『マ、マリウス様！　触れてはいけません！』

『どうして？』

『危のうございます』

そういえば、こちらの犬猫は予防接種など受けていない。その為、どんな病気を媒介するか、わからないのだ。世話役が触れさせないのは、至極当然の事である。

二人がやりとりをしている間に、犬はどこかへ走っていってしまった。その姿を見送ったマリウスの背中は、しょぼんとしている。

慰めたいけれど、モニターで見ている身では何も出来ない。見ているだけとは、こんなにもどかしいものなのか。

そうこうしているうちに、モニターの中の小さな背中は、また何か別の興味引かれるものを見つけたらしく、一目散に駆けていく。

『ああ！　お、お待ちを！』

好奇心旺盛なマリウスを追いかける世話役は大変そうだ。

マリウスが見つけたのは、住人が丹精した窓辺の花だ。鉢に植えられた花々は、色鮮やかで美しい。

『うわあ……』

『美しい花でございますねえ』

『あれは、何て花なの？』

『あちらは王都ではよく見る花で……』

通訳の話に耳を傾ける姿を眺めていたら、ティルラから声がかかった。

「アンナ様、そろそろお支度のお時間です」

「ええ？　あともうちょっと――」

「もう刻限が迫っていますよ」

時計を目の前に出されては、それ以上何も言えない。それでも渋るアンネゲルトに、ヴィンフリートとニクラウスが声をかけてくる。

「ロッテ、我が儘を言わずにちゃんと仕事をしなさい」

「姉上の分も、僕達がしっかり殿下の様子を見てるから」

イラッとするが、何も言い返せない。悔しさから足音を立てて地下室を後にすると、ティルラから「淑女がはしたない」と咎められた。


社交行事から帰り、その日のマリウスの記録を見た後に寝るという生活を続けていたら、すっかり寝不足になってしまったアンネゲルト。ついにティルラから、記録閲覧の制限をかけられてしまった。

「そんなああ」

「お仕事の方が大事です」

記録自体は残してあるので、後でいくらでも見られるのだけれど、すぐに見られないのは彼女にとって寂しいものだ。
そんな彼女の事は露知らず、今日も小さな皇子は王都の冒険に出かけていくのだった。

RC Regina COMICS

# 大好評発売中!!

原作＝斎木リコ Riko Saiki
漫画＝藤丸豆ノ介 Mamenosuke Fujimaru

シリーズ累計15万部突破!!

# 今度こそ幸せになります！ 1~4

## 異色の転生ファンタジー 待望のコミカライズ!!

「待っていてくれ、ルイザ」。勇者に選ばれた恋人・グレアムはそう言って魔王討伐に旅立ちました。でも、待つ気はさらさらありません。実は、私ことルイザには前世が三回あり、三回とも恋人の勇者に裏切られたんです！　だから四度目の今世はもう勇者なんて待たず、自力で絶対に幸せになってみせます——！

B6判 / 各定価:748円（10%税込）　アルファポリス 漫画　検索

新感覚ファンタジー
RB レジーナ文庫

## 悪役なんてまっぴらごめん！

# 悪役令嬢はヒロインを虐めている場合ではない　1

四宮あか　イラスト：11ちゃん

定価：704円（10%税込）

乙女ゲームの悪役令嬢に転生したレーナ。転生早々、彼女の前でヒロインを虐（いじ）めるイベントが発生してしまう。このままシナリオ通りに進んだら、待ち受けるのは破滅ルートのみ。……悪役令嬢やってる場合じゃない。人生、楽しもうと心に決めて、異世界ライフを味わい尽くすことにしたけれど――!?

詳しくは公式サイトにてご確認ください
https://www.regina-books.com/

携帯サイトはこちらから！

本書は、2017年8月当社より単行本として刊行されたものに書き下ろしを加えて文庫化したものです。


この作品に対する皆様のご意見・ご感想をお待ちしております。

おハガキ・お手紙は以下の宛先にお送りください。

【宛先】

〒150-6008 東京都渋谷区恵比寿 4-20-3 恵比寿ガーデンプレイスタワー 8F
（株）アルファポリス　書籍感想係

メールフォームでのご意見・ご感想は右のQRコードから、
あるいは以下のワードで検索をかけてください。

アルファポリス　書籍の感想　検索

ご感想はこちらから

レジーナ文庫

# 王太子妃殿下の離宮改造計画 5

斎木リコ

2022年1月20日初版発行

文庫編集－斧木悠子・森順子
編集長－倉持真理
発行者－梶本雄介
発行所－株式会社アルファポリス
〒150-6008 東京都渋谷区恵比寿4-20-3 恵比寿ガーデンプレイスタワー8階
TEL 03-6277-1601（営業）　03-6277-1602（編集）
URL https://www.alphapolis.co.jp/
発売元－株式会社星雲社（共同出版社・流通責任出版社）
〒112-0005 東京都文京区水道1-3-30
TEL 03-3868-3275
装丁・本文イラスト－日向ろこ
装丁デザイン－ansyyqdesign
印刷－中央精版印刷株式会社

価格はカバーに表示されてあります。

落丁乱丁の場合はアルファポリスまでご連絡ください。

送料は小社負担でお取り替えします。


ISBN978-4-434-29873-8 C0193